HUXIU.COM

U0922675

感谢这些作者为本书贡献内容

王航

新希望集团
副董事长

邓天卓

京东副总裁
O2O 负责人

雕爷

阿芙精油
CEO 孟醒

郭理靖

北京同仁堂
国际 CTO

肖知兴

领教工坊
创始人

陈悦天

创新工场
投资总监

霍炬

wxieshuo

微信公众号
“歪理邪说”
创办人

阑夕

techread

虎嗅年度
作者，逐鹿
网创始人

白鸦

有赞创始人

陈昌业

察影

华谊兄弟
研究院总监

张昭轶

closersecret

跨界互联网、
文娱和投资
的产品经理

✦ 伯通
ibotong
虎嗅年度作者，【虎扯】专栏作者

✦ 康宁
理财实验室
虎嗅年度作者

✦ 毛琳
fengmaolj
虎嗅年度作者

✦ 评论尸
赤潮 AKASHIO
虎嗅年度作者

✦ 涵诏
虎嗅资深编辑

✦ Eastland
ThomasLee126
虎嗅高级编辑

✦ 曾西瓜
虎嗅编辑

✦ 李清乐
电商内幕
虎嗅编辑

✦ 西西里闷牛
GZ_Gary-su
交通、互联网与共享经济研究者

✦ IrisAlina
irischerub
隆领投资天使投资人张璐

✦ 王康的思想力量
花开富贵
曾为21世纪经济报驻华尔街高级记者，目前在互联网私人银行财富派任职

✦志刚水煮通信

水煮通信

专注移动互联网和通信行业的实践者和观察者

✦寻空

xunkong2005

社会化营销工作者和探路者，虎嗅认证作者

✦响铃

xiangling0815

资深媒体评论人

✦王小瑞

安全牛

安全牛网主编

✦董焘

dongtao

创业者，移动互联网创业观察者

✦举个栗子

case-case

实体从业，业余写作。尊重客观规律

✦零壹研究

research01

互联网金融领域的垂直门户

✦姜十一

taizi006

小微企业财税服务平台产品创业者

✦路北

lubei2014

新媒体创业者，主要关注移动互联网和互联网金融

✦逐鹿网

hizhulu

互联网金融创业报道的网站

创新的洞见

虎嗅 2015精选

编

人民邮电出版社
北京

商业、科技、未来轰然而至，你需要的是带着好奇心、别致的视角、见识和趣味去观察它。这些刚好本书中都有。

蔡钰 / 虎嗅联合创始人

2015 年是我在虎嗅工作的第一个完整的年份，工作中结识了非常多的作者朋友，我想特意介绍其中的一位：人造天堂，江湖人称“天叔”。有同事评价其曰“语言上下翻飞、指东打西，引用来源广泛得令人发指，动漫、电影、历史、文学，安排无不妥帖”。有兴趣的朋友可以去虎嗅网上搜索“一发地图炮”……

王子中 / 虎嗅编辑

入虎嗅将近一年，“水平一般，能力有限”。虽然靠做内容养自己糊口，但仍在热闹之中学习门道。虎嗅的作者们在我看来就是一批会看门道的人。

鲁茜瑶 / 虎嗅编辑

在虎嗅最大的乐趣大概是可以大尺度地张扬个性和文采。除此之外的一个乐趣则在于每天看着虎嗅作者文笔翻飞，最喜欢的是伯通和阑夕，从容不迫中偶带金戈铁马。

周超臣 / 虎嗅编辑

虎嗅每天收到各行各业的作者投来上百篇文章，而最终的通过率只在 5% 左右，这本书更是优中择优，是对热门行业的复盘。很难断言未来一两年，互联网影响最大的行业会是什么，你不要指望得到确定的答案，但或许你能从这些文章里感受到某些思维方式以及对未来不停息的焦虑，不知你会如何，但这对我来说就够了，不枉无数概念、符号、泡沫这么热闹地起伏一回又一回。

李清乐 / 虎嗅编辑

与作者的交流仅限于网上。有时候会好奇，他有怎样的经历会写出这样的文章。也会羡慕那些能一针见血、点明要害的作者。入职虎嗅 4 个月，错过它 2015 年的大半年，希望这本书能弥补上。

吴倩男 / 虎嗅编辑

你怎么知道，互联网死了 23% 才只是开始；你怎么知道，动漫和二次元是两个东西；你怎么知道，BAT 是更好的“接盘侠”；你怎么知道，“共享经济”并不只会出现在出租车业和酒店业；你怎么知道，互联网金融是风口还是悬崖；你怎么知道，你不在了，手机还在，微信还在。你怎么知道。看这本书就会知道。

华思雨 / 虎嗅运营

我记得《人物》有一篇文章说知乎的周源是“文火熬汤”，其实虎嗅何尝不是。过去这几年，作者们像工蜂一样给虎嗅提供了大量优质的内容，有深扒、有分析、有点评，甚至还包括《现代化十六讲》这样看似和商业科技无关的内容。在我看来，虎嗅最大的优点在于自由，自由包括两个方面，内容生产上的自由，以及从信息到人的自由，说解放思想有些夸张，但启蒙心智、开阔视野则毫不为过。

马伟民 / 虎嗅编辑

致素未谋面的你：

你和我 # 或许只是我 # 最大的问题在于

读书太少而想太多、见识太少而鸡汤喝太多、视角太窄而心太宽

为此，我有一个还不错的建议

2015，关于商业科技和未来视角……

那些你不该错过的细节沉淀，可以来这翻翻。

还想说的是

我们在招人

明年的序你来写

猴不猴啊……

周栋 / 虎嗅运营

作为一枚在虎嗅待了两年的新人，学习当是常态，而本书中不少作者被我尊为老师，他们每或以视角之新奇、见解之深刻、笔触之辛辣打动我，叫好之余又感叹一下差距，亦算鞭策。

王立娴 / 虎嗅编辑

“精选”二字似乎代表着干货、方法论甚至创业成功学。但我认为在虎嗅文章里，更可贵的是遇见“为什么？”“这不对！”以及“还有呢？”这背后是质疑、否定和求索——这些推动创新的原动力。虎嗅最近有些招黑，也有人说虎嗅戾气重，但正是作者的惴惴不安、嬉笑怒骂和脑洞大开逼人们去思考。你开始了，就没法停下……

罗砚 / 虎嗅编辑

互联网金融与互联网农村，一个高贵冷艳，一个无比接地气，究竟谁会掌握 2016 年的下一个风口？还有哪些从没爆发过的能量，会在某个不知名的领域发出巨响？

张依依 / 虎嗅运营

2015 年，我在虎嗅的第一年。开始渐渐习惯在自己所工作的平台上看见以往似乎遥远的意见领袖、网络红人们说学笑骂，也开始渐渐沉淀，试图碰触那些词汇的巧妙组合背后深刻的洞见。这一年，和过去的每一年一样，风云变幻，或许多年以后想起来亦平淡无奇，但当你再读起这些对于“变化”的思考，你会突然懂得 2015 年里潜伏的深意。

曾欢 / 虎嗅编辑

人类社会正在经历史上前所未有的割裂。这种不均等，体现在财富分配上，更体现在教育上。尤其是，体现在信息的获取和掌控上。如果说人类经历过公民平权运动，那么 21 世纪，我们将面对的是一场捍卫公民隐私权的斗争。科技的飞速进步，改变了商业的形态，也改变了政府管理国家的手段。科技成了一部分人“统治”另一部分人的办法。捍卫公民隐私权的议题，从来没有如此严重地摆在我们面前。在虎嗅，我们关注最前沿的技术趋势，我们也同样关注因技术发展而带来的更加重大的问题。这些问题在现阶段或许并没有得到足够的关注，但是必将在未来愈加凸显。

韩昭 / 虎嗅编辑

某位虎嗅读者讲过，30 岁之后，思维结构逐渐固化，再看文章，不求体系完备，但求观点新奇，甚至最好能刺痛自己，逼自己从舒适区挪出来透透气。在我看来，评论尸和伯通的文章就有此等妙用。当然，还有我最喜欢的人造天堂，别错过。

姚坤 / 虎嗅编辑

好文章要做到四点。一是让当事企业无话可说。他们都是行业专家，但面对有理有据的点评甚至批评，心中不爽也不便发作。二是经得起时间考验。在瞬息万变的互联网时代，很少有文章能够成为经典，但至少要做到一两年后回过头来看不会被“打脸”。做不到这一点的文章对读者的价值不大。三是有“景深”，被描述的事件发生在今天，但写作者心里要知道昨天、前天并将必要的信息传递给读者。四是不能被“机器人”替代。虎嗅这本精选集里的文章即是如此的好文章。

李彤 / 虎嗅编辑

我借他的笔，你借我的眼睛。作者与编辑每日如农民般翻拣耕耘，存着希望“手作出更多价值而不是垃圾”的侥幸。至于这侥幸有几分成真，评判者是你。向在虎嗅平台上辛苦劳作 365 天、7 × 24 小时无间断写作与编辑的人们鞠躬，感谢！

李岷 / 虎嗅创始人

目录 contents

互联网金融：奇兵逆袭、泥沙俱下

149

未来风口之“奔向农村”

188

未来风口之“无人驾驶”与“虚拟现实”

211

第一部分　从零到一说创业

2015 年，中国创投走了一圈“小一轮”，从年初的万马奔腾，到下半年的资本寒冬。短短几个月间，创业者们在大势之中如同坐过山车经历大起大落。

我们从趋势、经验的维度挑选出虎嗅在 2015 年与创业相关的精华文章 。不要嫌干货太干哟！

趋势。BAT 是中国创业者在可见未来仍回避不了的主旋律。作者毛琳通过文章《事态从“BAT 抄你怎么办”变成——“BAT 不投你怎么办？！”》论证：资本寒冬下，BAT 是最好的接盘侠。你大可看看是否认同。

经验。这里不打包鸡汤，只有经验外卖。不如听听这些看似成功的创业者，曾经犯过哪些错，跌过哪些坑。我们精选了两篇文章，它们来自虎嗅两次活动中请到的几位创业者，文章分享了他们自己亲自犯过的错，更加发人深省，总有一款适合你。

事态从“BAT 抄你怎么办”变成——“BAT 不投你怎么办？！”

本文作者毛琳，原文发表于 2015 年 10 月 22 日

金秋十月。对中国互联网来说，当下同样也是一个“收获”的季节，在 10 月中，已经发生了多起改变互联网细分行业，甚至是改变整个互联网格局的事件，让我们一起来回顾下：

10 月 8 日，美团大众点评合并成为新美大，再次把腾讯和阿里拉到了 O2O 的同一条船上（上次是滴滴快的合并），估值 170 亿美金，成立 12 年的大众点评卖身给了成立 5 年的美团，两家亏损的公司抱团减少价格战；

10 月 12 日，58 到家在卖给腾讯后，又以 3 亿美金再度卖了股份给阿里巴巴，估值 10 亿；

10 月 15 日，神州专车与 e 代驾正式合作，品牌及产品共享，对抗同样巨额亏损的滴滴；

10 月 16 日，阿里巴巴以 45 亿美元现金收购优酷土豆为主体的合一集团；

10 月 17 日，腾讯牵手京东推“品商”平台，这被认为是年亏损 8 亿美元的京东再一次向腾讯靠近，腾讯再一次成功地渗透进了京东；

2015 年上半年互联网也发生了非常多的并购，阿里 5.9 亿投资魅族；烧钱的滴滴快的合并，在专车领域把腾讯和阿里两个死对头拉到了同一条船上；上半年亏损 7930 万美元的 58 同城并购了赶集；OTA 行业唯一盈利的携程并购了持续亏损的艺龙 ......

在这一系列的并购 / 投资里，行业不同，并购大小不同，但有两点相似：

1. 盈利的并购亏损的，估值高的并购估值低的

高估值（市场份额高）的并购低估值（市场份额低）的是行业的基本规则，毕竟高估值企业前景可期，为了取得更大的份额和止损避免价格战，VC 也乐于推动。而盈利企业并购亏损企业也是新崛起的一个趋势。互联网公司在 VC 的吹捧下信奉以亏损换市场，以价格求用户，本身盈利的企业就屈指可数，他们的竞争力是靠价格补贴成长起来的同行所无法比肩的。众多盈利型公司纷纷借助并购来打压新模式消灭竞争，或投资团队补充新鲜血液，或迅速获得细分市场的份额。

2. BAT 成为 VC 后的另一个并购主角

BAT 就像孙海英广告说的一样，怎么哪都有你？在 2015 年中，BAT 再度怒刷了存在感：阿里巴巴参与 10 余起近 40 亿美元投资；腾讯仅 Q2 就参与了 10 起投资事件，涉及领域涵盖了文娱、本地生活、医疗健康和汽车；百度也不含糊。一时间并购成为了 BAT 的“军备竞赛”，多样的产业布局和财务投资让人目不暇接，形成了 VC 投资之外的另一番风景。

从 2015 年下半年开始，市场就急转直下，最直观的表现是连百度、阿里、腾讯都停止了招聘，只出不进。二级市场不断下挫和美股中概股的低迷，上市窗口关闭带来了一级市场的恐慌，寒冬应声而至。资本寒冬席卷整个创投领域，泡沫最多的互联网行业首当其冲。据投中研究院的数据，中国互联网行业 2015 年 Q2 融资额仅为 Q1 的一半，与此同时创业投资基金的募资也出现了下滑。据清科研究报告指出：2015 年 7 月中外创业投资及私募股权投资机构新募集资本量 38.86 亿美元，与 6 月 79.96 亿美元募资规模相比下降 51.4%，与 2014 年同期的 47.05 亿美元募资规模相比下降 17.4%。寒冬到了，互联网的格局也将带来巨大的变化。

BAT2015 年投资布局

@ 毛琳 Michael 整理

投资方	时间	被投资方	投资金额
阿里巴巴	2015 年 1 月	paytm	5.75 亿美元
	2015 年 2 月	魅族	5.9 亿美元
	2015 年 3 月	光线传媒	约 4 亿美元
	2015 年 4 月	优酷土豆	12.2 亿美元
	2015 年 5 月	全峰快递	数亿元
	2015 年 6 月	粤科软件	8.3 亿元
	2015 年 6 月	micromax	7 亿美元
	2015 年 6 月	财新传媒	12 亿元
	2015 年 7 月	魅力惠	未知
	2015 年 8 月	snapdeal	2 亿美元
	2015 年 8 月	苏宁	283 亿元
	2015 年 9 月	点我吧	3 亿元
	2015 年 10 月	优酷土豆	45 亿美元
腾讯	2015 年 1 月	饿了么	3.5 亿美元
	2015 年 1 月	易题库	数千万元
	2015 年 2 月	易车网	13 亿美元（合投）
	2015 年 4 月	微影时代	1.05 亿美元（合投）
	2015 年 4 月	Scanadu	0.35 亿美元（合投）
	2015 年 4 月	Glu Mobile	1.26 亿美元
	2015 年 5 月	创宇	6 亿元
	2015 年 5 月	欢网科技	5000 万元
	2015 年 6 月	马斯葛	7.507 港元（合投）
	2015 年 6 月	疯狂老师	2000 万美元
	2015 年 7 月	同程旅游	2 亿美元
百度	2015 年 2 月	神奇工厂	1 亿美元
	2015 年 2 月	沪江网	1 亿美元
	2015 年 3 月	优信二手车	1.7 亿美元
	2015 年 4 月	客如云	6600 万美元
	2015 年 4 月	51 用车	未知
	2015 年 4 月	天天用车	未知
	2015 年 5 月	Taboo la	数百万美元
	2015 年 6 月	糯米	200 亿元
	2015 年 6 月	华视互联	0.7 亿元
	2015 年 6 月	16wifi	1 亿元
	2015 年 6 月	最美控股	1.6 亿港元
	2015 年 7 月	e 袋洗	1 亿美元
	2015 年 7 月	百姓网	未知
	2015 年 7 月	Uber	未知
	2015 年 10 月	我买网	2 亿美元

未来属于正现金流公司

正现金流公司拥有自我造血能力，能持续地发展自我，获得更多的机会，占得一席之地。

1. 盈利才是王道，具备正现金流（自我造血能力）的公司才能占领市场

在互联网原住民眼里，从实业转入互联网的人有一个通病，那就是过于保守，过于注重正向现金流导致企业发展速度受限，而愿意烧钱补贴的公司可以以价格优势迅速抢占市场，占领用户心智，获得更多资本的青睐，当然，中途耗死竞争对手就更好了。实际上以利润换市场无异于饮鸩止渴，最终会陷入不烧钱数据下降，烧钱又难以为继的两难，甚至不得不为了烧钱而损害未来的利益。VC 是一帖“大麻”，保准爽到你停不下来了，这不，易到用车在烧钱难以为继后不得不 10 月 20 日宣布 7 亿美金流血融资乐视。

具备自我造血能力的公司才能扛过资本寒冬。资本就是苍蝇，哪里有腥味就出现在哪里，没有腥味的地方他们从来不会出没。资本是最吝啬的，不要指望资本能雪中送炭，在资本寒冬看不到希望的情况下，只能靠企业自己活过来。在资本寒冬活下来的只有三类公司：

具备自我造血能力可以自我增长的公司，比如 2000 年纳斯达克指数暴跌后找到 sp 盈利模式的 3 大门户，期间死掉的公司你可能都记不住名字；

寒冬前已经储备了一定余粮的公司，比如本次寒冬的 58 到家，比如阿里巴巴就是凭借着 2007 年底在港交所上市募集的 17 亿美金才度过了 2008 年的金融风暴；

不得已降低估值壮士断腕的公司，比如京东，在 2008 年雷曼倒闭一度无钱可融，启动 B 轮融资后估值从 1.6 亿美元下降至 6000 万美元，导致给京东做了四五次过桥贷款的今日资本心里也慌了；乐淘网 2011 年第四轮融资乐淘的估值只有 8000 万美元，但 2010 年同期乐淘的估值为 2.5 亿美元。

毫无疑问，第一种是最良性的发展方式，而第三种能流血融资已经非常幸运，大多的公司根本没能挺过来！以烧钱最多的 O2O 领域为例，2014 年拿到 A 轮投资的企业高达 846 家，而拿到 B 轮的企业数量骤降至 225 家，C 轮寥寥无几。C 轮融资像一面陡峭的悬崖，很多企业面临逃不掉的“C 轮死”。资金链断裂后企业只能被活活饿死，如果有正向现金流，很多企业都可以熬过来。

2. 盈利能力是企业良好运营能力的背书

在同等条件下，盈利能力越强的公司越容易获得资本的青睐，盈利能力是企业内功的佐证，这是纯靠烧钱所烧不出来的。同样的，在需要以利润换市场的大规模投入阶段，拥有盈利能力和盈利经历的公司更能让资本放心，因为你烧钱烧得更有效率，

烧得更有性价比，这是企业在资本催熟下脱颖而出的不二法宝。否则只会变成没有了资本，企业会迅速萎缩，进而死亡。所以，VC 的追捧不是让你花钱，而是比竞争对手更有效率地花钱。

3. 盈利能力可以让企业不受桎梏地拓展新战略

古语说得好，仓廪实而知礼节，衣食足而知荣辱，如果一个成年人日日为填饱肚子忙活，那就不要指望未来能有多大的空间。企业也是一样，当受制于资金支持随时可能断炊时，企业唯一能做的只有活下来，而不是过更好。最直观的例子就是当当网，除了 2014 财年，上市一直处于亏损，2015 年上半年更是亏损 8140 万元，受制于资金，成立 16 年的当当仍然不得已龟缩在图书领域，连 Q1 的拓展熟悉阅读的新业务都被 PR 包装为放弃盈利激进拓展，殊不知李国庆一直看不起的京东，其市值已是自己的 67 倍有余。

4. VC 逐利的本质带来骨子里的短视和与企业的天然冲突

VC 的资金来源是有时间限制的，长则八至十年，短则三至五年，到期就需要进行资金清算，这是 VC 最主要的利润来源。VC 利润来源的机制决定了他们的投资期限必然是中短期的。因此，资本最希望做的就是尽可能快地催熟企业，进而拉升估值快速找到新的接盘侠脱手。在特定时期 VC 可以让企业催熟、早产，甚至也不排除考虑杀鸡取卵。

但创业者一般都希望基业长青，打造百年老店，持续地做大做好企业。所以 VC 和企业是有天然的诉求冲突的。VC 为了达到快速催熟的目的，也有非常多的手段，比如对赌。

对赌协议的作用是保护 VC 约束创业者，以 KPI 的方式强行建立创业者与 VC 目标一致的中短期激励机制，促使创业者关注对赌期的利润成长，忽视长远的计划。对赌协议有可能让创业者牺牲未来的发展机会，实现短期收益，甚至也不得不为了达到对赌期目标损害企业的根基，站在企业角度看，不见得是好事。所以，我的朋友悦己网络科技有限公司的 CEO 储峰在融资选择时宁愿要香港的实业资本，也不愿意要著名 VC 的投资，要知道 VC 给的价格更吸引人。

因为对赌而成功的公司不在少数，蒙牛业绩增长远远超出了与摩根士丹利的对赌协议的预定的盈利目标，获得了 550% 的投资回报率，蒙牛高管也获得了价值数十亿元的股票。但更多的对赌以企业失例告终。中华英才网因与 Monster 对赌上市失败，不得不贱卖，当时操盘的徐新全部撤出；俏江南也因与鼎辉对赌上市失败而失去了控制权；永乐与摩根士丹利、鼎晖投资对赌，永乐最终输掉控制权，被国美收购。

为什么说 BAT 是更好的“接盘侠”

腾讯和阿里巴巴都有 1800 亿美元市值，百度 500 亿市值，年营收分别为 238 亿、

234 亿和 131 亿元，都是妥妥的超级现金流公司。作为国内市值最高的互联网公司，BAT 一举一动都拥有巨大的想象空间，曾经创业者绕不过的问题是 BAT 抄袭你怎么办？现在绕不过的问题是 BAT 不投你怎么办？ BAT 站队到底怎么选？当然，笔者这里说的 BAT 并不局限于 BAT，还包括与 BAT 一样具有极高现金流、较高估值的少数健康互联网公司。

1. 马太效应让 BAT 竞争优势更加明显

BAT 因为一步领先步步领先，正因为十余年的资本和企业运营积累，BAT 无论在人与信息、人与商品、人与人的关系都牢不可破。互联网行业本身就是高度垄断化的行业，老二非死不可，BAT 相较于新兴公司则拥有更多可能性，资源和人才的富集又加剧了这一态势。马太效应在互联网的表现尤为突出，因为行业的产品形态变化实在太快了，中国互联网从 1997 年发现到现在不到 20 年，但整体产业调整已过了五波，这是传统行业所不能想象的。所以 IBM、cocacola、宝马能够长盛不衰，但互联网产业也不过诞生了 BAT，有可能与 BAT 平起平坐的 X 仍然还在成长期。

从 Web1.0 发展到 2015 年前，整个互联网仍然是流量形态，只要能聚集到足够的流量就能获得商业上的成功，三大门户是这样，网络游戏也是这样，BAT 是这样。无论互联网形态怎么发展，BAT 的新产品尝试很容易获得海量的用户，这也是为什么新产品担心 BAT 抄你你怎么办的症结所在。所以博纳总裁于冬语才出惊人，预言电影公司未来都将给 BAT 打工。

2. BAT 需要通过并购拓宽护城河，加固企业核心优势

随着互联网 + 和互联网思维的兴起，服务和细分客群变得更加重要。注重让用户获得更好的服务（比如由此诞生的社群，罗辑思维估值 13.2 亿元），注重细分客群的公司（比如主打特卖的唯品会，主打海淘的小红书）都获得了长足的发展。一家公司的自身资源无法兼顾到方方面面，单纯靠“抄袭”来复制对手成功已经成为越来越难以完成的任务。所以，BAT 大举以并购的方式入股企业。

就在过去几年里，BAT 通过大量的并购进入了金融、娱乐、出行、医疗、教育、本地生活、O2O 等多个领域。数据显示，中国互联网前 30 名未上市创业公司，80% 背后有 BAT 的身影，但 BAT 的资本足迹却并不仅限于此，三家巨头共投资了 30 家已上市公司和几百家未上市公司，这一个侧面暗示了 BAT 的布局之广。

3. BAT 比 VC 更容易与企业乘坐一条船，而不是短视

BAT 本身是从企业做起，对企业发展阶段有自己的想法和目的，这是 BAT 投资与 VC 投资最大的不同。BAT 投资无外乎四种：1. 现有业务互补；2. 新兴业务布局；3. 财务投资；4. 抹杀创新，消除竞争。通过拍拍的失败、有啊的失败、来往的失败，BAT 认识到有些事情是自己做不了，花时间花钱也做不了的，所以未来创业者不必再回答如果 BAT 抄你你怎么办的问题，只需要做好产品即可，无论是哪种投资动因，BAT

对企业发展的干涉和短时间内的目标监管都比 VC 要宽松得多。BAT 投资者没有 VC 的账期限制，对纯粹财务投资的兴趣也弱于业务互补，所以愿意用长远的发展换取短时的收益。但无论是哪种对创业者而言都多了一种退出渠道和发展的新方向。

4. BAT 是最好的“接盘侠”

VC 的退出渠道实在太有限了，我们熟知的优酷土豆、滴滴快的、美团点评无一不是在并购双方共同 VC 的斡旋下达成的，缺少共同投资者，并购也是无源之水。另一种方式是熬到 IPO,但 IPO 受政策性影响太强，很容易出现窗口关闭或流血上市。

而对于 BAT 而言情况就不同了，因为 BAT 本身的企业特性，创业者多了一种选择，不仅可以被 BAT 增持，甚至在贴合产品的情况下可能被 BAT 全资收购，获得发展的第二春。比如 1 月 24 日，百度宣布收购人人所持的全部糯米网股份，6 月更斥资 200 亿继续投资；2 月 10 日，阿里巴巴 11 亿美元现金收购高德余下的 72% 的股份，加码旗下地图业务；2 月 19 日腾讯买下大众点评 20% 股份消息最终尘埃落定，目标直指本地生活化服务升级。毫无疑问，BAT 阵营对垒 O2O 的决心已显，而节奏也在不断加快。

5. BAT 的资源优势是创业企业缺乏的

BAT 对企业提供最大的支持不是资金，而是人和资源。BAT 每家都拥有自己最为独特和无法复制的资源优势，腾讯有微信、QQ；阿里有淘宝等购物数据；百度有搜索数据，BAT 都是巨大的流量入口，若接入创业公司带来的流量价值将是巨大的，京东接入微信，微博共享阿里购物数据，去哪儿接入百度知心计划，都为他们创造了巨大的价值。

BAT 还是海量的数据源，BAT 最终都会走向开放，但开放给谁，将那些信息孤岛连接起来的决策权掌握在 BAT 手中，通过投资的方式接入 BAT 的体系就显得尤为重要！

当潮水褪去的时候才知道谁在裸泳，当外部资金断裂时才知道究竟谁能活下来。无论是谁，一定不会是持续亏损的创业者，于刚因 1 号店因的持续亏损黯然离开；周航带领亏损的易到用车不得不失去控制权，大众点评与美团各自傲倨一方却不得不走向合并......

上市是创业者的目标，但亏损态势下即使上市又怎样？古永锵带领盈利无望的优酷一路估价下跌，最后不得不委身阿里；持续亏损的最大网上书店当当仍然偏安一隅；电商第一股的麦考林苟延残喘；搜狐门户价值为 0...... 再对比保持盈利的 BAT、网易、360、陌陌的市值......

互联网只有 BAT，及正现金流公司。非盈利型公司要么成为 BAT 的盘中餐，要么悄无声息地死去，无论是寒冬还是春天！

扫二维码分享本篇文章

最好的成功学：5 位创业者用 8 分钟讲出最痛的教训

2015 年虎嗅 F&M 创新节上“后悔药”环节里，5 位创业者反思自己创业经历，本文为其演讲整理。

YES 想要 蔡虎——“我是最早一批看到 O2O 风口的，却执迷概念，没发现需求还没起来”

今天特别想跟大家分享一下自己走过的挫折道路。我之前算个成功的职业经理人，在百度负责过百度联盟、电子商务等。我的第一次创业和在座的大多数人不一样，40 岁那年创业做爱乐活，当然这个并不完全是我的公司，控股方还是百度。坦率地说，2012 年一年下来并没有达到期望，但爱乐活在市场上赚足了眼球，我们是最早一批看到 O2O 风口的人，也是最早确立了现在流行模式的那批公司。

但是 2012 年底我们做深度探讨的时候，我们决定进行资本方面的重组。这件事情对我们来说，有钱、有人，财大气粗的，也是最早做的，为什么要有这样的决定，我们自己可以看到犯了三个错误：

第一，重量没重质。创业的开始我觉得最大的风险就是自己钱多、人多。因为当这种情况出现的时候，自然心里想把事儿做多，没有在一个事情上做到极致。

第二，跟随市场声音。由于这个事情比较早期，所以当产品刚出来的时候，遇到市场上很多不同的声音，有赞扬声、挑战声，等等。在这样的杂音中间，创始人或者是创业团队，很容易缺少定性，跟着市场走。

第三，用户习惯尚未被培养。痴迷于自己相信的未来，但是没有很深入地看，在那个时间点用户的需求是不是已经准备好了，没有及时地去做调整。

那么第二次就是去年开始，我尝试更多移动电商、社会化电商领域多做事情。两次创业过程，有三件事情是值得跟大家分享的：

最基本创业的初始点还是满足用户的需求，但是这样一个简简单单的一句话包含了三层意思，就是什么是用户的需求，谁是你的用户，以及怎么满足。除此之外，也是结合爱乐活的经验，有三点。

第一点，团队极其重要。在这儿讲，大家不是很稀奇，但是如果一开始当你有这么多钱的时候，自然会组建豪华的团队，所以当时爱乐活的团队真的是非常豪华，现在看来真的有足够多的经验和成功背景的人，也许不适合从 0 到 1 的创业。

第二点，时机。2011 年移动互联网还没有真正起来，2012 年移动互联网真正起来的时候，最早一波是娱乐化的商潮，还没有到所谓 O2O 商业化。所以 2012 年我们做 O2O 还是太早。

第三点，产品是最重要的。如果没有在一个点上找准用户的需求，把自己的产品满足用户，其实 0 到 1 的过程永远都没有结束，不需要推广，做任何事情是没有用的。

融 360 刘曹峰——“我曾经对内心相信的东西，不够坚定”

融 360 到目前为止还没有犯过特别大的错误，但是中、小的错误很多，今天总结为一点。我发现，我们犯的错误都是来自于对你内心里面相信的东西，是否有足够的坚定、坚持以及决心，还是说会过于犹豫，会迫于压力和利益，最后选择了妥协。

我认为创业本来就是一场赌注，很多的评论家和分析者在你身边不停地发出各种声音，告诉你有这样那样的问题。回过头看，原来的同事们现在做出了成绩的，很多都不是一开始分析得最有道理的，而是坚定地走下去的。

我们有个业务已经做了一年了，但是始终不行，自己也不知道怎么一回事。后来无意之间在业界聊的时候，看到了广东一家公司，竟然能比我们做得好很多，挖出来很多我们没想到的点，把这个事儿做成了。后来我一看，原来人家把身家性命都赌在这一件事情，人家的投入是我的 3 到 5 倍，融 360 虽然看起来 700 号，人很多，但是在这个业务上面投入的人力和决心没有人家大，他成功了，他做起来了，我们没有。

第二点，信仰。其实没有利益的时候，每个人都可以谈信仰。但是置身利益之中，有时对信仰就不是那么坚定。最近我让我们的公司增加了 1/3 的人，但是财务上非常糟糕，直到过去两个月数据才改观。当有些利益唾手可得时，这是不是打开天窗的钥匙？可能不是。

举一个京东的例子，刘强东做电商送货速度快这一点，在用户心里面值多少钱？可能不值几个钱。但是做了这个决定可能使公司的管理结构发生了质的变化，可能从1万人公司变成10万人的，可能由一个赚钱的公司变成亏损的公司，这个时候，我相信刘强东心里面是有信仰的。

还有一个是做与做好。我认为创业时，你比别人牛，把别人干掉，不在于你的人多、聪明、背景多大，我认为是在于在一个点投入了数倍的精力、资源，组成了一条主线把你带向成功。最近，我要求招一线的技术人员，这些人的年薪要接近100万。公司各种人跳出来，问为什么要投入这么多，会有很多方面的阻力。这个时候，你能否在你内心深处坚定相信，有足够的决心投入下去。

最后，要抗得住压力、跟随自己的内心，首先得说服自己，是否信这个东西，只有信了才能有足够的决心。

春水堂 蔺德刚——“我浪费了三年做线下情趣用品连锁店”

春水堂于2002年12月22号创立，是最早的线上的垂直电商之一，算一代半互联网的电商。同时期的互联网产品有淘宝（2003年5月份创立）、易趣、当当、8848等。春水堂当时很不幸，从支付到配送，到信用、推广渠道，电商环境都还不是太好。但2005年中国有另一个商业模式非常的火热，叫特许经营，我就去拥抱了一个热潮就是连锁。从2005年底开始定好战略，2006年做筹备招募团队，2007年开始正式对外招加盟商，2008年底，春水堂在中国一共有100多个加盟店。

加盟会遇到一个困境，就是管不住，因为中国人很聪明，在契约精神上有一些欠缺，导致一颗真诚的心对待加盟商，也管不住分布在全国各地的加盟商。中国几乎所有的加盟体系都会遇到类似的问题，中国有两种典型加盟：一种是盟主是骗子，包装一个项目，核心商业模式是赚取加盟费，从来没有想把生意做长久；另外一种就是像我这样，盟主是非常靠谱的，下面的加盟商体系管不住，加盟商太聪明。所以2008年底我们决定把加盟事情停掉，2009年就专门给加盟商“擦屁股”。

我们是第一代电商，但是我们用了4年的时间绕在加盟的事情上，错失了第一波互联网融资（2008、2009年）的热潮。就是说我们看一个事情，用一年时间看做取舍、用三年时间看做取舍，和用五年时间看做取舍，你的选择是完全不一样的。商业里面有一个词是核心竞争力，这个通常需要用三五年时间打造。

就像现在的股市，不要因为4000点去进入，也不要因为2000点放弃。而是去想，我要做什么事情，给自己三年、五年甚至十年的时间，去打造真正的核心竞争力，而不要迷惑于当下资本冷、资本热、或者是股市高和低。

不跟团 大龙宽——“创始人太过自信，往往就会自己坑了自己”

说坑是最恐怖的事情，哪个企业愿意一丝不挂让你随便看？任何一个企业都不愿意，所以我的投资人说最好不要，但是我还是坚持。我是第三次创业，第一次创业是1997年，做的全是政府项目，第二次创业做出境游批发商，我已经做到全国最大的澳洲游供应商。2010年，我觉得行业会有问题，我们未来一定会发生一次变化，是什么？互联网。不懂，跳进去！火有多热自己烧，水有多热自己试，我们就办了一个B2C的网站。

到这儿的特别想跟大家沟通是，问自己为什么要创业？2010年跳入互联网，做B2C的时候，我真的没有想好这个问题，我需要把穿好的衣服一件一件脱出来。严格意义上我是传统企业转型互联网，我遇到最大的问题是，在传统企业拥有资源的状态下，认为互联网是工具，我有产品，你们OTA都是从我这儿拿货，我直接把给你的价托底卖就好了。我就是这样的想法，但就是没想明白，用户是什么，到底怎么做？投入了一大批钱，最后项目就关了。我重要的问题就是自己造了自己的妄念。

后来，我们在深度的研究后，发现我们要做C2B的定制化和买手级产品，从市场的需求方出发，去做差异化。前面，OTA已经有那么多的搭建，不好逾越了，传统的这块做成这个样子。必须找一个区隔市场，未来三五年会大爆发。

第三次创业时，我们特别清晰地认知一点，创始人不能什么都干。我就犯过这个错，我自己当产品经理什么都不懂，觉得这就是用户体验，找90后聊吧，发现自己做的东西拿出来不是那么一回事。在创业的过程里面，真真正正的关键、真真正正的坑就是创始人。创始人成为了企业和团队的天花板，这项目必死。怎么让创始人不成为天花板？就是开放的心态。

所以我们只做一件事，只为了旅行的愉悦而努力。旅游行业在整个社会的信任度大家都知道，这个行业能不能有好的靠谱的产品？我们有一个做了15年日本的产品经理，拍案而起说：“我终于可以做一个我妈能参加的项目了。我终于可以凭着我自己的想法和良心做一次旅游的产品。”当然，这不是泛指现在的旅游产品没有良心，这只是我们表达情绪的一种方式。

我们找到了一个共同的目标方向，它跟钱没关系，就是我们要干的事儿，一个创业团队里找到这样的感觉特别重要，我自己想想都起鸡皮疙瘩。

对于我警示自己的话也拿出来分享，就是：自我觉察，自我感知，觉察自己的情绪，觉察自己的做法，感觉对方的感受，知道自己哪做得不好，请专业的人做专业的事儿。

所以砸开壳迎接世界，这就是我的想法。

铁血网 蒋磊——“创业公司不要把产品线铺太宽，欲速则不达”

论坛里的朋友都叫我蒋校长，还在清华读书时，2001 年创办铁血网，一冲动生了个孩子，一养就是 15 年。创业的过程总是崎岖，直到 2008 年我才找到社区电商的新模式，把内容生产和商品销售打通，铁血也就走上了高速发展的道路。那几年赚了不少钱，我买了车也买了房，第一辆车是奔驰，车展刚刚发布就买了，进口，顶配。这车是第一个装备日间行车灯的，白天很远都能看到我。那时就我一个人大白天点着大灯，在别人看傻瓜的眼光中，加速、变道，亮瞎氪金狗眼。# 这不是得瑟是什么 #

那个时候觉得自己什么都能做，经常想除了军事以外，还能做点什么，更快地把规模做大。

我们发现，幽默笑话可以吸引很多人气，于是捧腹网诞生了。铁血的团队还是很有战斗力的，2012 年，我们用了不到两年的时间，捧腹网的访问量达到了铁血的水平，每天几百万的 UV，而做到同一水平的访问量，铁血用了 10 年，捧腹只用了不到两年。

初步的成功进一步刺激了我的野心。我就想很简单，我们多做几个这样的网站就 OK 了。于是很快从追两只兔子，变成了追很多只兔子，钓鱼之家、骑行之家、网页游戏开发，新的项目不断的启动。

结果，我们没有等到期盼中的全面成功，我们遭遇了铁血有史以来最大的危机，2013 年仅仅一年时间，我们就亏损了 2000 万。

为什么？其实一个企业里面最宝贵的资源就是 CEO 的时间。当你对一个项目给予最够的关注的时候，背后调动了整个公司的资源，当这个项目有资源的时候，就很容易突破和成功。但是你有这么多项目的时候，你的资源分散到每个项目中，每个项目都吃不饱，像我们手上有一把刀，不用刀刃，可能连一块豆腐都切不动。

痛定思痛，我们决定把所有的跟军事无关的业务都剥离、拆分，即使是赚钱的。为了弥补这 2000 万的亏损去募集资金，把所有的房子抵押了，拿去银行贷款。但是还不够，最后把太太陪嫁的房子也抵押了，可以说赌上了全部的身家，一旦失败就一无所有。

聚焦的力量是巨大的，仅仅一年时间就从亏损 2000 万，重新回到了盈利的状态。所以说这个世界上后悔药还是有的，早吃早好！也因为聚焦军事，我们发现军事这个市场比我们想象大得多，我们聚焦军事以后发现手上居然有 6000 个军事小说的 IP，前几年热播的电视剧《雪豹》、《渗透》、《二炮手》，他们的影视改编权，都是从铁血买的，今年上半年热播的电影《大黑马》、《战狼》票房超过 5 个亿，编剧也是铁血的。聚焦军事以后，我们在今年拿到了首个军方的订单，军方 15 式防护裤的标准，都是我们参与制订的。这意味着每年可能都会有几千万的订单，我们现在把眼光投向海外，志在打造世界一流的战术服装品牌。

我们在移动端有一些落后，聚焦“军事”以后，我们开始运营自己的微信公众号，我们用了不到三个月的时间，就把每天加粉每天100，变成了每天几千。怎么做到的？我们把加粉这个事情做成一个战略任务，找一个项目经理，给他跨部门调动资源的权利，把加粉这个部门级的任务提升到公司级的任务。像这样的战略任务，我们控制在不超过10个，每个月会从几十个潜在的机会中挑选出最有价值的10个战略任务，聚焦再聚焦。

很多时候我们希望求快，资本总是贪婪的，总是希望你快一点，再快一点，但是我们想做一个强大的品牌，其实反而慢一点好。我们过早地把产品线铺得太宽，让大家对品牌意识变得模糊，可能是欲速则不达。我想创业者能够保持着自己的初心，能够真正地把自己想要的东西做出来，就挺好。

（感谢YES想要蔡虎、融360刘曹峰、春水堂蔺德刚、不跟团大龙宽、铁血网蒋磊对本书的贡献。）

扫二维码分享本篇文章

白鸦三次创业的反思：公司遇到问题，怎么走都是对的，吵架就死了

本文摘编自有赞微商城（原口袋通）创始人白鸦在虎嗅举办的创业线下活动上的演讲，发表于 2015 年 4 月 18 日。

再也不会有草根第一次创业就成功的故事了

有赞是我的第三次创业经历。第一次创业是跟我的大学学生会主席，当时想做一个个人的空间，让每个个人空间可以连起来，那会儿不知道就是 Facebook 的概念。当时做了三个月后资金链断了，我们几个人一共就筹了几十万现金，也没有融资渠道。那个时候我们犯了很严重的几个错误。

第一，资金链断了之后，我们俩的意见就产生分歧了。当时给我最直接的感受是，我们竟然用了各 50% 的股份在做合伙人的事情，以后创业要么我说了算，要么有一个人一定说了算，绝不能大家你好、我好，这是一个蠢到极点的错误。

第二，公司遇见问题的时候，走哪条路也许都是对的，问题是大家在吵架，不选就死了。

第三，世界上不会再有草根创业成功的故事了，至少不会有草根第一次创业就成功的故事。如果你一点见识都没有，一点眼光都没有，不走出去看看，注定是要挂掉的。要么自己走死了，要么会被别人的钱砸死了。所有包装出来的草根创业成功故事，要么玩了好多次，要么他背后根本不是一个草根。

我们清楚三年之后的格局，却不知道这三个月该干什么

第二次创业，我在阿里巴巴待了三年多，实在憋不住了，觉得太没意思了，要出来

创业。我们三个合伙人，每个人都有很大的决策力。一个在阿里巴巴待了 11 年，我在百度、在阿里巴巴做过，还有一个人是在美国雅虎当年做巴拿马计划的主工程师。我们三个人合伙创业，做了十个月。在那十个月里我们非常清楚未来三年这个领域会怎么发展，我们会面对什么样的格局，但是我们不知道这三个月该干什么。因为每个人都高瞻远瞩，每个人都是在大公司出来很有战略观的人，但是我们真的做下去之后，发现很多事情根本就执行不下去。我们在做一个导购的项目，但是我们三个人都是产品、技术出身，没有一个做运营，没有一个女人，而我们要服务的是女性用户。

我们团队组建成功之后，有人很快给了我们 900 万美金，追着我们要投。我们三个人自己凑了 1000 万人民币，觉得团队刚组建你就给我这么高的估值，我们要把业务做起来是不是估值更高？我们看不上那点钱，觉得融资太简单了，于是我们没要那笔钱。结果等业务做起来之后傻了，因为等你业务做起来之后，别人不看团队了，看你的业务，原来你们业务做成这样？估值一路下去，融资也出现很多问题，整整 10 个月我们做得特别辛苦。那个项目现在已经开始赚钱了，和我已经没有太大关系了，只留下一个最大的股东在支撑这个项目。

还有特别大的感受，在那 10 个月里我特别焦虑，每天都在想，万一这事搞砸了，几十个跟我混的人，尤其是十几个被我从阿里巴巴挖出来的人，他们可怎么办。跟我特别好的几个人，有一天晚上把我拉到一个咖啡馆谈心，把我使劲批斗了一顿，说你以为我们就蠢到公司做不下去我们就活不下去了吗？如果我们那么惨，你还会把我们挖出来吗？但说实话，我自己那个心态还是改不了，这就是第二次创业。

站在风口，让客户推着你走

第三次创业是现在这个项目，在微电商这个领域（我们）站在了风口上，但是有几个事情越想越值得分享。第一个就是这一次创业的时候，我做到了第一我绝对说了算，第二初始团队的人都不是那么强，因为我发现三个人都特别强反倒有问题。我们前两年基本只有两条价值观，第一就是让白鸦说该怎么搞，第二条就是坚决执行下去。

从一年半的时候开始遇到问题，就是我特别累，我是公司最大的瓶颈。于是我们开始分权，不惜代价找更多更牛的人，把私人的股份让给他，把更多的期权给他，给他们更多的空间。这一路走下来，团队在不断优化。所以我觉得，刚开始第一年独裁非常重要，越往后很多事情需要更多人来做，不然会出现瓶颈。

第二个值得分享的，是有赞这个项目从第一天我们就很清楚未来三年、五年的目标是什么，但是我们并不能把这个目标描绘地很清楚，从有赞的第一天到现在，（我）几乎从没把计划做超过半年。我们在前面这一年不知道未来三个月做什么，但是我们知道这三个月在做什么。像是流水一样，水往下流，越流可能越顺畅，越走我们越知道自己往哪儿走。

这次创业从第一天就开始融资。我永远都准备足了超过 10 个月的现金，保证我可以活着。第二，我们团队成员拿到的薪水是高于阿里巴巴 15% 的，我要保证大家在这里虽然很忙、很累，但薪资上我没亏待大家。我们去了解大家有没有成长，开不开心。万一有一天我把它玩大了，也没什么大不了的，因为现在没有亏到他，将来也没有亏到他，大家可以很放松地往前去走。

我不敢说我是一个成功的创业者，我们随时也可能会死掉，我们刚刚 B 轮才结束没多久，其实也在死亡的边缘，我甚至都不知道未来的 4 个月和 5 个月之后是什么样子。我其实给大家说的是一些过往的比较傻的经历，和一些失败的经验，希望对创业者有帮助。

扫二维码分享本篇文章

第二部分　创新有腔调

虎嗅每天都在追踪新闻，求快，但相当一部分虎嗅网传播极广的文章，却并非对新闻的快评，其魅力来自它们十足的个性、别具的洞见，嬉笑怒骂成文章。这一类文章在虎嗅还蛮多的，经过反复选择、忍痛割爱，最后选出以下五篇。

它们来自伯通、阑夕、肖知兴和评论尸。

伯通的文章重考据和事实，反话正说，观点鲜明。他说："别人写作靠才华，我靠黑眼圈"，"（我）习惯于把一个好的文章选题都当做开矿，这个矿只要挖了，我就要挖到底，一口吃定，以后大家再谈论这个话题时，我的文章就是绕不过去的要素。"

阑夕无需更多介绍，这是一位百科全书式的作者 。曾自嘲"似乎已经被默认为'虎嗅力捧的价值观堪忧的作者'"的他，也曾抱怨虎嗅审稿水准的"模糊性"，这是对虎嗅编辑有益的鞭策。《NASA：依赖施舍的伟大》，使很多互联网圈外的人第一次注意到阑夕笔端的魅力。

肖知兴老师是令人敬佩的一位学养深厚的学者。他虽然在虎嗅2015F&M创新节上演讲时遭遇到可怕的弹幕雨，但窃以为这局面当归罪为，虎嗅没能给肖老师留出足够充裕的时间能让他从容阐述他的观点。看看他在中欧工商学院演讲整理出的这篇——《人文视角看互联网》，我们可以得知在肖知兴老师的思维框架中，他是如何打通中西管理学甚至文明。

评论尸，是作者的一个玩票性质的马甲，其本职工作是一家创投媒体编辑。他称，之所以不愿意透露姓名、性别性向和职业，是因为平时说话刻薄、喜欢传播负能量，怕暴露真实身份与姓名后被追杀。在一个ID下面找到安全感的评论尸，立志做一个不理性、不客观、不中立的作者，现在拉了一票朋友在做一个去中心化的新媒体实验项目赤潮。

正是这些性格鲜明性向不明的作者，共同打造出了虎嗅独立、犀利、真实、多元的腔调。该种腔调，虎嗅视为一个创新社会必备的土壤。

写作还有什么用

本文作者伯通，发表于 2015 年 10 月 9 日

十一回家，有亲戚问我：你整天在网上写那些文章，有什么用啊？

这个问题很好，只是当时我恰好咽饭一时语塞气短，打了个哈哈就过去了。后来在高速进京排队时，我想了几条答案，供有同样的疑问的朋友借鉴。

首先需要说明的是，非工作写作最好是在有一定物质基础之后再正式成为日常爱好，在校生给萌芽之类的投投稿没什么，家里等米下锅时可没功夫再去邮局取你那微薄的稿费单子了。

为什么我不建议没有物质基础的朋友把写作列为高频爱好呢？

这里起码有两个坑。

一是商业合作

现在各类营销撰稿需求无孔不入，初学者中了蛊，没有大的机缘很难跳出去。我认识些在 ChinaZ 时期就一百一篇写软文的家伙，快十年过去了，还在费劲埋头写软文。这拨人写的稿子在任何一个先审后发的平台几乎都通不过，文章可读性几乎是负数，自身也无附加价值可言，编辑们拒他们稿时连理由都懒得写了，而且也没见到哪个人真靠这玩意提升了自己的社会阶层。

二是过于刻薄

我曾经参与过一个多人博客的创作，那个博客叫《爱枣报》，网龄较长的朋友可能听说过。当时完全是凭着一腔热血写春秋啊，连着写了好几年的大盘点，还很“中二”地把文章打印出来给父母看，说这就是我能去北京混的本钱。现在已经完全没法面对当年的文字了：

价值观民粹，用词刻薄，每一个滥用文字排列技巧的背后，都掩盖着自己贫瘠的视角。

同样，初学者如果入了这个蛊，并且还恰好以此收获了关注，定了套路和风格，那可真就万劫不复了。我们经常看到牛刀、宋鸿兵、周小平之类的，还有报纸二版时评员那类的，都是初入行时走火入魔导致现在腿脚还不利索。

当然，这个物质基础因人而定，我认为在北京家庭月收入15K以上就基本撞线了。单身朋友可以放宽经济要求，但需要加上另一个条件：拥有较成熟且稳定的性生活解决方案。这个就不展开说了。

那么接下来正式回应这个问题——我整天写这些不挣钱的破文章有什么用呢

很简单，搭车。

这个世界有两类人能获得超额回报，一类人可以开创历史手撕洪荒称霸江湖，另一类人只要在凌烟阁和云台阁写下自己的名字，也就是说大哥吃肉我能跟着喝汤，就已经远胜万千凡夫俗子了。这后一类人的行为，我统称为“搭车”。举个现实点的例子，就是很多70后知道或不知道京沪永远涨，但2009年之前在北京买了房。

写作，同样是一个很好的搭车行为。光过去几年间，中央的地方的东西南北方系的各路机构财主，投资设立的有点动静的阅读和传播平台就不下十个，每一个这样的平台都在拿钱砸渠道，雇专人做运营，一年365天张着血盆大口等好内容下锅。无论传媒生态如何改变，技术驱动如何解构，视频如何兴盛，人类对于阅读的需求永远不会消减。因为对于受众来说，文字是信息获取效率最高的方式，同时对于机构来说，文字是成本最低的方式。

所以写作者只要专心写作，渠道和传播有金主帮你做，而且你写好了，他们还会求着你，用我们家平台吧，独家首发最好。写作本身几乎是零成本的，再搭上资本构建阅读和传播平台的车，这笔账一开始就不会亏。

而且文章这种产品还有一个妙处：开分矿。

玩过即时战略游戏（比如红警星际魔兽争霸）的朋友都知道，这些游戏都有一类相通的玩法，叫开分矿。能够迅速开分基地的玩家，会有更好的战略优势。同时间段内，一个矿场和两个矿场的收入，这是再简单不过的比较了。

把文章发到网上后，你就去睡觉了。但你写的文章可能还在遥远不知何处的社交圈层中继续传播扩散，帮你做品牌证言。或者是时逢下一次类似事件时，你的老文章又被翻了出来，一篇文章几年后再火也并不鲜见。真可谓一次投入，终身受益。我习惯于把每一个好的文章选题都当做开矿，这个矿只要挖了，我就要挖到底，一口吃定，以后大家再谈论这个话题时，我的文章就是绕不过去的要素。

这个世界从不在乎你输入了什么，而在乎你输出了什么。从我在北京找到第一份工作开始，所有的雇主都知道我是野鸡技校毕业的，但 who care？学历和证书只能证明你曾经的输入，能否有一件产品流传出来并影响他人，才是你的输出。我每次跳槽简历都只有一张 A4 纸，上边都是我近期的文章，如果面试者说没看过，不熟，那对不起 byebye，我相信没在朋友圈看到过我文章的人，以后肯定也很难成为一路人。

而想要建立良好输出，就会倒逼你改良自己的输入系统。我写每篇大稿几乎都需要 30 个小时以上的阅读和素材积累。平均下来一小时的阅读和素材收集才能换来 100 字的成稿，无论是跟热点，还是专注于某个感兴趣的领域，都能够让你建立更高效的输入系统，以及思辨能力的大幅提升。

可能对方还会问：这些好处说一千道一万，不挣钱有什么用

没错，我坚持认为拿写作直接换钱是效率较低吃法较脏的方式，累、苦、难以持续。营销号的辛酸，我这种懒人是坚持不下来的，所以去年写了一篇《我为什么不写软文了》，之后推掉了一堆约稿需求。

那么写作不奔着钱去，拿什么支撑？快感，真的是快感。知乎上有个问题，叫“你经历过哪些与“性”无关，但是有高潮感觉的事？”，答主翡柏是这样写的，很精辟，分享给大家——

“创作过点什么的人应该都曾有这种体会。当满意作品在手中接近完成的时候，尤其是独立制作不曾借助外力的作品，在完成的那一刻，精神上获得巨大愉悦足以抵消之前所有倍受折磨的过程。在创作的过程中你是压抑的，克制的，有时甚至是绝望快接近奔溃的……但完成的那一刻，之前让人不安与快要发疯的煎熬都瞬间消失不见了。

你手边的作品是文字、绘画、摄影，手工、音乐等形式，甚至是代码，都有可能在完成的那一刻给你带来巨大满足。它的实现条件是要具备一定艺术性，偶然性，不可求性的。不能即刻实现，必须要经过一段时间的酝酿与反复调整。失败或归于平淡的可能性很大，然而你却出色地完成了。随后而来的那种愉悦真是任何事都代替不了的。”

那么，写作真的和物质回报无关吗

别着急。当你享受快感，并将这种快感通过阅读的方式传递给受众，并且能持之以

衡地高效运转这个快感传送带时，你离钱就不远了。真正的价值都是稀缺的，你掌握了一门稀缺技能，并且具有牢固的品牌识别及不可窃取的特性，怎么还会担心卖不出去呢？起码可以把简历和作品发给我嘛！

我从一个刚来北京半年都找不到工作的人，到现在拥有一份钱多事少离家近的工作，完全是拜写作所赐。和六年前的自己比，我完全享受了物质条件上飞跃式的提升，而这个过程，并不那么漫长和艰辛，也少了些水份和不可知性。

当然，我也看到有许多更不知从哪里杀出来的优秀写作者，一跃成为都市新贵，堪称改变了自身和家族的命运。这样一个零成本打造自身品牌溢价的技能，除了打工外还有很多更高额回报的途径，比如编剧 IP 孵化甚至幕后转台前，那些就不是我所了解的领域了，不谈了。

扫二维码分享本篇文章

NASA：依赖施舍的伟大

本文作者阑夕，发表于2015年7月24日

NASA是“美国国家航空航天局”的缩写，它创建于美苏冷战期间，由军人出身的美国总统艾森豪威尔主导改组成立，是20世纪下半叶那场恢宏史诗般的太空竞赛的绝对主角。

由于“Kepler-452b”的发现，NASA再度成为全球媒体关心的焦点，在应用科学风光无限、理论科学陷入沉寂的今天，除了NASA，恐怕也只有CERN（欧洲核子研究中心）对于大型强子对撞机的启用风波，才能重拾公众对于“人类将会何去何从”的哲学注意。

事实上，受战后政局的因素影响，NASA在和平时期的生存空间日趋紧张，虽不至关门大吉的程度，却让受雇于NASA的顶尖科学家们越来越开始担忧自己是否会无力支付住房贷款。2013年，NASA现役3架航天飞机全部退役，更早时候，奥巴马亦签署总统预算案，取消了成本高昂的旨在重返月球的“星座”项目，民主党并没有延续小布什总统承诺的年度7%预算增长。

当然，这并不是说NASA被迫卷入政治斗争，而是美国民众用选票表达了他们对于税款用途的指导意见，这再也不是那个艾森豪威尔能够带着一票科学家在新墨西哥州开发适用于火炮发射的原子弹的时代了，来自战争的威胁既会导致科技水平跳跃发展，也使民众逐渐反感扣在爱国主义这顶帽子底下的穷兵黩武。

当“奋进号”航天飞机退役时（上图），前来送行的洛杉矶民众几乎都是有着白发的中年人，美国数个“太空镇”也承受了上万人失业的阵痛。专业热度下滑，不可避免地也削弱了民间团体的兴趣，连“UFO”这种建立于伪科学之上的话题也不再受到追捧。

缺少国家财政的支持，NASA 近年以来不得不寻求各种路径的商业合作，用以筹款以及维持近地运输能力，明星商人埃隆·马斯克的 Space X 就是其中之一。

只是，商业项目对于回报的重视，与科研机构雄心勃勃的理想情怀，总会存在相悖的情况。由于变相鼓励商业公司介入空间领域，NASA 需要抽出不少人力，去配合合作伙伴完成诸如“如何更快地开发服务于富豪阶层的太空旅行线路”等项目，却在“发射红外线太空望远镜用以监测小行星避免地球危机”这类议题上孤掌难鸣。

有趣的是，并不隶属于主流科学行业的科幻作家反而是感触最深的群体。中国最为炙手可热的科幻作家刘慈欣就明确表示过他对“太空歌剧”的迷恋，他毫不掩饰发达国家用低成本的无人探测取代载人航天事业的失望，“谁能说清楚阿波罗除了带回来两吨月球的石头，到底有多大的经济效益？……我们现在甚至比哥伦布要有利得多……我们要探测的新世界抬头就能看到，但是现在没有人来出这笔钱。”

当《海底两万里》被《饥饿游戏》的锋芒完全掩盖，美国的科幻作家发现“反乌托邦”的阅读市场已经到来，现实主义驱动人们不再迷恋科学的正向创造，人们担忧污染、转基因、核战争、传染疾病等未来隐患，不再兴致勃勃地讨论会飞的汽车、机器人管家或是火星殖民计划。

就连电影市场也敏锐捕捉到了这种变化。二十年前，《未来水世界》票房惨败，苛刻的评论家表示这部建立在海水淹没地球的背景之下的影片简直就像是“一场诅咒”。二十年后，《疯狂的麦克斯：狂暴之路》名利双收，人们已经不再惧怕一个资源短缺、适者生存的未来，它的合理性亦被广泛接受。所以，《星际穿越》的设定倒是在社交网络上引起了 NASA 工程师的共鸣，在那个故事里，当生存危机逼近人类，各国政府纷纷撤销与农业无关的教育专业，NASA 更是首批被放弃的职能机构。

美国财政历史数字显示，1965 年，NASA 获得了 4.3% 的联邦拨款支持，50 年后，这个占比萎缩到了 0.5%，而且还将继续走低。

Khalid Rafiq 为 NASA 工作了 20 年，当他所在的部门因为预算无力“顾及”而被裁减时，他发现自己无法在社会上找到适合自己技能的工作。因为距离领取退休金还有相当长的一段岁月，迫于生计，他开起了出租车，常有乘客惊讶于前排这名有着 EE PHD 学位的司机。

无论是传回冥王星高清照片的“新视野号”探测器，还是发现“另一个地球”的开普勒太空望远镜，这些项目的起点，均源自制订于本世纪初的计划，并在成果产生之前饱受诟病。为了证明自身存在的合理性，NASA 也开始被迫扮演“标题党”的角色，动辄“搞出一个大新闻”，将激烈的质疑勉强替换为揶揄的吐槽，委实坚忍。

知乎上有人指出，开普勒太空望远镜的团队领导比尔·博鲁茨基刚刚退休，他在 1992 年提出这项方案，直到 2009 年，足足磨了 17 年——这几乎消耗了他在 NASA 供职时光的 1/3——才将人类投向宇宙的视线部署到了太阳轨道上。根据 NASA 的说明，“Kepler–452b”是在 2013 年就已经探测到的一批行星之一，在同一年，开普勒太空望远镜坏掉了它的第二个反作用轮，而 NASA 则在反复讨论之后表示无力修复，于是，“Kepler–452b”也很有可能是 NASA 数十年内寻找类地行星的最后成果。

NASA 同时也必须面临“拆东墙、补西墙”的境况。今年年初，美国政府里负责对接 NASA 的参议员特德·克鲁兹被人挂到了著名的“白宫情愿”网站上，有人要求这个“不懂科学的政客”退出 NASA 项目，因为特德·克鲁兹提议 NASA 放弃对地球大气的研究，将资金用于火星、木卫二以及太空领域。美国人有理由反对这种“舍近求远”的主张，尤其是在地震、干旱和飓风等气候问题仍在对美国公民的生活造成损害的当下，将美钞换成发向外太空的各种探测器似乎并没有太多的说服力。

问题在于，既不提高预算上限，又不允许重新分配，NASA 承担的使命也就愈加尴尬，公众寄望于 NASA 成为一个“有用”的机构，而“有用”的定义通常又落于衡量它“能否创造福祉”的标准上，这让 NASA 总是忙于自证清白，不定期地召开各种发布会，将那些千里之行里的跬步设法放大，解释这项事业的意义。

每到这种时刻，我总会想起 1970 年，赞比亚——非洲一个兵荒马乱的穷苦国家——的一名修女玛丽·尤肯达写信给 NASA 这件事情。善良的修女无法理解，地球上还有很多孩子需要忍受饥饿煎熬，为什么美国还要耗费数十亿美元尝试把人送到宇宙里去？

NASA 的一名科学家恩斯特·史都林格给她回信，全文如下：

尊敬的玛丽·尤肯达修女：

你的来信收到了。我每天都会收到很多信，这一封对我的触动最大，因为它让我看到了一个富有探求精神的灵魂，一颗仁慈怜悯之心。我会尽我所能回答你提出的问题。首先，我要向你以及和你一样的勇敢修女们表达深深的敬意，因为你们将毕生精力献身于人类最高尚的事业——帮助所有需要帮助的人。

你在信中问我，为何我会在地球上仍有很多儿童面临饿死威胁之时，建议投入数十亿美元实施火星探索计划？我想你一定不希望我给出这样一种回答——“哦，我并不知道很多孩子正因为饥饿走向死亡，从这一刻起，我会停止任何太空方面的研究，直到人类解决这个问题。”实际上，在我意识到火星之旅在技术上具有可行性前很久，我就已经知道很多孩子正在挨饿。然而，我以及我的很多同伴仍然坚信前往月球、火星以及其他行星是一种在当下值得进行的冒险，我甚至认为与其他很多潜在的援助计划相比，这项探索计划能够在更大程度上帮助解决我们面临的各种严峻问题。援助计划每年都在讨论和争论，但所产生的效果却远远没有达到令人满意的程度。

在解释太空探索计划如何帮助我们解决地球上的各种问题之前，我想先给你讲一个真实的故事，这个故事也许有助于你了解我的观点。故事发生在大约 400 年前德国的一个小镇。这个小镇有一位非常仁慈的伯爵，把自己的大部分收入都用来救济镇上的穷苦百姓。这份仁慈令人非常感动，因为在中世纪，穷苦百姓实在是太多了并且经常出现全国性瘟疫。

有一天，伯爵遇到一个奇怪的男人。他的家里有一个工作台和一个小实验室。他白天辛勤劳作，每天晚上都会拿出几个小时在自己的实验室搞研究。他将一块块玻璃打磨成小镜片，而后将镜片安装到镜筒上，利用这种装置观察非常微小的物体。放大数倍的微小生灵尤其让伯爵感动不可思议，深深着迷，因为这是他此前从没有见过的。伯爵邀请这名男子带着他的实验设备搬到自己的城堡，成为他的一名“特殊员工”。从此，这个怪人将自己的全部精力都用来研制和改进他的光学仪器上。

镇上的人认为这个怪人是在研究一些没用的东西，伯爵在他身上浪费了太多钱，都感到很愤怒。他们抱怨说：“我们还在忍受瘟疫的折磨，而他却拿钱让这个男人搞一些没有用的爱好。”听到这样的抱怨，伯爵并没有因此动摇，仍坚持自己的做法。他说：“我会尽我所能帮助你们，但我仍会支持他的研究，因为我坚信他的研究终有一天会得到回报。”

事实证明，伯爵的话是对的。这个怪人最后研制出我们现在熟知的显微镜。在促进医学进步方面，其他任何发明都无法与显微镜相提并论。它的问世帮助人类消除世界上大部分地区的瘟疫以及其他很多种接触性传染病。如果没有显微镜，人类无法取得这些成就。在显微镜诞生过程中，伯爵投入的钱显然发挥了重要作用。在帮助减轻人类遭受的苦难方面，花钱支持研制显微镜所能做出的贡献显然远远超过单纯地救济遭受瘟疫侵袭的不幸者。

从很大程度上说，我们面临着类似的情况。美国每年的年度预算大约在 2000 亿美元左右，这笔预算最终花在医疗、教育、福利、城市建设、高速公路、交通运输、外国援助、国防、环境保护、科学研究、农业以及美国国内和国外的很多机构上。今年的预算有大约 1.6% 划拨给太空探索计划。太空探索计划包括阿波罗登月计划，很多涉及到天体物理学、空间天文学和空间生物学的小规模计划，行星探索计划以及与地球资源和太空工程学有关的计划。为了实施这些探索计划，每个年收入 1 万美元的美国纳税人每年需拿出 30 美元，余下的 9970 美元用于各种生活开支、休闲娱乐、储蓄、其他花销以及其他税赋。

你也许会问：“为什么不从每个美国纳税人缴纳的 30‘太空美元’中拨出 5 美元、3 美元或者 1 美元，援助忍受饥饿的儿童呢？”为了回答这个问题，我必须向你简要解释一下美国的国库如何运作。美国的情况与其他国家类似。美国政府由很多部门和机构构成，例如内政部、司法部、卫生教育与福利部、交通部、国防部、国家科学基金会、国家航空航天局（宇航局）。所有这些部门和机构都要根据自身承担的任务制定年度预算，每一笔预算都要受到国会委员会的严格监管，都要承受来自预算局和总统的压力。国会划拨后，各部门和机构的预算只能用于预算案上列出和政府批准的项目。

宇航局的预算只能用于与航空航天有关的探索计划。如果国会没有批准这笔预算，宇航局便无法从其他渠道获得所需的资金。他们不可能直接从纳税人那里筹集资金，唯一的方式就是其他预算提出追加请求并获得批准，宇航局方可获得这笔并非用于太空计划的资金。听完我的介绍，你应该已经意识到援助遭遇饥荒的儿童，或者美国的其他对外援助项目都必须递交用于这些项目的预算请求，经国会批准后方可拿到资金。

你如果问我，我个人是否赞同政府采取援助措施，我的答案无疑是“赞同”。我完全不介意每年多交一些税，用于帮助忍受饥饿煎熬的孩子，不管他们身处何地。我相信我的所有朋友也是相同的态度。不过，我们不会为了实施这样的援助项目而停止火星探索计划。我甚至认为通过实施太空探索计划，我们能够为解决地球上的饥荒和贫困等严峻问题做出更大贡献，最终帮助找到这些问题的解决方案。

解决饥荒问题首先要着眼于两件事情，一个是粮食生产，一个是粮食分配。在世界上的一些地区，农业种植、畜牧业、海洋捕捞以及其他大规模食品生产活动都拥有很高的效率，但其他很多地区的效率都很低。如果在流域治理、肥料使用、天气预报、土壤肥力评估、作物种植规划、农田选择、种植方式、耕种时机选择、作物调查以及收割计划等方面，采取更为有效的技术和举措，我们便可大幅提高粮食产量，进而帮助解决饥荒问题。

毫无疑问，改进粮食生产的最理想工具就是人造地球卫星。人造卫星在高空环绕地球飞行，能够在很短的时间内对面积巨大的陆地区域进行研究，观测大量能够揭示农作物、土壤、干旱、降雨、积雪情况的因素，而后将数据传给地面站。据估计，即使一颗最为简单的地球卫星也能为一项改进全球农业生产的计划做出不小贡献，让作物的年产量大幅提高，带来数十亿美元的收入增长。

与粮食生产相比，将粮食分发给贫困地区是一个完全不同的问题，这个问题不仅涉及到交通运输，同时也涉及到国际合作。在接受大国提供的大批粮食援助时，小国的领导人可能产生担忧情绪，担心大国在提供援助的同时也对外输出了他们的影响力。在我看来，在减少国与国之间的隔阂前，我们不可能实现有效的粮食援助计划。同时，我也不认为太空探索计划能够在一夜时间取得这一成就。不过，太空探索计划却是最有效的方式之一，帮助解决这个问题。

还记得当年死里逃生的“阿波罗 13”号飞船吗？在“阿波罗 13”号即将重返地球大气层时，苏联关闭了境内所有与阿波罗计划频带相同的无线电通讯，以防止出现任何可能的干扰，同时派遣船只前往太平洋和大西洋海域，必要的时候执行紧急救援行动。如果搭载宇航员的返回舱在一艘苏联船只附近溅落，苏联人一定会像对待本国宇航员一样，对他们提供帮助。如果苏联宇航员也遇到类似的紧急情况，美国人也会出手相助，这一点毋庸置疑。

通过卫星监测和评估提高粮食产量，通过改善国际关系改进粮食分配，这还只是太空探索计划如何对人类生活产生深远影响的两个例证罢了。除此之外还有两个具有代表性的例证——促进技术进步和提高一代人的科学素养。登月飞船需要拥有极高的精确性和可靠性，在工程学发展史上，登月计划在这两方面取得的成就都是空前的。为满足这些要求，科学家研发了相关系统，这些系统为我们研发新材料和新技术提供了一个前所未有的机会，允许我们发明出更出色的技术系统和制造工艺，延长科学仪器的寿命，发现此前未知的自然定律。

实施阿波罗登月计划过程中掌握的科学知识同样也可用于研发在地球上使用的技术。太空探索计划每年孕育出大约 1000 项技术革新。这些技术革新大幅提高了人类的生活质量，帮助我们研制出性能更卓越的厨房设备、农场设备、缝纫机、无线电设备、船舶、飞机、天气预报和风暴预警系统、通讯设备、医疗设备以及其他日常生活用品。你可能会问，我们为何首先为登月宇航员研发生命支持系统，而后才为心脏病患者研制远程体征监测设备？答案很简单。在解决技术难题过程中取得的重大进步往往不是通过一种直接的方式，而是首先设定一个具有高度挑战性的目标，通过激发强大的动力促进技术革新，点燃科学家的想象力，促使他们尽自己最大可能完成设定的目标。这种方式就像是一个催化剂，催化出连锁反应。

太空飞行无疑扮演着这样的角色。火星之旅虽然不能直接帮助解决饥荒问题，但这项探索计划孕育出的很多新技术和新方法所能给人类带来的益处将远远超过所付出的成本。如果我们希望改善人类的生活质量，我们就需要研发各种新技术，需要继续进行科学研究，了解和掌握我们尚未获得的知识。我们需要进一步研究物理学、化学、生物学和生理学，需要在医药研究的道路上继续前进，战胜各种威胁人类生存的挑战，例如饥荒、疾病、食品和水污染以及环境污染。

我们需要更多的年轻人将科学研究作为毕生的事业。我们需要为科学家提供各种帮助，让他们充分发挥自己的聪明才智，在研究过程中取得丰硕成果。我们必须设定富有挑战性的研究目标并为研究计划提供充分支持。太空探索计划涉及到一系列引人注目的研究，例如对卫星和行星进行研究，对高深的物理学和天文学以及生物学和医学进行研究。它就像是一个完美的催化剂，能够在极大程度上促进科技进步。通过实施太空探索计划，我们得以拥有一系列令人兴奋的机会，观察神秘莫测的自然现象，研发各种新技术和新材料。

在美国政府指导、监管和提供资金的所有活动中，太空探索无疑是最引人注目同时也最能引起讨论的活动，虽然它的预算只占美国总预算的 1.6%，GDP 的 3‰。太空探索是孕育新技术和促进基础科学研究的催化剂，所能起到的作用是其他任何活动无法比拟的。从某种程度上说，太空探索对人类社会产生的深远影响甚至超过几千年来的战争。如果国与国之间不再进行研制轰炸机、火箭等武器的军备竞赛，而是在太空探索领域展开竞争，人类便可免遭很多苦难。这种竞争能够孕育出各种令人兴奋的成就，失败者也不必遭受痛苦命运，更不会制造仇恨和新的战争。

我们实施的太空探索计划虽然让我们远离地球，将目光投向月球、太阳、其他行星和恒星，但太空科学家最关注的仍旧是我们的地球，而不是这些天体。太空探索的终极目标是建设更完美的人类家园，探索过程中获得的所有科学知识以及所研发的所有新技术都将用于改善人类的生活质量。

随信寄出的照片是 1968 年圣诞节期间由“阿波罗 8 号”宇航员在环绕月球飞行时拍摄的，展示了我们的地球家园。在太空探索计划迄今为止取得的众多成就中，这幅照片可能最具有象征意义。它让我们意识到地球是怎样一颗美丽的星球。如果将无边无际的宇宙比作一个海洋，地球就是这个海洋中最美丽最宝贵的一座岛屿，是我们唯一的家园。在此之前，很多人并没有意识到地球的美丽与脆弱，更没有意识到肆意破坏生态平衡将给地球带来怎样的危害。在这幅照片第一次对外公布之后，号召人们警惕人类面临的各种严峻问题和挑战的呼声越来越高，例如污染、饥荒、贫困、城市生活、粮食生产、水资源管理和人口过度增长。拍摄这幅照片时，人类刚刚进步太空时代，也是第一次从太空观察我们的星球。公众对上述问题关注度的提高显然与太空探索计划有关，而非一种偶然。

太空探索为人类提供了一面审视自己的镜子，同时也孕育出一系列新技术。太空探索取得的成就增强了人类的信心和进取精神，让人类相信自己有能力解决面临的各种严峻考验和挑战。在我看来，人类通过太空探索取得的成就充分印证了“非洲圣人”阿尔贝特·施韦泽的那句名言——“我忧心忡忡地看待未来，但仍满怀美好的希望。”

献上我最真挚的祝福，永远祝福你和你的孩子们。

随信一并寄出的，还有当时新鲜出炉的、由阿波罗 8 号在月球轨道拍摄的第一张地球照片，也就是下面这张照片，美国天文学家将之称为“一粒悬于阳光底下的蔚蓝微尘”，而乔布斯的人生格言“Stay Hungry，Stay Foolish”也源于此。

NASA 同时具备普罗米修斯和西西弗斯两种戏剧人物的悲剧色彩。它不断试探人类文明的极限，又始终难以摆脱徒劳无功的评价。它的兴盛伴随着世界最为苦难和紧张的岁月，走下神坛的幕后则是日益富足的经济和高涨的权利意识。无神论者借它之手捍卫主张，虔诚的信徒反而更加敬畏未知。

你要知道的是，NASA 从不亏欠这个星球。今时今日，我们听惯了太多说教平凡生命也闪光的鸡汤，却很少再给真正的壮举致以全情投入的敬意。NASA 的存在，就仿佛灯塔一般充满信念的提示人类：尽自己所能，伟大地活着。

扫二维码分享本篇文章

互联网死了 23%，这只是开始

本文作者评论尸，原文发表于 2015 年 4 月 14 日

2003 年，刚刚进入德克萨斯州休斯敦大学政治科学专业不久的 Matt Mullenweg，在自己的博客 ma.tt 上发布了用于搭建博客所使用的程序源代码。是年 19 岁的 Matt，并不知道自己所编写的程序在之后的十年里会成为世界互联网的重要支柱。

一年之后，休斯顿本地新闻以“The Blog Times”为题写下他的创业故事，并在副标题上称之为“开启互联网博客时代之人”。而讽刺的是，正是这篇来自传统媒体的报道让 Matt 意识到：他自己和他所创造的 Wordpress 应当成为人类开拓信息疆域的革命性工具，于是他离开了休斯顿大学，驾驶着一辆二手车一路向西，来到位于旧金山的一家刚刚向互联网转型不久的媒体公司 CNET——开始将数字的福音弘向世界。

信息的黄金时代

如果你赶上了 2003 年，你就不会认为现在是创业最好的时代。

在世纪之交的互联网泡沫破灭之后，复数以上被誉为明日之星的科技公司湮灭在泡沫中，资本市场和终端消费市场对互联网的冷暴力整整持续了三年。直到 2003 年互联网才逐渐迎来了第二春，而 Matt 和他的 Wordpress 绝对不是那个时代中唯一的主角。

Google 在 2001 年发布了 Google Group，这是世界上第一个无需自己架设服务器也能使用的论坛服务——你可以把它想象成贴吧——Google 创建它的最初目的是为了取代繁琐的 NewsGroup。尽管 Google 在后来一系列试图颠覆 Email 的尝试中并没有获得成功，但 Google Group 确实加速了以电子邮件为基础的 NewsGroup 讨论组的消亡。

Google 还在 Wordpress 发布的那一年收购了由 Pyra Labs 创建的 Blogger，后者是当时世界上最大的 BSP（Blog Service Provider，博客服务提供商）。收购完成后，Google 依旧保留了 Blogger 这一标志性的独立品牌——就像面包牌面包那样的金字招牌——并继续为用户提供免费博客发布与存放服务。

直到第二年，这种全新的，由用户生产内容的方式才被开源软件学者 Tim O'Reilly 与他的伙伴在一次头脑风暴中被正式冠以 Web 2.0 这一名号。这个词在之后的很长一段时间里都是互联网创业者的万灵药，并且固化为一个又一个输入框与上传按钮——而在此前，大多数网站都不具备任何交互功能，用户打开这些网站的唯一驱动力是从那里获取一些信息而不是分享。

在那个时代，信息传播的门槛被降得前所未有的低，作为一个互联网用户——你甚至没有这样的自觉——你可以很方便地创建一个博客，发布任何你想发布的东西。在 2005 年出现的 Reddit 上，权威机构的新闻首次不再是人们关注的主角，而评论才是。

这意味着普通人可以用更加简单直观的方式在互联网上创造内容，互联网从这时才开始真正地成为了用户的互联网而不再是网络工程师、极客与怪咖的互联网。

全世界对有价值内容的渴求，让你在那个时代可以不用懂前端，无需了解复杂的代码，只需要写博客分享出你所知道的事情就能赚得盆满钵满。

封闭与孤岛

信息不互通是这个世界的 bug，而整个互联网都是为了修补这个漏洞而存在的。

早在博客时代，独立博客与 BSP 的争论就一直在博主之间持续。

独立博客用户倾向于独立购买一个域名，一台运行博客的个人主机，使用 Wordpress 或其他的博客代码，架设完全属于自己的博客。

在这样的博客里，博主对整个博客拥有绝对的控制权，他可以允许其他用户投稿，或是随意修改已经发出的稿件，可以删除或伪装评论，可以把博客的外观装修成自己喜欢的样子，还可以在最容易被点击的地方放上自己的广告。

追求独立博客的用户动机可能是为了赚钱——在那个时代写博客放广告月入数千美元并不是什么难事——也有可能是为了获得更高的自由度。而选择 BSP 的用户原因可能更为单纯，他们只是因为不会使用 Wordpress 或者是不愿意为域名及虚拟主机付钱。

虽然 Blogger——写博客的人——都是一群热爱写作与分享的家伙，但是选择独立博客与选择 BSP 的两类人却有着完全不同的生态：独立博客像是“中世纪欧洲封建制的城堡”，每一个“领主”在自己的领地上有绝对的自治权，并且彼此之间并不互通有无，而托管给 BSP 的博客更像是一个“联邦制的国家”。

虽然通过 RSS、PingBack 协议和 Disqus 评论等功能，独立博客的生态渐渐向着“欧盟”的方向发展，但绝对自主和过大的自由度仍然使每一个独立博客成为一个信息的孤岛——独立在互联网上并不与他人互联的自洽信息集合。

互联网的信息孤岛问题一直像是整个互联网上一个恼人的 bug，而所有的互联网先驱都在试图以自己的方式去修复这个 bug，因为这关系到互联网的本质——信息的互联和互通。

然而，在独立博客和独立建站上所出现的问题似乎是无解的，随着越来越多的 Web 2.0 形式出现，众多的独立博客博主也选择放弃独立博客加入到某一个 BSP 或后来出现的社交网络之中。Matt Mullenweg 也在 2006 年推出了 Wordpress.com，这是一个博客托管服务商，它允许用户不必购买域名和服务器就能架设自己的 Wordpress 博客。

信息的孤岛并没有彼此互联，而是漂移成了一整块大陆，没有人意识到，集约的产品形态恰恰是反互联网的。

版权与正义

迅雷给人类文明的打击就像是一片二向箔。

2002 年，邹胜龙 30 岁，迅雷 1.0 上线。然而迅雷干掉电驴和 BT 的时间也许比他自己预料中的要晚一些。实际上，直到 2007 年，迅雷、电驴社区和 BT 党之间的纷争还颇有些三足鼎立的态势。

P2P 下载的诞生，原本是为了缓解传统下载方式对服务器资源和带宽的压力。它让每个下载过文件的人自动成为服务器，从而大量节省下载服务器的开销。

然而 P2P 下载系统无意中带来的是这个世界上最伟大的信息库，在这个信息库里包含着人类每天生产的所有有价值的内容——有收费的，有免费的；有合法的，有非法的，有先进的；有古老的，人类产生的一切信息，只要有人还对它感兴趣，它就不会消失在这片数据海里。

而为了击溃这种近乎是人类最完美的内容分享体系，邹胜龙发明了“离线下载”。“离线下载”是迅雷走向资源大一统的决定性一招，这一功能是如此简洁：让用户忘记没有源的痛苦，告别夜以继日的挂机和焦急的等待。无论是什么资源，一切只需轻按一下“离线下载”，内容将很快出现在用户的硬盘里。

与所有优雅的功能背后隐藏着复杂的逻辑一样，“离线下载”良好的用户体验来自迅雷将整个资源海洋压缩到了自己的服务器农场中，这否定了 P2P 下载的双重意义：

- 节省的服务器带宽被迅雷所肩负，并转嫁成了迅雷客户端上的广告、弹窗、流氓插件和会员费用；

■ 分散存储的资源再一次被浓缩到了一个可以被锁定的目标上。

“离线下载”优雅的用户体验不仅仅是 to C（Consumer）的，也是 to B（Business）和 to G（Goverment）的。版权与审查的达摩克利斯之剑从此可以有的放矢，再不是抽刀断水——任何有主张权的人都能让一些信息从迅雷的疆域中永久消失。

尽管有一些人早就预料到了这一结局，“离线下载”还是在基于一种“就算我不用，也会有别人用”的心态下榨干了 P2P 的数据海。海里的鱼儿有些逃到了陆地上，而更多的，死在竭泽中。

2014 年迅雷上市，已经 42 岁的邹胜龙显然已经不太想去管后面的事情了：迅雷业务转型成 CDN 公司，迅雷股票缩水 22 倍，迅雷出售看看播放器套现。商业评论都说“迅雷完蛋了”而没有人注意到一个文明的结束——一片信息的大陆沉没了。

用户成就了邹胜龙的迅雷，迅雷造就了枯竭的现在，用户被动选择了版权与正义，一场历史的皆大欢喜。

指尖上的困局

人类用上帝赐予的十根手指创造了 iPhone，然后就只用两根拇指。

智能手机、平板电脑等触控设备的出现再加上 WiFi 的普及和 3G、4G 的发展，让信息获取的门槛再一次降低。然而这很有可能并不是一件好事，因为人们越来越少地在一块“大屏幕”前，看上一部大部头的专著或是一大段的视频。

搞清楚 IT（Information Technology，信息技术）里真正推动人类进步的是信息（Information）而不是技术（Technology）。这件事让全世界收获了一整个互联网时代，而当移动互联网时代来临时，技术却再次成为阻碍信息流动的双刃剑。

社交网络与移动互联网的结合像是皇后为白雪公主准备的苹果：它一方面产生大量的碎片化的无用信息，将高价值的大段的信息拆解、扭曲、杂音化；一方面又让普罗大众认为互联网本来就是如此，任何人都应该为制造这些垃圾做一点贡献。

在博客时代，尽管信息孤岛之间距离很远，但是我们仍能够看到一个话题又一个话题此起彼伏地引发讨论。这种讨论是非实时的、长篇幅的、经过沉淀的。在一个话题结束一年以后，你依然可以寻踪索迹地还原关于一个话题的全部。而不是像现在这样，你甚至很难在微博、Facebook 上回忆起去年究竟发生了什么。

1990 年的雅虎和 1999 年的 Google 在产品形态上都实现了让互联网上的信息变得更加互联，而智能手机和社交网站的兴起却让信息再次重回孤岛。

应用与应用之间的信息壁垒时至今日仍然如高墙一般，将有价值的信息圈养在自己的一方天地里。而在移动互联网时代诞生的公司也乐于相信这些内容是自己所独有的商业价值，不愿与他人分享。

更可怕的是，移动互联网正在瓦解人们对有价值信息的生产能力。

苹果将社会对互联网产品的审美引向了直觉化的歧途，这在苹果最新推出的 Apple Watch 上达到了极致——即便是苹果这样的公司也不可能拿出黑科技，让用户能够在一块手表上进行更复杂的交互了。于是它推荐用户在无法回复和不知道该怎么回复的时候，发送一个此时的心跳到对方手腕上。

这一颠覆式的交互让人类所有用于描绘心理的辞藻都归于虚无，它是如此的直觉、直观，以至于让用户仿佛返璞归真到了原始社会，让社交回归到无言的呼吸与心跳。纯洁得让人心碎，无用得让人心醉。

莎士比亚不可能在平板电脑上完成《麦克白》，智能手机也不行，智能手表也不行，智能眼镜也不行。移动互联网和我们可以预见的可穿戴设备像一只吸血鬼，它让每个人都可以消费有价值的内容，而从不产生任何有价值的内容。

All times gone

在人类信息文明最为发达的时代，人类的文明正在发生断层。

百度空间要关闭了。

是的，这不是人类第一次关闭如此大规模的 BSP，我们之前还挥别过 MySpace、无名小站和 MSN Spaces。除此之外，还有一些用户虽不多但影响力大到足以成为符号的博客网站，比如博易、博客中国，还有牛博网。

每一次这样的关闭，都像是一次被迫的搬家。虽然无论是微软还是百度，为了体验这样那样的责任感都会指定好备份和迁移的路径。但是在不同的 BSP 或存储方式下转移，就像搬家中总会或多或少地丢失一些东西一样。

更何况，在博客的黄金时代结束以后，绝大多数博客仅仅是存在着而并非仍然活着。更多的用户要等到“强拆”发生之后很久，才会面对着废墟想起自己曾经在某个地方有着一个热忱经营过的小窝。

当然，这样的天灾人祸在历史上总是不断地出现。

1900 年前，意大利沙诺河畔的一个小丘上，一场突如奇来的灾难毁灭了这座希腊人和腓尼基人所热爱的城市。庞贝古城一夜之间在维苏威火山掀起的波澜下沉入大地深处。

1700 年后，在科考队员的帮助下重见天日的庞贝古城遗迹中，包含着一些令人惊讶的羊皮纸卷。岩浆曾在这些古卷的旁边静静地流淌，除了边缘有一些烧焦，上面的文字清晰可鉴。

在感叹信息可以用如此简单的方式穿越时空的同时，对于大多数阅读本文的人来说，连 20 年前使用的磁盘都不可能轻易地读取。

互联网和云在加速大众遗忘的速度，我们很难回溯 1 年前社交网络上在谈论什么，很难找到 5 年前博客里的信息，很难找到 10 年前的影像资料，几乎无法读取 20 年前存储设备里的数据——但是我却能轻易地翻开家族相册看看 30 年前冲印的照片。

尽管 10 年前主流的影像文件与现在的 1080P 和 4K 标准相比，容量往往是不值一提的，然而在越建越多的服务器农场和越来越浓的“云”中，人们却抽不出哪怕一丁点儿的空间能为这些逐渐失去的信息留下备份。

2015 年 4 月 21 日，在百度空间正式关闭的这一天，WordPress 迎来了它 12 岁的生日。WordPress.com 首页写着这样一句文案：WordPress 占据互联网的 23%。

没人会怀疑这个数字，只不过这也意味着互联网上 23% 的内容将随着博主对他们的淡忘而在域名、服务器过期的时候永远地从世界上消失。

这些比特没有墓碑，没有考古学家知道这里曾经发生过什么。

扫二维码分享本篇文章

人文视角看互联网

本文作者肖知兴，原文发表于 2015 年 3 月 23 日
本文为肖知兴教授于 2015 年 3 月 21 日在中欧互联网 + 年会上的分享实录。小标题为虎嗅所加。

很高兴回到这个熟悉的讲台。我要讲的东西看起来离钱很远，非常远，其实，真要听懂了，你会发现，它离钱很近，因为我要讲的东西，是一切一切的核心：人！所以刚才听完腾迅红包、房多多就很着急地回去挣钱的，估计是不太容易挣到钱的，因为他们忽视了这个最重要的核心。

1969年10月29日

1969 年中科院组织专家批判爱因斯坦的相对论的时候，世界上发生了几件大事。一件事是 1969 年 7 月 21 号，阿波罗号登月，另一件事是 1969 年 10 月 29 号，互联网诞生。这一天，斯坦福大学的一台电脑和洛杉矶加州大学的一台电脑连接起来了，标志着互联网的正式诞生。互联网多少岁了？大家算一算。46 岁，和雷、王菲同龄。各位有没有也是 1969 年的，那你就跟互联网一般大。

回头去看西方文明史

今天中欧还有批判牛顿力学的，也算是奇葩了，不过我们就不去讲了。真正要理解这个互联网，还得回去看世界历史。中世纪后期，西方世界发生了一连串的事件，从文艺复兴到宗教改革、大航海运动、启蒙运动，到科学革命、工业革命、资产阶级革命，这一连串的事件改变了西方，也改变了全世界。在这个过程当中，引领潮流、独占鳌头的首先是英国，然后是美国。全世界所有国家，或前或后，或主动或被动，都必须加入到他们开创的这一场政治、经济、文化的全球化运动中去，没有办法。

英美VS欧陆

	英美	欧陆
哲学	经验主义/实证主义/归纳法	唯理主义/浪漫主义/演绎法
宗教	新教为主	天主教为主
法律	案例法	成文法
政治	“捆住国王的手”	“朕既国家”
变革	温和，改良	激进，革命
经济	市场竞争/股票资本主义	政府调控/福利资本主义
工业化模式	自然演变	计划式追赶
公司治理模式	股东利益最大化	相关者利益最大化

但是很多人不服气呀，不仅我们中国人憋着劲要搞中国模式，俄罗斯也要搞俄罗斯模式，德国也要搞德国模式，但最有资格搞不同模式的是谁？是法国。法国当时有一个著名的人物拉博·圣艾蒂安就呼吁：“啊，法兰西！你不要去学习榜样，你要去树立榜样！”所以他们在所有阵线都拉开架势，要跟英国人、美国人决一死战。哲学上，英国人、美国人讲的是经验主义、实证主义、归纳法，法国人、德国人非要讲唯理主义、浪漫主义、演绎法；政治上，英国是1688年“捆住国王的手”，法国人却搞“朕即国家”，后来演变成了卢梭所谓的“公意”，代表人民的根本利益，你不服从，你就是叛徒，你就要上断头台；经济发展上，英美强调市场竞争，强调股票市场，欧陆强调政府调控，强调员工福利，到现在为止，你到德国去开除一个工人，得先准备好五十到一百万欧元。这个结果会怎么样？

其实法国人当中的聪明人早就有了结论，托克维尔是其中的代表。他说，不要徒劳地去跟他们对着干，还是扎扎实实、认认真真地学习英美的经验吧，没有别的道路，人类自古就只有一条路。所以托克维尔说：“平等的逐渐发展，是事所必至，天意使然。这种发展具有的主要特征是：它是普遍的和持久的，它每时每刻都能摆脱人力的阻挠，所有的事和所有的人都在帮助它前进。”这句话，他的老祖宗伏尔泰在1733年其实也说过，在《哲学通信》里头伏尔泰就呼吁：“法国人呐，不要着急，椰子树总会成熟的，只要你先把椰子种下去！”大家上网去搜搜，有本著名的书叫《伏尔泰的椰子》，讲的就是这个意思。

有了开放社会，才有创新

英美人到底靠什么能这样所向披靡，无远弗届，掀起这一阵又一阵的狂潮，席卷全球？他们靠的到底是什么？我努力地归纳了一个最简单的框架，拿到这里来跟大家分享。它是一个三角的结构，右下角是市场经济，从亚当·斯密“看不见的手”，到瓦尔拉斯的“一般均衡理论”，到科斯的“交易费用学派”，到哈耶克的“自发秩序观”、人类合作秩序的拓展，到法玛的“有效市场假说”（2013 年得了诺贝尔经济学奖），强调的都是对竞争的要求。什么时候没有竞争，什么时候经济就萧条下去了。

开放社会的起源

动态宗教：对变化的渴求

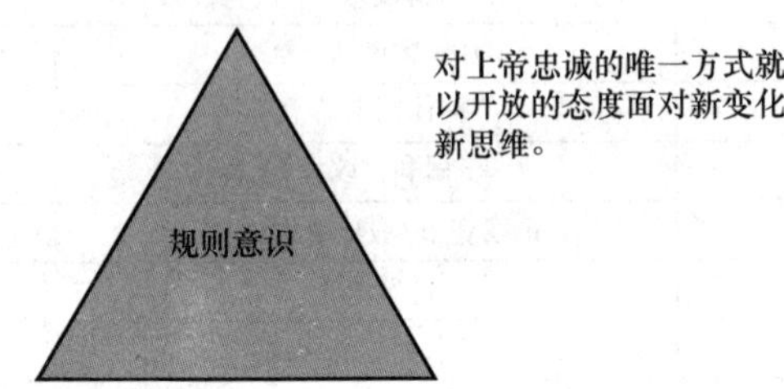

议会政治：对冲突的容忍

“自由之于党争，如同空气之于火。自由孕育党争，所以它是政治生活的必需品。”

詹姆斯·麦迪逊

市场经济：对竞争的要求

-亚当·斯密：看不见的手
-瓦尔拉斯：一般均衡理论
-科斯：交易费用学派
-哈耶克：自发秩序观
-法玛：有效市场假说
……

图中左下角强调的是对冲突的容忍，所以，有分歧、有争议、有不同的意见，是一个国家的福气。马基雅弗利说，嘈杂是自由的护卫者，一个地方大家都很安静、很祥和、很和谐，说明这个地方基本上就没希望了。

最重要的是上面这个图中所谓的“动态宗教”，如果你不喜欢宗教这个词，你可以用动态意识形态改掉这个词。这个是开放社会的最本质的特征，它指的是什么呢？1932 年，法国有位哲学家叫柏格森——我引用的全部是法国的学者，因为法国人这方面看得最清楚——他发现，有一种社会是能够满足人类内在的对变化、对新奇的渴望的，这种社会就叫开放社会。后来波普尔写过一本著名的书叫《开放社会及其敌人》，而新制度主义经济学派的创始人道格拉斯·诺斯也在这个问题上做了很多非常有见地的研究。

这种社会的人认为，对上帝忠诚的唯一方式就是以开放的态度去拥抱新变化、新思维。英美社会就出这种人，永不安分地去寻找新变化、新东西。乔布斯是这样，现在的马斯克又是这样。你以为马斯克是玩特斯拉吗？他还在做 Space X，他要到火星上去开拓领地；他还要建一个 Hyperloop 高速列车，几乎完全真空，像子弹一样把列车发射出去。这种人在英美社会源源不断、举不胜举。就像大家一起过一个独木桥，他就在那儿震独木桥，唯一的解决方案就是跟着他一起震，除非你体量更大，把他给震下去。这就是整个英美社会背后的一套逻辑，我希望把这个最重要的要点给大家讲清楚。

这三样东西的中间是规则意识，因为动态宗教、议会政治和市场经济都需要非常清晰、非常严密、非常深厚的规则意识，所以惠灵顿讲，滑铁卢战役是在伊顿公学运动场上打赢的。所有你所知道的体育运动，篮球、足球、网球等，基本上全部是英国人或者是美国人制定的游戏规则，而所有你所知道的政治、经济、文化领域，基本上也都是英美人制定的规则。我随便说一个，学校为什么要放寒假、暑假？寒假不说，暑假因为欧洲暑期气候特别舒服，所以他要利用暑期时间去度假，而我们中国人暑假舒服吗？上海的暑假舒服吗？不舒服！ 5 月份舒服，10 月份舒服，但我们就被迫跟着他人放寒假、暑假，这个是很无奈的事情。

除了规则，任何东西都不是权威。《失控》这本书里强调的个体、自发、社群、自组织、非线性、不均衡、蜂群智慧、集体行动、自下而上等这些概念，打击的目标、打击的对手是什么？就是一个词——权威。就是要打击那种高高在上、自上而下、貌似掌握了真理的那种人或机构。顺便告诉大家，我觉得《失控》这本书的题目就翻译错了，不是“失控”，而是“走出控制”(Out of control)，所以各位是越看越糊涂，是吧？媒体人就爱玩这些东西，把人讲糊涂了，他目的就达到了。不像我们做学问的，要把复杂的东西讲简单，要把微妙的东西讲大条，他是给你反着来。

九种类型的创新

	渐进式创新 (Incremental innovation)	建构式创新 (Architectural innovation)	激进式创新 (Radical innovation)
产品或者技术 (Product/ Technology)	索尼Walkman 诺基亚 万科	苹果 太阳马戏团 分众传媒	无线通信 互联网 液晶显示
商业模式 (Business models)	Club Med Zara 华为	西南航空 星巴克 阿里巴巴	沃尔玛 麦当劳 可口可乐
组织与管理 (Organization & management)	3M IDEO 丰田	GE IBM Cisco	（维基百科）

这么多源源不断的创新，怎么去把握它？从学理上来讲，左边的这种渐进式创新，力度往往不太够，右边的激进式创新，往往是可遇不可求，所以，真正最有可操作性的创新是中间的建构式创新。建构式创新是什么东西呀？其实很简单，就是我们日常在生活中经常说的那几个词：混搭、杂拌、乱炖、穿越、跨界、脑洞大开。它的本质是什么？其实就是一个词——连接。不仅是人与人，刚才讲微信是人与人之

间的连接，而我强调的是不同的概念、不同的功能、不同的东西之间的连接，它是创新的本质。

为什么创新总是从西方开始，为什么现代科学起源于西方？你去上陈方正老师的课，去买陈方正老师的这本五六百页的书（《继承与叛逆》）来看，最后发现就是九个字：多源性、异质性、断裂性。欧洲的地型（你脑子里要有幅地图）有很多岛屿、内海、半岛，中间还有阿尔卑斯山、比利牛斯山，所以它天然就形成了多种地理环境、多民族、多文化的组合，所以就拥有多元性、异质性和断裂性。其中最拥有多元性、异质性、断裂性的地方在哪里呢？在地中海东岸，所以古希腊文明就从那里开始。而地中海东岸里，最拥有多元性、异质性、断裂性的是哪里呢？是以色列。

你去以色列旅游，从耶路撒冷一路就像坐滑梯一样往下滑，滑到地球上最低的地方，海平面以下400多米的死海。死海往北，大概就百八十公里，你就发现有一个水清沙幼的淡水湖，就跟我们的江南一样。继续往北走个几十公里，你会发现还有一座雪山，赫尔蒙山，是个滑雪度假的胜地。所以它实际上属于所谓的“垂直群岛”，群岛容易拥有多元性，但是因为海拔的差异、地理条件的不同，也会形成所谓的垂直群岛。这是以色列的多元文化的大背景，所以以色列是创新之都，有这方面的重要原因。

而我们的文明似乎是另外一个极端。我们是在极长的时间之内、在极大的地域范围之内保持一致性，这种情况下，又怎么去创新呢？只会产生一窝蜂，一窝蜂地去O2O，一窝蜂地去搞颠覆式创新。

文艺复兴为什么起源于佛罗伦萨，就是因为美第奇家族挣到钱之后，把全欧洲最优秀的诗人、哲学家、艺术家、建筑师都请到佛罗伦萨来，然后就发生“化学反应”，就形成了文艺复兴。直到现在为止，意大利人还在吃他们老祖宗留下来的遗产。为什么最好的奢侈品永远是意大利的，因为意大利是文艺复兴的起源地，就这么简单，它是人类文明行走在地下隧道的时候找到的第一束光，到现在为止，还在照亮着他们的后代。

从结构洞理论去理解创新

我的博士班导师Ronald S. Burt是芝加哥大学的社会学教授，专门写了一本书叫《结构洞理论》，就是帮助我们怎么去找到这个创新的点。很简单，连接不同人群、文化、思想、连接点，就叫结构洞。就这么简单，但这一招千变万化，神鬼莫测。

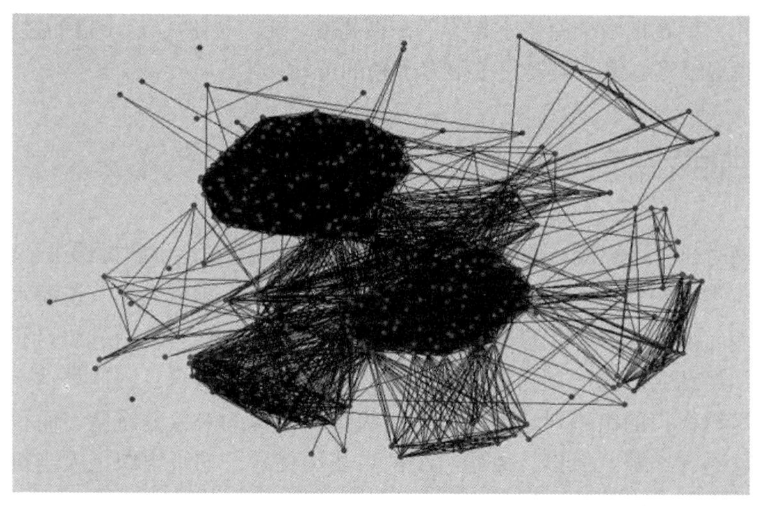

中国上市企业所有权关系，1994(N=280)

我继续说以色列，以色列除了有地理上的多元性，还有好几重结构洞。打比方，它是欧洲、亚洲、非洲的交界处，是个结构洞；它是一神教的起源地，这也是结构洞；还有一个最可怕的结构洞，犹太人从全世界汇聚到以色列这个弹丸之地以后，他们就带来全世界各个地方的、各种各样的、多元的文化、知识和思想，这就造就了以色列今日创新的奇迹，这是国家层面。

公司层面，任何平台性的公司玩的都是结构洞。苹果的创新最重要的不是触屏功能，而是App，无数人设计App，无数人应用App，他就占据了这个结构洞。

个人层面的结构洞，我举一个大家都熟悉的人——马云。马云有几层结构洞呢？大家仔细想想。首先，马云外语好。原来都是印度人牛，每次开什么达沃斯之类的，都是印度人在那侃侃而谈，现在我们终于有了马云这样的英语讲得这么好的人，所以他能把东西方文化结合起来，这就有了第一重。还有第二重，马云来自中国制造的中心——浙江杭州，社会地位也不算太高，小时候也经常在街上打架，所以他连接了中国制造和外面的世界。还有第三重，马云是个英文老师，他不懂技术，他怎么能搞成一个高科技公司呢？大家知道第三重结构洞在哪儿吗？马云教书的第一个学校叫什么？杭州电子科技大学，他的学生全部都是懂电脑的，明白了吧？正是这三重结构洞，造就了他今日的辉煌。

原来中国人懂结构洞也没用，为什么呢？因为中国是一个一个的土围子、一个一个的圈子、一个一个的封闭人群。你说我要去做结构洞，没人理你，人家反倒觉得你这个人蛮可疑的，你要干啥呢？但是互联网时代，就有连接的红利，你就会发现，你可以去想办法找到两大人群中间的结合点，然后创造属于你的利润，刚才房多多的例子是一个最经典的例子。所以“互联网+”是什么意思，其实就是“鼠标+水泥”，是一回事儿，就是把两个原来不相干的东西搭在一起。当然，这个搭的过程很艰难，需要花费很多很多心思，需要很多很多辛勤的劳动。

组织必须回到人的根本

这种互联网时代，组织就有些特殊的地方。大家都知道我在中欧讲课讲了将近十年，讲这个智慧型组织。总的思想很简单，就是而今你要给年轻人发三份薪水，人家才肯给你干活。第一份是财富的薪水，第二份是能力的薪水，第三份是价值观的薪水。这是智慧型组织，之前的是初级组织，再之前的是原始组织，它们都达不到这种功效。原始组织模拟的组织对象是家庭，初级组织模拟的对象是军队，而智慧型组织模拟的对象是什么呢？所以，原始组织把人当马仔看，初级组织把人当机器、当易拉罐看，智慧型组织把人当人看，它是回到人的根本。

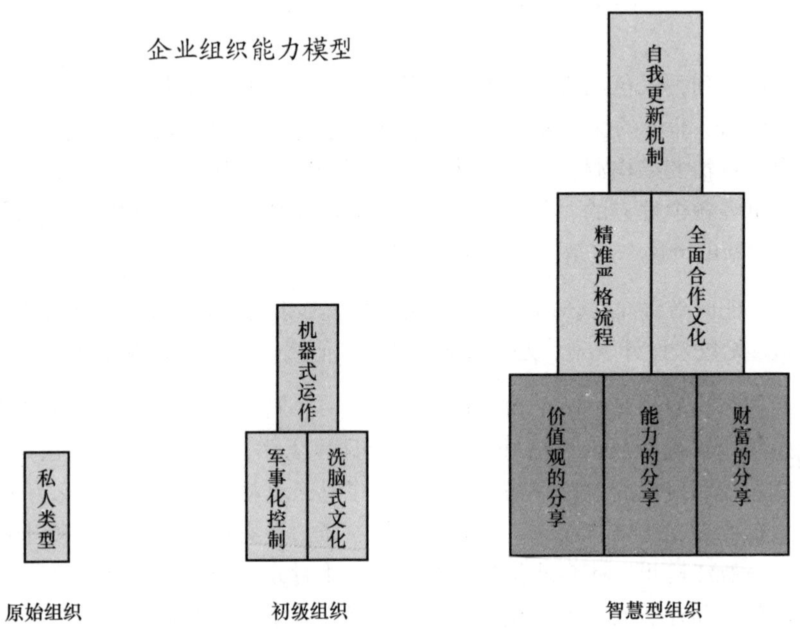

这个理论展开讲能讲四天，这里我只给大家搭一个架子。我讲这个理论，应该来讲，有亮点。当时我一回国，万科就请我讲了几次，然后阿里巴巴来来回回请我讲了近十次，每次都要求我一定要讲一模一样的东西，所以从最高层到中层领导，基本都听过我的课，但是也就仅此而已。中欧每年我就教三四百学生，我的书每年也就卖三四千本，顶多了，所以有时候我会自我怀疑，有时候我会想，也许我的理论有点偏差？也许中国人就是像成龙说的，就是“要人管”？但后来我一点都不担心了，为什么？因为我找到了我的“幽灵军团”。

我的“幽灵军团”是什么？就是互联网。因为互联网时代的价值观，和我说的智慧型组织的价值观一模一样，就是“平等”“参与”“分享”，更年轻一代的人甚至进一步要求“自主”“掌控”“意义”，马化腾说的生物型组织和我这里讲的智慧型组织，其实是一回事。

互联网时代下，领导力的新常态

在这种时代，你如果还用大工业的等级、命令、控制，或者是初级组织那种收买人情的方式来管理企业，就是非常荒唐的事情。组织要变，首先是你要变，做经理、做老板的要变。过去可以靠职位、靠专业积累、靠权力，往后只能靠领导力，只能靠个人的影响力。你说给我 40% 的股权，我说了算，没用的，等到要拿股权投票的时候，这个公司基本上也差不多散架了。你只能靠领导力。

领导力的新常态

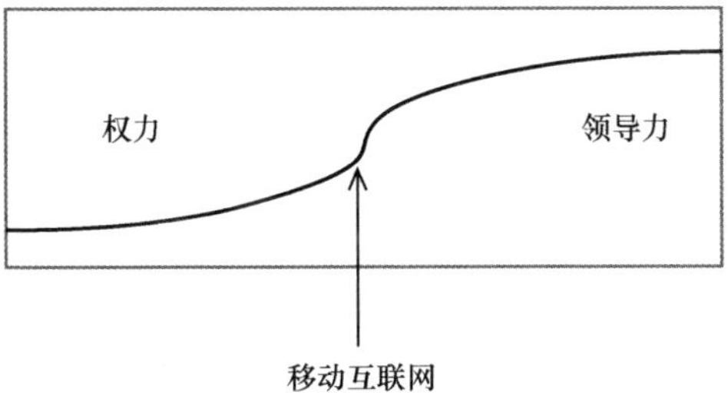

我经常讲一句话：“白花花的银子背后是钢铁般的团队，钢铁般的团队背后是老大金子般的人品。”一百个人都看得见白花花的银子，但是，一百个人里面，只有十个人看得见钢铁般的团队；那十个人里头，又只有一个人看得见老大金子般的人品。这个金子般的人品不是纯粹道德意义上的，也是社会学意义上的，也是心理学意义上的，很难很难。

怎么去提高自己的领导力，我的理论比任何理论都简单，你要想自我管理，先要自我接受；要想自我接受，先要自我认知，你得知道自己是什么人。用最简单的语言来讲，你要想发挥人家的长处，你就得先承认这不是我的长处，这是我的短处，你想承认自己的短处，你先得认识到自己的短处。认识到自己的短处，是极难的事情。古希腊第一位哲学家泰勒斯说：人生在世最难的是什么？是认识你自己。认识你自己的什么？认识你自己的短处。多少民营企业家、多少一把手在这个过程中不知道蜕多少层皮，种种不安、尴尬、惶恐，最后就是要承认自己的短处。只有承认自己的短处，才有可能发挥别人的长处，没有别的办法。EMBA 毕业了，都觉得自己挺厉害的，营销也懂，研发也不错，人力资源也是专家，这种公司一般来讲，最后会有麻烦，因为你不尊重人家的专业领域。

为什么中国人那么不容易发展自我意识，因为我们中国人特殊的生存背景。大家知道，自我意识是一种很高级的东西。大猩猩去照镜子，你在它鼻子上点一点白色，大猩猩不会摸自己的鼻子，它去摸哪儿？它去摸那镜子，它总觉得是别人的白鼻子，总觉得是别人的错，它不会觉得是自己的错。中国因为外层、中层、内层的原因，要发展自我觉察（self awareness）极艰难。

Harder than cracking a nut…

- 外层：政治
- 中层：文化
- 内层: 心理

要想在这种环境里头生存，最好喜怒不形于色，最好城府深，最好要厚重一点，时间长了，他就忘了自己到底是什么想法了。像我这种心直口快、嫉恶如仇的人肯定是第一个被人干掉的。这个很微妙，大家有点社会阅历的都知道。

第二个层面，我们的传统文化是等级文化，但凡一个猛人，就会被一个包围圈包围，围得水泄不通，所有进去的信息和出来的信息都会被过滤掉，所以老大其实完全处于一种人事不醒的状态，最后轰然倒下。你以为那些包围的人没事可做了吗？不，他们去包围下一个猛人。这个话不是我的话，是鲁迅的话。他最后的点评是，这就是为什么中国的猛人在变，中国的事情却没有发生太大的变化，为什么？因为包围圈没变。所以找不到自我、自我膨胀、丧失平常心，很正常。

再加上内层，更微妙。西方人有牧师，有自己的心理咨询师，实在不行，弄一个自助小组。中国人什么都没有，只有一个办法，找朋友喝酒。但随着你的社会经济地位慢慢提高，你发现小时候的朋友，只要有点自尊的，都会慢慢离你远去，贴上来的，一般都是别有用心的人。那你到哪儿去解决你的心理问题呢，所以一个一个的，说老实话，问题都挺严重，我就不多说了。

找不到自我，谈何领导力，谈何团队建设，谈何企业管理？所以黑塞说：“对于每个人而言，真正的职责只有一个：找到自我，然后在心中坚守其一生，全心全意，永不停息。所有其他的路都是不完整的，是人的逃避方式，是对大众期望的懦弱回归，是随波逐流，是对内心的恐惧。”你最怕的人，其实是你自己。

我们的老祖宗说得同样非常好：“人有鸡犬放则知求之，有放心而不知求。”你的本心、初心、发心搞丢了，你是不知道去找的，所以“学问之道无他，求其放心而矣。”王阳明说得更好：“人人自有定盘针，万化根源总在心。却笑从前颠倒见，枝枝叶叶外头寻。”

什么叫“悟”，左边是一个“心”，右边是一个“吾”，找到吾心，找到“我的本心”了，你就“悟”了。千万不要被外面这些流行的东西误导，它如果不是你内心世界最想要的东西，就不要去追逐。所以我做领教工坊在某种意义上就是帮大家先找到自我，然后发展团队，然后是企业文化。什么 O2O，什么互联网转型，都成为细枝末节了。

实话实说，我从人出发，从哲学出发，我就这么看问题。

顺便告诉大家，我们这个领教工坊是个公益平台、公共平台，现在像孙振耀、王佳芬、黄铁鹰、洪天峰这些大牛都在这个平台上做领教，也是因为它的公共性。我们的整个逻辑也是混搭的逻辑，英文叫 Leadership Beyond Boundaries（跨越边界的领导力），这是我们的口号。这个 LOGO 是一个射箭的人，是中国儒学的一个思想：仁者如射，发而不中，不怨胜其者，反求诸己。这也是一个混搭的标志吧。

变革的时代就像一个转动的圆盘，你如果在圆盘的边缘，会发现速度越来越快，越来越快，一不小心可能还会被甩下去。这说明你挖得不够深，没有往中心走，你往中心走，走到靠近那个轴心的地方，你会发现事情有那么快的变化吗？没有变化。人的本性、组织的规律、商业的逻辑，没有发生本质的变化。你要是觉得这个世界变化很快，那是因为你浮躁，就是这个原因，因为你在圆盘的边缘，所以一定要往中间走，找到它的核心，找到它的源泉。

外面的世界越是喧嚣，我们越是要沉静下来，听听自己内心的声音。

扫二维码分享本篇文章

找不到工作的大学生，一样也创不了业

本文作者评论尸，原文发表于 2015 年 3 月 16 日

过完春节，马上就迎来新的一个学期了，正在找工作的“大四学生”们，你们是否找到工作了呢？

好像是节前，蒋方舟小姐写了一篇文章《凯撒的归凯撒，上帝的归凯撒》打了最近大学生创业一巴掌，读下来之后觉得有点意犹未尽。

作为身处投资圈的人，随便补上几刀。

白手起家就是梦，创业比就业更讲究出身

这是所有鼓吹大学生创业的人都不曾提到的一点，但是也是所有和创业投资相关的人都公认的事实。当然，这里的出身并不只是说你的家庭门第背景。

在天使阶段，投资人评判项目基本不看项目本身，这是几乎所有创业者乃至很多非学生创业者的一个误区。

因为在天使阶段上，大多数产品本身还没有成型，一个技术出身的人和一个非技术出身的人在原型上可能差不了多少。如果创始人本身在其他方面靠谱，那么投资人会认为这个团队在赶超一个技术靠谱但其他（比如沟通、推广、策划）方面平平的创始人的时候，就差一个程序员。

而所有所谓“绝妙的点子”“前无古人后无来者的创意”“我们有先发优势”这些个东西，都挡不住投资人一句“哦，那 BAT 抄你怎么办？”

那么，在投资人眼里什么样的团队算是优秀的团队呢？

名人、明星创业是特等，BAT 出走的团队乃一流，其他知名科技公司出走的是二流，“海龟”“学生党”是三流。本科毕业没工作经验，没实际技术的？呵呵，也就只能占个 90 后团队有爆点了。

你说你有好技术，人家有好人脉啊；你说你有好体验，人家有好渠道啊；你说你有种子用户，腾讯分分钟群发个广告用户超你几百倍。

少说道理，多讲故事。

两个月前见过一个项目，五个 90 后的北京土著的大学生，学校还算是名校。拿来 BP 一看做得相当华丽，可以说比我见过的绝大多数创业者的 BP 做得都美，但是吧……他们打算搞校园社交。

创始团队五个人都没有产品经验，也没有在任何团队里学习或实习过。然后五个人给自己的定位都是产品经理，我简直惊呆了。聊得过程中随便问了几个问题，五个人就开始各说各的了：几乎我每提出一个问题，他们就把自己的产品形态变化了一下，但是大体上就是照着现有的各类社交产品拼拼凑凑，然后还感觉自己什么都试用过优越感特别强。

等到聊完这个项目的时候，他们带来的那份 PPT 已经不能用了，因为和我聊完之后他们的产品已经从山寨一个啪啪变成了山寨一个人人 + 啪啪 + 秘密 + 大街 + 闲鱼。

后来，实在没办法，我就问：你们说的这么多天花乱坠的功能，打算谁开发？他们这才面面相觑了一下之后对我说：“您看，我这不是打算来融资了吗？”

我想知道哪个程序员想进一个有 5 个老板自己还没股权的公司，拿薪水。

好多人和我提到马云、马化腾，这不都是白手起家吗？孩子，中国有 14 亿人，出了 1 个马云、1 个马化腾、1 个李彦宏。要知道福利彩票一年都有上百个人奖得主啊！

没能力就业的，也没能力创业

这是一件特别不好挑明，而且说出来特别伤感情的事儿。但是，如果你打算创业，那我还是提前说了，比你带着“马云式”的中国梦四处找投资人的时候被打脸更好一点。

其实关于大学生创业这件事，从大学生自己的角度判断有一个特别简单的标准：马上大四下半学期就要开学了，你手头有没有拿着名校和名企的 Offer？

如果有，并且很多，你可以尝试下去创业。

如果没有，还是老老实实去找工作吧。尤其是那些不仅没有上门 Offer，面试还屡屡被拒的人，还是不要想自己创业能一夜暴富这种美事儿了。

道理再简单不过了：连你自己都推销不出去，你还想骗谁玩儿？

可怕的是，正是越来越多的这种大学生抱着一股子“怀才不遇”的念头，迎着“最好的时代”，开始响应“总理的号召”。

创业是一件特别锻炼人的事情，没错。创业者最重要的能力是执行力和学习能力，没错。但是这也不意味着你能绕过新手引导直接当老板。

技术岗在腾讯面不过，你就能开发出比微信好的客户端了？营销岗在美团面不过，你就能地推得比美团好了？连投行的投资经理 Offer 都拿不到，那你拿着 BP 也骗不过投行的投资经理。

还是继续讲故事。

差不多去年夏天的时候见过一个打算抄匿名社交的学生团队，上赶着到我们这来求报道。当时试用了一下，客户端做得很差，举个例子：他们 Android 客户端的下拉刷新是下拉之后出个按钮点一下刷新。我当时觉得这玩意儿报道不了，他们心高气盛地说一定要报。没办法推脱不开，我就只能照实黑了一篇，开发者跳出来说会改进我指出的这些问题。

仗着当时匿名社交那个火啊，又是“学生 + 90 后”团队，做成那个样子竟然强行刷到了一笔种子轮融资。

然后呢？再也没有然后啦，这个 App 最后一次更新是 2014 年 7 月。

别以为学校就是世界

还有好多大学生创业者的良好自我感觉来自于大学时期的事业——这类人一般在大学时期是外向交际型的。要么是在当届混的叱咤风云，要么是在大学时期开了个小买卖、小自媒体在学校里有着一番影响力。

然后呢？然后拿着大学时期的运营数据包装了一份好看的 BP 就出来找融资了。OK，不管怎么说你在大学也是混出点儿地位的人，我就不说你能力不行了。

这类的故事我不讲具体案例了，因为实在太多。

每个学校几乎都有这样的人：大学的时候弄了个送零食的、卖米粉的，大学毕业了就琢磨着在大学附近盘家店，弄个微信账号出来融资。

还有包括上一节那个匿名社交的团队也是，他们当时来求报道的时候宣称的一大优势就是运营能力强。我问你怎么运营能力强了？他说他们在自己的学校里推得特别好。

大学生自己在自己学校里做地推，也不是没有难度，但是就和马云在阿里强推来往差不多一个等级吧。

学生时代的产品不论是自媒体、电商还是 O2O，越是在自己的学校里受欢迎，在外面推广起来就越困难——因为在大学校园的这一亩三分地里，肯定也一定不止一家自媒体、一家电商。如果你能 PK 掉其他本校团队在学校的小圈子里脱颖而出，那么必定是因为你做了很多深度个性化和本地强运营的工作。而这些，并不会成为你的产品打开校外门路的敲门砖。

趁着年轻刷一把脸不好吗

很多 90 后、95 后其实从来没有把成功盈利或者上市当作是自己创业的目标，因此可以不计较盈利地做出各种任性的产品让风投们买买买。似乎拿到某某创投、某某基金的投资本身就已经宣告了胜利。

还是继续说故事吧。

前段时间在聊项目的时候发现一个还不错的项目，做的是某个垂直领域培训的 O2O，产品本身不错，用户数据也还可以，上线时间比较短但是速度很快，总体是可以过会的项目。但是BP拿到桌案上迅速就被几个有经验的创投经理给否了，差点和推项目的人扯皮。

事情的前因后果是这样的，这个项目的创始人是一位 90 后连续创业（失败）者，他最早因为自己的一个项目而闻名于投资圈。自己的项目失败了之后，开始混迹与于 90 后创业圈当职业经理人（是的，我都惊呆了）。几乎到每一个团队那都是装出一副谈笑风生的样子，糊住团队的其他成员然后拿一部分股权，再指手画脚一番之后帮着团队去融钱。

于是那小伙的名字已经写进了许多机构和天使的黑名单里，但凡挂着这个名字的项目一律不看，甚至还要求自己投过的企业封杀这个人。我当时就觉得好惨啊，年纪轻轻为了那么一点钱就断送了人好的前程。

跳出这个故事来说，大多数早期天使也是投人不投项目的。强行刷脸，行，没问题，大家也自然会记住你这张脸和曾经所做过的事情。

在一切积累不成熟的时候把脸刷平，以后等你真正能做出好项目的时候，你自己的名字却成了别人避之不及的字眼，你觉得这样是对自己负责的态度吗？

基本上也差不多了，总结一下：没有能力的、没有经验的、没有人脉的、家里没有钱的，老老实实工作。创业是一件厚积薄发的事情，年轻还是要多学习，多学学实际的——写代码、做设计、画线框图，别老总想搞个大新闻。

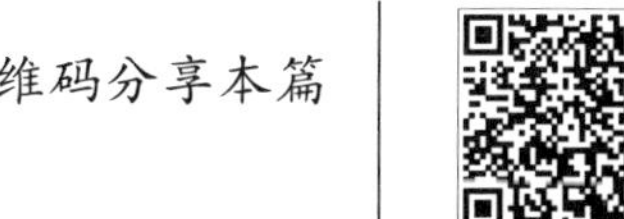

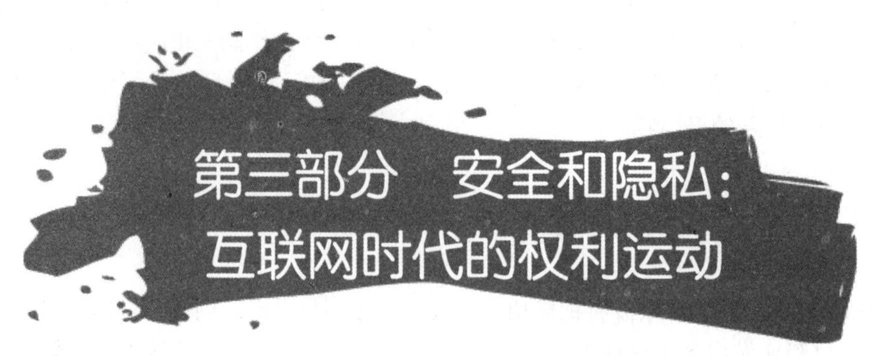

在互联网产业兴起之际，许多人会问，这些公司是怎么赚钱的。在移动互联网大潮到来，BAT 耸然而起的时候，大多数人仍旧不知道，原来用户资料在这个信息时代是如此重要。网络的安全和用户的隐私，已经成为这个时代最至关重要的课题。

如果说现代人类社会民主和人权是主流的话，那么围绕隐私权的争议就是这个时代的“平权运动”，唤醒并教育每一个互联网时代的公民个体，让所有人了解隐私安全的意义和重要性，仍旧是摆在我们面前的课题。

黑盒里的数据：马化腾所说的“信息能源”指什么

本文作者涵诏，原文发表于 2015 年 5 月 1 日

2015 年 4 月 29 日，腾讯举办 2015“互联网 + 中国”峰会，腾讯董事会主席兼首席执行官马化腾在主题演讲中给了互联网一个新的定义——信息能源。他指出，和两次工业革命类似，像蒸汽机和电力一样，互联网应该定义为第三次工业革命的一部分。

所谓能源，其抽象的含义是指“提供能量转化的物质”。那么，如何理解所谓的“信息能源”？这种“能源形态”的能量转化过程一般是怎么发生的？对政治、经济和社会文化可能有哪些重大的影响？（这个问题比较大）本文试图从一个侧面简单阐述，谨供诸位读者参考。

信息和黑盒

人类通过获得、识别自然界和社会的不同信息来区别不同事物，进而认识和改造世界。人类社会传播的一切内容，均可以视为信息。信息在互联网领域的表现形式，就是如今我们常常会听到一个词：数据。

互联网对于数据信息的处理，理所当然地，遵循计算机程序的一些基本原理方法。其中很重要的一点，就是“黑盒”。“黑盒”原本指的是软件测试的一种方法：把测试对象看成一个黑盒子，完全不考虑程序内部结构和处理过程，只在接口处进行测试。产品自成一体（即数据封装），使用者不需要关心产品的工作原理，就能直接使用（即数据隐藏）。

“黑盒”当中发生的事情，恰恰是大部分普通用户不清楚、不理解或是不关心的。而“信息能源”的能量转化过程，最关键的步骤，恰恰就发生在“黑盒”当中。马化腾说，腾讯要做的两件事“连接器”和“内容产业”，从本质上说，指的就是“黑盒”和“数据信息”。

“信息能源”在“黑盒”里进行能量转化

互联网业界曾经流行一句话，叫“羊毛出在狗身上，猪买单”。有一种解释：互联网让企业在主营业务之外赚钱。一个简单的例子是公司靠软件免费积累用户，再将用户流量卖给第三方。虽然从表面上看是软件公司，但是软件都是免费提供的，用户流量才是真正赚钱的。对于用户来说，有免费软件用就够了，不必关心公司怎么赚钱。

这个例子在一定程度上描述了“黑盒”里面发生的事情。“信息能源”在这里将免费软件转化为用户流量，正是这一步关键的转换，打通了整个链条。这是一个典型的“黑盒”。

验证码系统 reCAPTCHA 是另一个典型的“黑盒”案例，本来这是一个区分用户和机器人程序的验证系统。在用户接口端表现为一个由用户回答的问题，其内容图像比较模糊，并进行了扭曲变形的干扰处理，为的是过滤机器人程序。如果用户输入正确则视为验证通过。reCAPTCHA 的“黑盒”另一端接口是书本扫描中无法准确被 OCR 识别的文字，也就是说，在用户看来自己完成了一个验证码输入操作，通过“黑盒”的转换，用户实际上完成了一次人工识别并手工输入字符串的操作。《纽约时报》利用 reCAPTCHA 系统，完成了大量文字资料的数字化工作。

“黑盒”的关键是信息，或者说数据。基于数据，腾讯这样的互联网公司才能设计“黑盒”，针对不同的数据，“黑盒”内部又有不同的设计实现，根据需要来完成不同的“信息”能量转化过程。没有数据，“黑盒”就无从谈起。

于是我们看到整个互联网经济的崛起过程，始终是从积累数据开始。互联网公司想尽各种方法，获取用户贡献的数据，最典型的手段就是免费。网景浏览器发明者、风投家马克·安德森（Marc Andreessen）用“免费冰淇淋”的说法来比喻互联网公司吸引用户、积累数据的方法：假设现在有人在大街上推着冰淇淋车，一边吃一边向过往的路人免费赠送，你会不会去拿一份尝尝？当然会，谁会和免费又好吃的冰淇淋作对呢？

这里有个例子。2007 年 4 月，Google 推出了 Goog-411，这是一种通过打电话进行操作的语音搜索服务。411 是美国常见的电话查询服务，在 Goog-411 推出的时候，全美境内每年有 26 亿次 411 拨叫，市场规模 70 亿。但是，Goog-411 服务完全免费。用户通过拨打电话使用这项服务，完全通过机器提示音进行操作。

著名科技博客 TechCrunch 在报道该服务时给出的评价是——付费 411 电话服务会被颠覆。可是在三年后，2010 年 11 月 12 日，Goog-411 服务宣布关闭，理由让人恍然大悟：Google 推出该服务的初衷是为了搜集语音数据，为正在研发中的语音助手（也就是我们现在用到的 Google Now）建立数据库。什么颠覆 70 亿的市场，Google 根本没往那儿想。换句话说，通过 Goog-411 这个“黑盒”，用户全都成了 Google 设计语音助手的免费劳动力。

类似地，诸如携程早年的免费登记送会员卡，和现今一些公司的装 App 返现金活动，也是“免费冰淇淋”的典型例子。

当免费的产品能够制造足够诱人的冲动时，用户愿意用一些现阶段价值（注意，是现阶段）不那么明显的东西去交换——甚至很多时候都不知道这种交换的存在。对一些互联网公司来说，无论拿什么和用户交换，最终一定要得到能够为“黑盒”所用的——数据。

当然，获取数据还有一种最直接也最有效的方式：收购有数据的公司。

Octazen 是马来西亚的一家创业公司，2010 年 2 月，Facebook 收购了这家公司——可能至今我们能搜到的关于这家公司的新闻也只有这一条。直到 Facebook 前员工安迪·琼斯（Andy Jones）在网上解释 Facebook 获取用户数据的方法并以收购这家公司的交易举例时，我们才发现 Facebook 要的是数据。“Octazen 有一个庞大的数据库，Facebook 要的就是这个。”他说。

当积累数据的工作完成到一定进度（比如说到了“大数据”阶段），针对各个行业设计“黑盒”的工作，就可以披上“互联网 +”的外衣，粉墨登场了。毕竟，互联网行业有大量的“信息能源”迫不及待地要到“黑盒”中做能量的转化。

“信息能源”在“互联网 +”和传统行业结合的过程中，发挥作用的案例分享和经验总结，相关的探讨已经很多，并且会继续多下去。相信以 BAT 为首的互联网公司早就有了深入的研究，本文暂不赘述。

作为一个科技媒体，本文下面想要重点提出的是，在“互联网 +”大趋势下，企业对用户隐私所应承担的责任和义务。顺便沿着“黑盒”的角度，试着回答一下为什么 Google、Facebook 和 Twitter 无法在中国大陆地区访问的问题。

用户数据——“互联网 +”时代的金矿

如果用“免费冰淇淋”的例子来比喻，那么 Google、Facebook 和 Twitter 是——至少在一大部分网络用户来看——比百度、人人和微博更好吃的“冰淇淋”。诚然，Google、Facebook 和 Twitter 在某些方面技术更先进，用户体验更好，按理说应该成为中国大陆广大网民可以使用的优秀产品。

但最大的问题是，这三家公司的数据并不是完全开放的，积累数据的方法和具体搜集的数据内容全都在它们的“黑盒”里。用户数据在“互联网+”时代的重要性不言而喻，依马化腾的“第三次工业革命”的视角来看，视为“战略性资源”也不为过。如果一个国家的“信息能源”没有掌握在本国政府的监管之中，从国家产业发展的角度来说，无疑是重大的战略失误。

读到这里可能有一些对防火墙深恶痛绝的朋友已经开始要骂我了，那么我们就来回顾两起事件，看看 Facebook 和 Twitter 的“黑盒”里，曾经发生过什么？

2014 年 6 月，Facebook 的数据科学家发布了一项研究报告，报告称 2012 年 1 月在美国国防部的资助下，Facebook 通过操纵 Facebook 的信息流，在用户不知情且未获允许的情况下，以 68 万名用户为试验对象，进行了一次“情绪感染试验”（emotional contagion）。英国《卫报》在文章中指出：“Facebook 向人们表明，它可以操纵用户情绪。”

消息一出引发轩然大波，美国议员致信 FTC 要求调查并出台监管措施，并呼吁消费者了解在社交网络上的隐私权。美国数字保护组织 EPIC 向 FTC 提起诉讼，要求制裁 Facebook。事件最后以 Facebook 首席运营官桑德博格（Sheryl Sandberg）公开道歉而暂告一段落。

如果 Facebook 能够通过改变信息流内容来操纵我们的情绪，我们会作何感想？

再来看看 Twitter。2009 年 5 月，伊朗第十届总统大选开始，5 月 17 日，Twitter 按计划本来要在旧金山时间当日深夜进行系统维护，所以需要临时暂停伊朗地区的服务。但是在一位美国国务院官员的要求下，延迟了系统维护时间。因为 Twitter 在这次伊朗大选中发挥了重要的作用：伊朗民众是否能够正常使用 Twitter 对政局发展可能带来深远影响。那一年的事情我们都知道了，而这位美国国务院官员在转年 9 月应 Google 首席执行官施密特（Eric Schmidt）的邀请，加入了 Google。当月《外交政策》（*Foreign Policy*）杂志采访了他，当问到“有什么事情是美国国务院做不了，但可以在 Google 做的？”他回答说：“有一些事情是民营公司可以，但是美国政府不能做的……在一些问题上，以政府的名义去做的话会非常敏感。”

对于一个国家的经济来说，土地和人口是基本资源。对于 Facebook 这样的“虚拟国家”来说，没有土地，用户就是它的人口。而用户免费提供的数据，就是 Facebook 的“人口税”。

像用户数据这样宝贵的“信息能源”，有关监管部门又怎么可能拱手送人做“人口税”呢？

我的数据是我的，你用之前和我说清楚了吗？

一方面是用户在免费提供数据，另一方面是互联网企业用数据大发财源。这种情况是否合理？换句话说，如果一个用户自己的数据，被企业拿去用来当“信息能源”，是否侵犯了这位用户的权益？

在互联网产业发达和公民维权意识较高的欧美国家，互联网隐私保护方面的立法方面已经在积极探索。美国白宫 2015 年初就宣布了保护民众网络隐私的法案，让消费者决定哪些信息可以被收集。奥巴马在回答媒体相关问题时直截了当地对记者说：“你拥有你的数据，我拥有我的数据。就是这样。”

有观点认为，在巨大的利益诱惑下，企业是什么事都做得出来的。无论如何，制度或法治环境的建设都要发挥应有的作用。如果企业滥用数据，理应受到制度的惩罚和法律的制裁。

既然我们都拥有各自的数据，那么当普通用户涉及个人隐私的数据，在不知情的前提下，被企业搜集来设计“黑盒”并获得商业利益时，用户的隐私权是否被侵犯？企业是否有义务告知用户“黑盒”里面发生了什么？每一个普通用户“贡献”的数据又被用在了哪里？

作为一个普通用户，我很想知道。

扫二维码分享本篇文章

俄罗斯版微信 Telegram 的背后，有富豪、黑客高手、极权和阴谋

本文作者霍炬，原文发表于 2015 年 9 月 29 日的微信公众号“歪理邪说”

虎嗅注：作为一款与 WhatsApp 极为相似的即时通讯应用，2013 年 10 月方上线的 Telegram，面对彼时 WhatsApp 4 亿的月活用户数，曾被认为是毫无机会的。但近来，这一后来者却表现出了强劲的势头——每天发送的消息数已经达到了 120 亿条。正如两位来自俄罗斯的创始人 Pavel 和 Nikolai Durov ，在言及开发 Telegram 的初衷时，声称的“如果没有谁能为我做出一款能保证信息安全的 App，那我就自己做一个出来。”一般，这款应用在安全性能方面表现优秀。而在它的背后，还有更多吸睛的标签：俄罗斯富豪、黑客高手、极权、阴谋……本文作者对这款产品背后的故事甚是深扒了一番，果然是生活比电影精彩，全程高能。

说了很久要写 Telegram 的故事，一直拖延没有写。在我拖延的这段时间里，Telegarm 继续快速增长，前几天，在旧金山的 TechCrunch Disrupt 活动上，创始人 Durov 说现在 Telegram 每天发送的消息数已经达到了 120 亿条，而 2015 年 2 月的时候只有 10 亿条，是时候写完这个故事了。不过，随着它的出名，在中国也毫无悬念得变得难以访问，所以，如果你看完下载了它，又觉得不好连上，程序崩溃什么的，这并不是 Telegram 的错。

每天 120 亿条消息是什么概念呢？我能找到的 WhatsApp 最新一次公布这个数字是今年 4 月，每天 640 亿条，这可是 Facebook 以 190 亿美元代价重金收购的 App，并且被当作 Facebook 在移动平台上最好的投资之一。出生在最大的互联网市场美国，并且有 Facebook 的全力支持，也只是几倍于 Telegram 的规模而已。如果不出意外，未来的某个时候，Telegram 会超过 WhatsApp。

消息数量和月活跃用户上，Telegram 显然比 WhatsApp 和微信还有很大差距。但这是一个只有 2 年历史的新工具，并且它是一个完全私人拥有的公司，没有其他股东，没有投资人，号称永远不会出售，并且，它有着一支人数极少又战斗力极强的团队……这一切都让这个产品显得与众不同。如果要说这个时代的传奇，Telegram 和它的创始人甚至团队，都完全可以入选。它和人们所知道的各种创业故事、商业传奇完全不一样，但又具有传奇故事的一切要素：黑客高手、政治、极权、阴谋、富豪……一应俱全。

2014 年 1 月 24 日对于 Telegram 是个惊喜的里程碑。在这一天，Facebook 宣布收购了最流行的即时通讯软件 WhatsApp。在之后的 5 天里面，Telegram 增加了 800 万用户。究其原因，很多发达国家的用户对隐私有着更大的担忧，WhatsApp 变成了 Facebook 这样大公司的资产，之后必然会发生数据交换，这是对隐私的巨大挑战。越来越多的数据掌握在大公司手里，这显然不是一件让人放心的事。这时候开始有更多人注意到了 Telegram，这个极其注重隐私的工具，并且开始尝鲜。在那几天，很多人是第一次知道其创始人 Durov 兄弟，并且从媒体得知了他们是俄罗斯富豪。以至于 Durov 不得不在 Twitter 喊话，说请用户放心，我们团队并不在俄罗斯，现在的公司注册于德国柏林，非常安全。

他们当然非常安全，因为柏林也只不过是这个团队一系列复杂的离岸公司控股结构中的一环。至于团队到底在哪，干脆没人知道。创始人 Pavel Durov 很可能根本不和团队在一起，甚至很多人猜测他们压根没有一个物理的办公室，而是一个用 Telegram 沟通的分布，实际人分散在世界各地的团队。酷爱八卦的媒体们也基本没有挖到过他们在物理世界的位置，更没有探访过他们的办公室。至于 Pavel Durov 本人，倒是会偶尔出现在世界各地接受一些采访和参加活动，只不过一会儿出现在柏林，一会儿出现在旧金山，有记者问他到底住在哪，他想了一下，似是而非的回答“巴黎挺不错的。”在 Telegram 发展的这两年里面，被媒体挖到的办公室位置只有一次，那是在位于纽约州水牛城（Buffalo, NY），这是一个和高科技不怎么沾边的城市，它是尼亚加拉大瀑布的美国那边，和加拿大安省接壤，并且以安大略湖的大湖效应造成的巨型暴风雪出名。这曾经是 Pavel 逃离俄罗斯之后的第一站，我甚至怀疑他们是到机场随便买了最近一班离开俄罗斯的飞机，从而随机到了这个城市。Telegram 团队也提到过，他们第一个数据中心位于 Buffalo。但现在那个办公室早就人去楼空。不知道是

不是因为被人发现所以搬家了，我还是请朋友帮忙拍下了这个外观相当普通的办公楼照片。这个团队的神秘和传奇可见一斑。

在创建 Telegram 之前，Pavel Durov 以俄罗斯社交网站 VK 创始人闻名。2006 年 Pavel Durov 和他的哥哥 Nikolai Durov 一起创建了 VK，随后的几年，它成了俄语区最流行的社交网站。Pavel Durov 不止一次自豪得说，VK 是唯一一个在自由市场竞争中胜过 Facebook 的产品。Mark Zuckerberg 后来自己也承认，曾经认为 Facebook 超越 VK 是早晚的事，没想到到现在已经有 10 年，仍然没能超过它。Pavel 也毫不掩饰 VK 曾经从 Facebook 借鉴了很多东西，他说，毕竟我不是设计师啊，要全都自己设计要花更多时间。早期的 VK 从页面设计到推广方法，都跟 Facebook 完全一致，他也是从俄罗斯几个著名大学开始的，但后来变得越来越不一样。Pavel Durov 和 Facebook 创始人 Mark Zuckerberg 岁数一样大，都出生于 1984 年。媒体曾经总是把这两个人放在一起对比，两个年轻的互联网新贵。但是近年来形势变得非常诡异，为了言论自由，Pavel 被迫放弃了他曾经所创造的一切，逃离俄罗斯，安全生活在美国的 Mark Zuckerberg 反而一直配合俄罗斯政府自我审查，Pavel 经常发文讽刺他……看到 Mark 和 Facebook 这几年的所作所为，我完全赞同 Pavel 对他的讽刺。

图片：Pavel Durov 照片，真是帅啊，这张是给女读者的福利……

2011 年开始，事情的发展已经让美国人很难看懂了。这一年，Durov 兄弟的日子开始艰难起来。他们是强烈的自由捍卫者，认为言论自由高于一切。当时，俄罗斯国家安全机构要求 VK 关闭一些反对派的页面，遭到了 Pavel 拒绝。随后全副武装的反恐警察小队就突袭了他的住处和办公室……

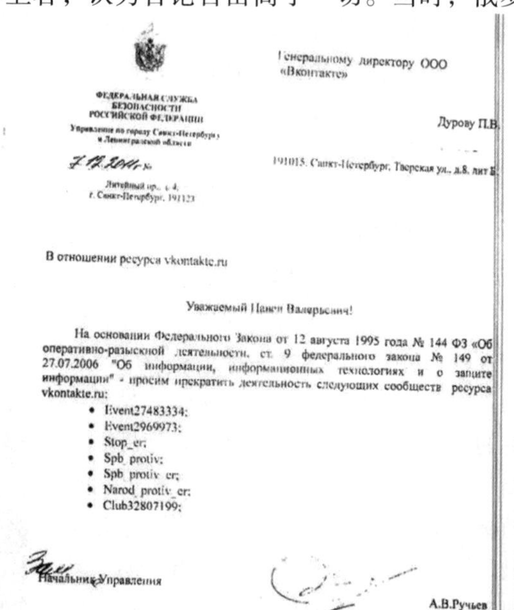

ФЕДЕРАЛЬНАЯ СЛУЖБА
БЕЗОПАСНОСТИ
РОССИЙСКОЙ ФЕДЕРАЦИИ
Управление по городу Санкт-Петербургу
и Ленинградской области

[illegible] №

Литейный пр., д. 4,
г. Санкт-Петербург, 191123

Генеральному директору ООО
«Вконтакте»

Дурову П.В.

191015, Санкт-Петербург, Тверская ул., д.8, лит Б

В отношении ресурса vkontakte.ru

Уважаемый Павел Валерьевич!

На основании Федерального Закона от 12 августа 1995 года № 144 ФЗ «Об оперативно-разыскной деятельности, ст. 9 федерального закона № 149 от 27.07.2006 "Об информации, информационных технологиях и о защите информации" - просим прекратить деятельность следующих сообществ ресурса vkontakte.ru:

- Event27483334;
- Event2969973;
- Stop_er;
- Spb_protiv;
- Spb_protiv_er;
- Narod_protiv_er;
- Club32807199;

Начальник Управления

А.В.Ручьев

2014 年俄罗斯与乌克兰冲突的时候，俄罗斯安全机构再次要求 VK 交出一位乌克兰活动家的个人信息，Pavel 不仅贴出了文件全文，还连续贴了两张穿着衣服的小狗照片嘲讽安全官员们。

这大概彻底激怒了普京。其实在此之前也有一些奇怪的事情发生在了 Pavel Durov 身上，比如指控一辆他名下的汽车发生了交通事故逃逸之类的，尽管他自己根本没碰过这辆车。

Pavel Durov 并没屈服。安全部门对他的要求很简单，要么听话，要么把所持有的 VK 股份，卖给安全部门所掌握的基金或者其他关联公司。Pavel 仍然拒绝出售股份，只是这一次，他回旋的余地越来越小了，在前面几年中，安全部门的基金们一直在从 VK 其他股东手里收购股份。董事会里面 Durov 兄弟终于成了孤家寡人，最后被迫卖出股份，放弃了他创造的一切。当然，俄罗斯政府是花钱买股份，因为有保密协议，Pavel 没有透露过实际交易金额，不过人们推测应该有 4 亿到 5 亿美元这个级别。比起 Facebook 的市值不值一提，但对 Pavel 这样有足够大理想又一心实践理想的人，这已经能让他做很多事了。

Pavel Durov 回应 mail.ru 并购 VK 事件，如下图所示。mail.ru 同样被安全部门的基金控股，过去 mail.ru 本来也有 VK 股份，Pavel 手里还有 mail.ru 的投票权，这一次是要完全并购……另外，mail.ru 股东还有一家中国公司，猜猜是谁？呵呵，答案是腾讯……

在被查的那些年里面，Pavel 已经开始逐渐实施他理想的生活模式，其中最重要的一点是放弃所有固定资产。他卖掉房子、家具、车……到他卖出 VK 股份的时候，他已经不再持有任何固定的资产了，只有大量的钱。差不多也是在这段时间里面，他和哥哥 Nikolai 完成了 Telegram 最早期的工作。关于为什么要做一个强加密，非常在乎隐私的工具，Pavel Durov 自己说，是第一次被警察突袭住处的时候，他给哥哥打了一个电话，电话接通的瞬间，他突然意识到电话是不安全的，一定会被监听。随后他发现，没有任何通讯方式可以保证他想要的安全和隐私，它们都有各种缺陷，要么是天生的缺陷和技术限制，要么是工具运营者的配合，导致这些工具毫无安全可言。

既然没有一个可靠的通讯工具，那就自己做一个好了。兄弟两人又一次重新合伙开始一个新项目，Nikolai 为这个工具设计了加密协议和架构，这就是 Telegram。所以，Telegram 是为了隐私和安全而生的。和一些工程和产品团队开发的通讯工具不一样，它是真正由数学家主导的项目，坚实可靠。

说到这里，要介绍一下同为VK创始人的Nikolai Durov，他是Pavel的哥哥。wikipedia上对他的描述是“程序员，数学家”，此人参加了3次国际数学奥赛，拿回了3块金牌，又参加了4次国际信息学（计算机）奥赛，拿回了1块金牌和3块银牌……绝不空手而归，从小就是天才人物。Nikolai Durov并不是那种擅长竞赛数学的书呆子，除了读了2个数学Phd，他还一直领导VK工程师团队。那也是一个人数少而精的技术团队，他们完成了VK整个的工程和技术需求，一直到2013年才停止VK的工作。

离开俄罗斯的时候，他们从VK团队中挑选了一些愿意一起满世界流浪的高手，继续由Nikolai带头，组成了Telegram的团队。到目前为止，没有任何公开的资料介绍过团队成员，只能从Github上代码的贡献者稍微窥探到一些团队成员的风格。Pavel在几次访谈和自述中提到过，这个团队中至少有6个人得过ACM竞赛大奖，并且都可以轻松拿到Google或者Facebook这个级别公司极好的Offer。当然这也造成了巨大的人力成本开支，Pavel说因为Telegram不打算出售，团队成员没法通过期权获得收益，所以给大家期权没有意义，他只能给团队开极好的薪水。薪水好到什么程度不得而知，至今只能知道Telegram的开销是每月100万美元，包括人力和硬件网络等资源开销，大致估算一下就可以知道，这的确应该是极好的薪水，远超过Google这个级别公司高级工程师水平。相对于微信的支出，这个开销应该是个小数字，但考虑到所有资金都是Pavel自己一个人出的，虽然是有几亿美金的富豪，也是个不小的压力。Pavel不止一次表示，绝对不会对最终用户收钱，但是他早晚要让公司盈亏正常。他对于Telegram的预期并不是赚钱，而是可持续，只要公司赚的钱能负担自己的开销，他就满意了。对于始终期盼增长，已经很有钱但还要赚更多钱的互联网大佬们，这是难以理解的疯话。但我相信他是真诚的，Pavel从来不是一个在商言商的人，就算在VK发展比较顺利的时候，他也没事就会发表一些政治言论。这些言论就算在美国都有点惊世骇俗，比如建议俄罗斯废除货币之类……一些颇有乌托邦色彩的言论。他也曾经说过，当他开始有钱的时候，去看了其他俄罗斯有钱人的豪宅和游艇，当即就明白了这不是他想要的生活。对于他来说，改变世界本身比钱有意思得多，钱只是他在改变世界过程中的副产品和资源。他当然有资格讽刺Mark Zuckerberg，比起Pavel的生活，Mark所谓的叛逆只不过是见投资人时候不穿正装穿帽衫而已，实在孩子气。

今年年初，笑来老师迷上了Telegram，想在上面做一些东西，那段时间我帮他读了不少Telegram的代码。边读边佩服这个团队的优秀。Nikolai设计的协议MTProto极其优秀，兼具数学和工程之美，它的加密基础非常完善，同时又在工程上很出色，Telegram传递的消息实际是函数，可扩展性相当强。同时，所有代码都是开源的，在github上可以看到每个项目的贡献者人数都很少，但代码质量相当高。我很惊讶于如此短的开发时间，如此少的人数，产生出这么高质量的代码。Telegram的特色就是快，它的快体现在各方面，不仅仅是协议本身精简造成的传输速度快，Telegram在各平台上的实现几乎都是从最底层的简单API实现，几乎不使用常见的库，而是自己实现所有界面控件。他们的所有控件样式也相当简单，从而让绘制效率非常高。这些努力最终得到的回报，就是它使用起来速度极快，极流畅。如果你在一个正常的网络环境使用，会非常直观地感受到它的效率和稳定。到今天，已经加入了相当多功能的Telegram（包括自定义的贴纸表情和机器人）iOS版只有30MB的体积，而微信早就到了90多MB，就算是功能简单的多的WhatsApp也有40多MB。有兴趣琢磨代码的同学可以去Github上慢慢研究他们开源的代码，肯定会大有收获。

电子前线基金会（EFF）有过一个关于常用通讯软件安全性的评测，其中Telegram的隐私模式满足所有标准。达到这些标准的工具里面，Telegram无疑也是最好用，最时尚的一个。而且Telegram对于安全性的做法也很富豪，Pavel开出赏金，只要有人找到协议的漏洞，就给10万美金奖金。2年来确实有一个人拿到这笔钱，准确得说，那个人找到的是一个隐患，而非漏洞，不过Pavel说隐患也很重要，奖金照给。

一流的数学和工程团队+开源+重金安全悬赏，这些条件造就了Telegram的可靠，让人很难不信任他。我知道有很多人说“等他们需要赚钱的时候会如何如何”，这些人往往也是认为赚钱是第一重要，他们难以理解，甚至难以接受这世界上有不怎么把钱当回事的有钱人，估计他们也更难理解为什么另一位硅谷富豪Mitch Kapor会全心投入电子前线基金会（顺便说一句，此人也是Uber的早期投资人，将来我也会写他的传奇故事）。另外还有一些人说“哈，使用电话号码注册也好意思叫安全”，我觉得他们应该考虑一下自己的数学天分是否比Nikolai更高，然后再去仔细琢磨一下Telegram设计的良苦用心。无论从任何角度看，Telegram都是目前流行通讯工具中最可靠，最令人放心的一款。同时，Telegram用户量的暴涨本身就创造了一个奇迹，这是在互联网主流市场之外成长起来的社交工具，并且最终得以侵蚀美国市场。很多创业者和投资人根本不信这种事情发生……Telegram不仅不在硅谷，甚至你根本不知道他们到底在哪。

2012年，Pavel还做过一件上了世界各国媒体头条的事情，他和VK的一位副总裁在办公室窗口往楼下扔钱，当时扔的每张纸币差不多值170美元。可惜后来抢钱的人开始打起架来，秩序一度非常混乱，Pavel只好停止了。Youtube的视频上可以看到，他把钱叠成纸飞机扔下去，看着人们抢来抢去开心得哈哈大笑。那一年他27岁，整个事件看起来就像是年轻的富豪暴发户拿路人取乐。不过后来Pavel解释过动机，他说当时他给了VK一位副总裁一笔奖金，这位副总裁跟他差不多，也认为钱只不过是改造世界的副产品，没什么珍贵的。Pavel很高兴说既然觉得没用，那你把这笔钱扔掉好了。这位副总裁当即开始往楼下扔钱，Pavel拦住了他，说你这样扔太没创意了，看我的，随后他把纸币叠成纸飞机飞出窗外。这架纸飞机后来被做为了 Telegram 的 Logo。Pavel 非常喜欢扔纸飞机那个时刻，他觉得那非常能代表他叛逆精神。那并不是暴发户对金钱的挥霍，而是对自由的向往。

图片：视频本身不是很清晰，不过，就算模糊也能看到这架纸飞机了吧？

扫二维码分享本篇文章

携程可能摊上大事了——崩溃原因分析之“高能技术贴”

本文作者郭理靖，原文发表于 2015 年 5 月 28 日

携程数据库事件网上有各种说法。有说是数据库数据和备份数据被物理删除的。也有说是各个节点的业务代码被删除，现在重新在部署。也有说是误操作，导致业务不可用。尽管众说纷芸，作为一个技术人员，我们还是需要透过现象看本质。

网站崩溃的表象

我们先观察一下携程这次问题的表现。从我观察的视角来看，在下午 2 点左右，携程 PC 版的首页上的酒店、机票这两个最核心的应用还是无法使用的，而且个人用户也是无法登录的，同时携程手机端的酒店、机票无法使用，以及个人订单是无法查询的。

而网上的新闻报道上午 11 点服务就不可用了：携程方面称，今天上午 11：09，携程的部分服务器遭到不明攻击，导致官方网站及 App 暂时无法正常使用，目前正在紧急恢复。从携程内部人士处获悉，此次不明攻击是携程未拦截成功的第一次数据库攻击，目前技术部正在抢救。

数据库整体被攻击的可能性极大

从这些信息来判断，应该不是业务流程上线中出 bug，或者上线流程过程有些误操作。为什么这么讲，我们要进行粗略分析。从用户的角度来讲，携程的首页是只有一个，各个业务的入口是统一的，但是从程序以及项目管理的角度来看，单单只是从携程的首页来看，至少有 14 以上个业务部门以及项目，而且这些项目之间关联耦合度不大，平时上线肯定也是独立上线的，如果一个项目挂了，短暂不可用又很快恢复了，那还可以理解，毕竟谁上线没有回滚过。但是大面积绝大部分业务都不可用，必然不是正常的上线流程中出问题。基本上我们可以判断，携程内部系统肯定是受到大规模的攻击，大部分的业务节点受到严重的攻击或者数据库受到严重的攻击，至于是内部员工或者是黑客那就不好说了。

我们再来分析下是不是业务节点受攻击，从表象来看，业务节点或者负载均衡应该是被攻击了，不然不会点击酒店和机票搜索都会跳出“Http/1.1 Service Unavailable”，而应该会出现搜索迟迟不出结果，但是网页大部分的界面还是可以展现的。如果仅仅是业务节点受攻击，比如：所有的业务节点上部署的代码、程序被删除了，或者是关机了，受到这种攻击恢复的手法还是可以非常迅猛的，毕竟机器还在，携程作为一个十几年的老牌公司，上线部署流程应该是建设的比较完善的，可以在比较短的时间内进行恢复。

我们再看是不是某个数据库挂了，前面我们也讲到，携程的业务多，项目多，这些项目与业务线是不太可能使用同一台数据库的物理机的，携程的数据库机器数量肯定是比较庞大的，而且我相信携程的数据库肯定是做好高可用的，同时日常备份是定期进行的。如果只是个别数据库挂了，恢复起来的时间是非常快的。但是从这次攻击的事件来看，数据库整体被攻击的可能性非常大。

可能摊上大事了

如果这是一次黑客攻击，那黑客对携程内部的系统了解程度那是相当得深，而且渗透、潜伏的时间非常长。如果这是一次非常恶意的攻击，而且黑客对携程想一击致命的话，数据库就会是核心攻击目标。业务节点丢点程序代码不要紧，最多就像人走在大街上衣服被抢光了而已，虽然丢人，但是还是可以很快再搞几件衣服回来穿上就是了，要是数据库被删除，而且不仅仅是逻辑删除，而且是物理删除，同时把所有备份也进行非常彻底的物理删除的话，那基本上心脏中枪，没得救了，不过好在这种情况出现的可能性不大。如果黑客把数据库所在的主、从机器上的数据全部进行逻辑删除，同时运行类似于 dd 的命令进行数据覆盖，那么主、从机器上的数据是没法救的。

从网上的新闻来看，上午 11：09 服务就不可用了，我们做一个最坏情况的猜测：黑客应该是攻击了大部分的数据，同时估计也删除了备份到存储上的数据。所以到现在，携程的服务还没有恢复。

那么现在的问题关键点来了：携程是用什么方式进行数据库的备份的（如果没有日常备份，那整个携程可就悲剧了）。如果采用内部私有云存储的方式进行备份，那么此事还有的救。虽然黑客有可能把这些数据从云存储的应用端删除，但是服务端这些数据可能还存在。数据是否可以恢复要取决于私有云存储的架构。携程从公开的报道来看，内部私有云用的是 openstack，那么很有可能是使用 swift 的存储，除非黑客也是非常熟悉 swift 的架构，把 swift 上的三个备份的机器找到，进行物理删除。否则，数据还是有可能恢复的。如果备份到存储一体机，我相信数据还是有可能找得回来的。简而言之：如果有正常的备份，我相信数据还是可以恢复，如果没有做数据库日志的实时备份的话，最多丢个一备份周期的数据（一般是一天）。

上面讲的都是针对性的攻击，但是最坏的情况是：黑客掌握了携程大部分机器的 root 权限，同时进行无差别的毁灭性的攻击的话（业务节点、数据库节点、存储节点），那后果反正我是不敢想了。

扫二维码分享本篇文章

元数据杀人？我们已被网络空间绑架

本文作者王小瑞，原文发表于 2015 年 4 月 3 日。

政府情报机构和企业通常会在人们不知情或说无需通过人们同意的情况下，对公民在网络空间中留下的海量数据进行存储和分析。基于这些数据，他们可以知道人们不同意或反对什么，而这些想法和行动对人们的生活有着深远的影响。虽然大家并不情愿，但事实是我们处于大规模监控之下，至少，美国公民的确是这样。

元数据的真面目

绝大部分人对美国国家安全局（NSA）的了解，要归功于爱德华·斯诺登。作为 NSA 的项目承包商，斯诺登收集了 NSA 有关监控活动的成千上万份文档，并于 2013 年逃到香港把资料交给经过他慎重选择的记者。

这些文档曝出的第一个故事就是收集所有美国公民的手机电话拨打记录，注意，只是拨打记录。据此，美国政府就一直以“拨打记录”为辩护说词，说是他们收集的“只是元数据”。也就是说，NSA 并没有收集电话的谈话内容，只是收集了接打双方的电话号码，以及拨打电话的日期、时间和时长。

元数据（metadata），尽管大多数人并不确切地知道它意味着什么，但听上去似乎能给人带来一定的安抚作用。但实际上，收集元数据同样属于赤裸裸的监控。

比如，国外电影中经常有雇佣私人侦探窃听某人的情节。请注意，这里的用词是“窃听”。私人侦探接收委托后，会在被监视人的家中、办公室和汽车中装上窃听器，偷听电话内容、查看计算机。然后，委托人会收到一份被监听者的详细谈话内容报告。

如果把委托任务从“窃听”变为“监视”呢？最后委托人收到的报告内容肯定有所变

化，但范围却更广了。监视包括，被监视人的行踪去向，干了什么事，与谁谈话并谈了多长时间，与谁通信，阅读什么，购买什么，等等。这些信息就是“元数据”。简而言之，窃听可以得到谈话内容，监视则包含所有其他的背景或相关信息。

元数据是描述数据属性的集合，是对数据的说明，比如，数据的类型、名称、字段等。

电话元数据还可以透露更多的信息。比如，根据谈话的时机、长度和频率，能推算出谈话人彼此之间的关系。是密友，商业伙伴，还是其他什么人。电话元数据显示被监视人对谁感兴趣，什么对他是重要的，不管这些信息有多么私密。它是窥探人们个性的窗口，它能够在任何时间点绘制出被监视人的事件报告。

有些人觉得不以为然，这些所谓的元数据能有什么严重的隐私问题，是不是有点大惊小怪了？

好，我们来看看美国斯坦福大学做过的一项分析电话元数据的实验，这次实验在几个月的时间里收集了500个志愿者的元数据。

A. 志愿者A与多个地方的神经病学小组有联系，联系过一家专项药房，一个罕见病症管理服务机构，以及一条药品热线，该热线只用来咨询多发性硬化症的复发。

B. 志愿者B与一个大型医疗中心的心脏病专家详谈，还与一个医疗实验室有过简短会话，接过药房打来的电话，并接通过一个家用医疗设备的热线，该设备用于监视心率失常。

C. 志愿者C给一家专门售卖AR半自动步枪的枪支商店打过不少次电话，而且还与AR步枪的生产商客户服务详谈过。

D. 志愿者D一连三个星期与家居改善店、锁匠、水栽经销商和烟草用品商店联系。

E. 志愿者E在一个早晨与她的姐姐通了很长时间的话。两天后，她给当地的计划生育机构打了许多电话，两周后又打了几个，一个月后打了最后一个电话。

这五个志愿者的元数据代表着什么呢?

一个多发性硬化症患者，一个心脏病患者，一个半自动武器持有者，一个家庭大麻种植者，最后是一个做流产的母亲。

搜索引擎的杀伤力

下面我们再来看看网页搜索数据，它是另一种NSA用于大规模监视公民行为的私密数据。有人认为网页搜索数据不能算是元数据，但NSA认为是，理由是搜索词是嵌入在网址中的。（话说这算哪门子理由？）

之所以说搜索数据是私密的，是因为人们不会对搜索引擎撒谎，这些数据甚至比朋友或是家人更与自身紧密和贴切，因为我们总是尽可能准确地告诉搜索引擎，我们在想什么。

谷歌知道每一个人搜索的色情网站，知道人们内心深处的担心和秘密，甚至是耻辱和罪恶。如果谷歌想知道某一个网民心里面正在想什么，它就能知道，不管你是在想逃税还是计划抗议政府的某项方针政策。曾经有人说，谷歌比自己的妻子还了解自己。但实际上还可以更进一步，应该说谷歌比你自己还了解自己，因为它能毫无改变地、永远地记住你曾经在那个长条框里输进去的东西，不管它是什么。

现在，我们来用谷歌的自动完成功能做一个实验（由于工作原因，笔者很少用百度）。这个功能可以实时地把你想要查询的问题补充完整。当我键入"should i tell my w"的时候，搜索框自动会出现以下几个结果：

should i tell my wife i cheated（我应该告诉我妻子我出轨了吗）

should i tell my wife about emotional affair（我应该告诉我妻子我有外遇了吗）

should i tell my wife i filed for divorce（我应该告诉我妻子我提交离婚申请了吗）

should i tell my wife i'm in love with another woman（我应该告诉我妻子我爱上另一个女人了吗）

这些自动完成的内容，全部基于其他人的输入。谷歌知道谁点击了哪一个自动完成的内容，以及所有他们在搜索的东西。谷歌 CEO 施密特曾在 2010 年这样说道："我们知道你在哪儿，知道你去过哪儿。我们或多或少地知道你在想什么。"

如果你有谷歌账号，你可以在搜索历史中查一下，不会让你失望的——年月日精确到分，你都搜索过什么，它都帮你记得一清二楚。

记得有一次，我忘记哪一天去的某个场所，但我记得出去前用过谷歌搜索了这个场所的简介，于是我登录谷歌，轻而易举地把那一天的日期找到。我饶有兴趣往前翻，发现自从我注册谷歌以来，已经被记录了 1 万多次搜索记录，从衣食住行到生病、学习、娱乐、睡觉，应有尽有。我没有写日记的习惯，但我想，对于互联网人来说，这些搜索记录绝对比日记要日记的多！

元数据可以杀人

还有很多其他的私密数据和元数据的来源。你的网上购物记录会透露你大量的习惯，你的微博会告诉全世界你何时起床吃早餐，何时道晚安睡觉。你的朋友圈和联系人会暴露你的政治倾向，甚至是性取向。你的电子邮件或你的短信息可以显露谁是你职业、社交和个人感情生活的中心，你手机上的 App 可以定位你的位置，去过哪里……

数据与元数据可以这样来区别，前者是内容，后者是背景。背景常常比内容显示更多的信息，尤其是把元数据集合起来的时候。当你监视一个人的某次具体行动时，他的谈话内容、手机短信和电子邮件的确比元数据重要。但当你监视一个人的生活，或是大面积区域人口的时候，元数据的作用就无可比拟了。无论是重要性、实用性，还是对问题的判断和预示上，都极有意义。

“元数据绝对可以告诉你某个人其生活的一切事情。如果你有足够多的元数据，你就不需要数据内容。”

——美国国家安全局前法律总顾问斯图尔特·贝克尔

就在去年，前美国中央情报局和国家安全局局长迈克尔·海登曾在一次公开的会议讨论中说过一句令人瞠目的话：

“我们基于元数据杀人。”

接着他为了减缓这句话给人带来的震惊，又补充了一句：

“但我们收集元数据的目的不是用来杀人。”

本文无意去探讨“元数据杀人”的真正含义和背后故事，但本文至少可以看出美国情报机构打着元数据的旗号，却干着严重威胁公民隐私的勾当。君不见，美国参议院以罕见的神速通过《网络空间安全信息共享法》方案了吗？票数是 14:1。

相关信息

美国参议院情报委员会于 3 月上旬通过《网络空间安全信息共享法》，其内容是对企业的信息共享行为增加法律上的照顾，以鼓励美国企业把信息安全漏洞信息共享给其他企业以及政府部门。参议员罗恩·威登是 CISA 唯一的反对者，他表示，只有在公民合法隐私权利得到足够保护时，信息共享措施才是可以接受的，否则只是另一项用来监视美国公民的法案。

扫二维码分享本篇文章

2015 年 2 月 14 日，滴滴和快的在情人节当天宣布合并，O2O 并购大潮由此掀起。随后几个月，58 和赶集、美团和点评相继合并，以及——携程合并去哪儿、世纪佳缘牵手百合网。一夜之间，昔日 O2O 格局已由诸侯争霸变成寡头垄断，小玩家只能夹缝求生。

一方面巨头雄踞，另一面，资本开始失去耐心。之前，无论是服务类 O2O，抑或实物类 O2O，都在用补贴“催熟”，数据很漂亮，但刷单骗补过后，结果“一地鸡毛”，多数 O2O 公司在资本寒冬中甚至拿不到 B 轮，只能关门出局。

2015，O2O 让创业者走开，从而定格为巨头的游戏。这个现象在上门 O2O 创业公司中表现最为明显。2015 年初，虎嗅一篇《O2O 上门服务 2015 将退潮，裸泳者开始退场》已做出了判断；另一篇《刷单“黑市”折射下的 O2O 泡沫》暗访刷单公司，诙谐手法写出了 O2O 的“黑色幽默”。如果说这两篇文章写出了创业公司在 O2O 求生的不易，那么阑夕的《阿里注资饿了么：四国军棋，两家霸业》一文则让你看清楚 BAT 巨头在 O2O 的布局。

对那些还在苦苦求生进化的 O2O 创业者，我们选出几篇有方法论属性的文章，供大家存览，如雕爷的《让 O2O 实现流量变现的 6 大分析工具》，举个栗子的《腐败、低效的 O2O 线下组织如何进化》，还有京东副总裁邓天卓的《内部干货分享：京东 O2O 是如何炼成的》。

然而，资本永不眠，创业者不会走开。比如生鲜电商 O2O，新一轮求生游戏又才展开。

O2O 上门服务 2015 年将退潮，裸泳者开始退场

本文作者路北，原文发表于 2015 年 1 月 2 日

步入 2015 年，作为一名曾经在 O2O 上门服务行业探索过的创业者，我想就自己的一点经验预测一下 O2O 上门服务在 2015 年的前景和钱景。

首先，我把上门服务分为实物配送和服务配送两类。实物配送的主要代表有社区 001、爱鲜蜂、雅各库克等，它们提供大家日常生活所需要。服务配送的主要代表有河狸家、爱大厨、阿姨帮、卡拉丁等，它们主要上门提供美甲、保洁、汽车保养等服务。

我一向认为凡是不能响应并发需求的上门服务很难做大，除此以外，用户需求必须是高频度的。

实物配送做高频订制是大方向

实物配送这一块，社区 001 和爱鲜蜂主要提供米面油等日常必需品和牛奶饮料等快消品，快消品有一大特性，就是购买门槛特别低，几乎小区门口的便利店和居民楼底商都有售，而愿意使用手机购买爱鲜蜂商品的基本都是年轻人，这群人下班路上很容易顺道去小区便利店采购。

而且像牛奶饮料这一类产品，集中批量采购也很方便，一次买一周的量也很正常。爱鲜蜂的懒人用户最大的需求无非买包泡面、来两罐啤酒、四五罐饮料，也有人可能偶尔来包烟，而那些真正对生活品质有要求的人不会在爱鲜蜂采购，大超市才是正道。

所以对于爱鲜蜂这种平均单价比超市贵 5 毛至 3 块，30 元起送，满 100 元才免运费的服务，我是不看好的。原因有三个：门槛太高（100 元免运费）、商品偏贵、需求不旺。

至于社区 001，如果按它对标的 Instacart，将会是很有潜力的创业公司，但中美国情不同，Instacart 整合的闲散劳动力在社区 001 变成了专职采购员、快递员，众包变承包，模式重不可言。但社区 001 提供的是强需求，特别是对不愿意去超市采购米面油的家庭主妇，以及体弱不能负重的中老年人而言，是一大福音，希望这家公司不要太快倒掉。

对标爱鲜蜂和社区 001 的京东快点（现改名“京东到家”）据传亏得厉害，希望巨头做不起来的事创业公司能趟出一条新路。

雅各库克提供的是日常蔬果、肉类的快送，这些品类对于有需求的用户而言是天天都需要，绝对的高频和必需品。在北方的冬季，去菜市场买菜是一件比较煎熬的事情，一般菜市场距离居民楼都不近，顶着北风买菜不是件好差事。在全国也大抵如此。

所以做这个品类的订购，相较前面俩更有前景，一是高频度，容易预估存货量；其二是配送高度集中化，大概一天配送两次就行，上午一次、下午一次，快递员效率容易最大化。用户养成习惯后头一天按需下单，雅各库克负责集合采买还能降低单价，从中抽成也很简单，商业模式清晰可见。

总的来说，对实物配送这一块的上门服务，我只看好高频且容易定制化的创业项目。

服务配送主要看性价比

再来看服务配送，过去的一年涌现了很多服务类项目的上门服务初创团队，从美甲到美发，从做饭到汽车保养，几乎所有原来必须去门店才能享受的服务都被推到了用户家里。

对这一类项目我的观点是，提供服务和接受服务的双方必须性价比足够高才能持续。

去门店化后，用户是否增加了单次费用，以及服务人员是否增加了收入，对创业公司至关重要。以河狸家为例，这家公司在推广过程中大量补贴，也吸引了很多白领女性使用，在不久前更是宣称日客单量突破 7000 单，一位美甲师被宣传 1 月 15 日当天订单收入达到 1.6 万元。我不得不佩服雕爷，这么高的数字都敢说，这得碰上多少个有钱没地花的主啊。

任何一项服务，特别是雕爷计划烧 5 亿元力推的河狸家，终究要以大众消费者为主要目标用户。对于美甲而言，单次 4000 元毕竟是少数，我在河狸家 App 上看到的只有两人做过，更多的还是集中在 100 元左右的普通美甲，这才是河狸家的核心竞争力。在这个价位上，美甲师在有限的时间段（集中在工作日晚上、周末白天）能够覆盖多少客人？是否比原来在美甲店上班赚的多？不能随时上厕所的担忧是否影响美甲师手艺？恐怕还是有 一堆疑问在等着雕爷解答吧。

让利用户，补贴美甲师只能解决一时的问题，要是能一直这样补贴下去雕爷也算活雷锋了。

至于像爱大厨、卡拉丁这一类原来门店（饭店）优势太明显的创业项目，我不太看好，专业的还是交给专业的人去做，上门服务不是万能的。这一类项目最后可能会成为少数人专享的高品质生活的象征，收费必须足够高才能彰显土豪本色。

而像阿姨帮这种整合了原有服务配送资源的创业项目，因为服务必须上门，反而有做大的可能。去中介化增加了保洁阿姨的收入，进而会提高服务质量，对买卖双方而言，性价比都得到了提高，这才算改造了一个行业。这才是服务配送的一大发展方向。

O2O 在 2014 年火了，上门服务也顺带沾光，但在 2015 年，我们可能会看到很多没有必要上门的创业项目烧完了钱数据也没有做起来，投资人停止输血的情况。这很正常，裸泳者终究会尴尬退场。

扫二维码分享本篇文章

刷单“黑市”折射下的O2O泡沫

本文作者董焘，发表于2015年5月19日

“XX打车和XX用车这样的公司，太不真诚。过去补贴的是现金，现在却变成了各种券，还要附加使用规则。为什么搞这么多限制？反正都要花一样的钱，为什么不能痛快点？让用户体验好一点？”

说这话的人叫老周，他对O2O行业有很独到的见解。但他不是用户，也不是开发者，更不是什么行业专家，他只是燕郊一家“职业刷单公司”的老板。

燕郊直属河北，临近北京。这里的人开车去北京需要办理进京证，每办理一次有效期只有七天。进京证之外的世界，更接近“真实的中国”。O2O在一线城市风起云涌，而让人没想到的是，燕郊竟然融入了O2O的创业浪潮。

一个聚会上，有人爆料说，“某产品早前在补贴上有漏洞，融资被刷掉好多。”大家纷纷起哄这是创业者监守自盗，但另外一种可能性，他们遇到了像老周这样的“职业刷单公司”。

老周的操作流程是这样的

他们拿到号卡之后，用这些号卡去注册O2O产品，套取各种用户补贴。用老周的话说，“一个号卡可以重复套几百块，最后还可以超低价重新卖给民工和学生这类人。”

而运营商的号卡是怎样流通到职业刷单公司手里的呢？一部分是依靠马甸卡券市场这样的地方。这些都是放在明面上的。还有放在暗地里交易的，就全靠个人信誉和口碑。

每隔个几天，老周都要去北京马甸的卡券市场去看最近“有没有出什么新货”。电信运营商的重大节日，也是老周最忙的时候："电信日"、"春促和秋促"，都能拿到流散到马甸的质量最好的号卡。

老周在马甸还是有点名声的。所以大量的供货都是直接联系他进行场外交易的。虽然他曾经好一阵子不在这样的地方露面了。但是真正做得久的人，都知道他。"但是现在电信代理商不像从前那么难申请啦，社会渠道也慢慢放开啦，所以难免还是会有新人把卡出到市面上来，现在面子不好使，也要走走看看啦。"老周谦虚地说，"现在区局的卡不好操作啦，运营商现在也不愿意补贴啦。终归还是想发展真实的用户。要想找到好卡，主要看那些新申请下来的虚拟运营商或者社会代理商。他们的卡一般比较划算。"

老周挑卡也比较苛刻。

"我先要看这批货是从哪里出来的，这些号段是属于哪个区局或者哪个渠道。这很重要，你要把各种卡混合在一起用，你不能在一个统一的号段下面做统一的事情，那容易出事儿。还要了解人家的 KPI 考核标准，帮人把数据做好了，做生意才有下一次，将来还会找我。"这也是老周口碑好的原因——专业。

"我还看要套餐怎么样？包月里面有多少流量多少话费和增值业务，能够叠加哪些套餐包，综合算下来要多少钱，现在市场好，很多年轻人什么卡都吃进去，赚快钱，这样不行的。市场终归还是有好有坏的时候，现在不精打细算，将来怎么办？把市场搞砸了，把别人都坑死了，以后就没有这碗饭了！"老周是那种很传统的生意人，从 SP 时代熬过来，经历了很多大风大浪。很看不惯那些年轻人生猛求快的样子。

老周的"互联网思维"：我们一起刷，大家一起分钱

"你要为整个生态圈的每一方着想，还比如说套现这事，你套得好，人家不怕你赚钱，还感谢你。你套得不好，把人家搞死了，以后这个钱大家都赚不到了。"

老周口中所说的"套现"，就是老周这两年新开辟的业务。老周给我演示了一下。

"比如说咱们燕郊的 XX 生活，用户安装了它的 App 之后，可以直接在手机上购买周围超市的东西。用户手机付费之后，店主就会接到单子，然后给用户送货。一个订单就做完了。"

"一个用户在短信验证注册了之后呢，送五十块钱，可以直接买东西。咱们有的是号卡，就注册了然后去卖呗！"

"明白事理的店主，就跟我们一起刷，大家一起分钱。不懂事儿的，我们就自己刷，买烟、买白糖食盐这一类价格敏感好出货的东西，转手卖给批发市场，这就是串货，

不过比较麻烦，耗人工，但是赚的也多一些。”

“这个帐号刷完了，可以去刷别的，比如拼车类的，去小保险公司的车险营业员或者4S店什么的，可以搞很多车主信息，注册帐号，然后自己拼自己的车。一对一拼车最划算，来得快。其他的也行，反正一个号卡一套信息反复利用嘛。拼车类的一个帐号一个月搞几千块钱补贴很简单。但是也都是辛苦活。只有在燕郊这样人力成本低的城市能干得了。”

O2O的繁荣，还不是靠我们这些刷单公司

我问老周，“你这么大张旗鼓得干，这么大的规模，你不怕被抓到吗？”

老周一乐，“老弟啊，亏你还干O2O创业，谁像你跑到燕郊干一年搞得这么辛苦？一天到晚说得好像挺明白似的，其实你一点互联网思维都没有！”

我一懵，我干了这么多年互联网了，我怎么还不如他了？

老周慢慢地说，“上面领导要数据，基层人员要预算，不全靠我这样的人，才能两全其美吗？这钱也不是他们自己的，是投资商的呀？互联网玩的是资本游戏，一轮忽悠一轮。我天天研究各种科技新闻，花几个小时研究融资的消息和O2O行业的流行趋势。发稿子的不是刚融资、就是要融资。刚刚有钱的要刷数据、没钱的借钱也要刷数据。这都靠谁啊？靠我啊？没了我们，中国O2O能这么繁荣吗？”

我眼前一黑，老周快把我的世界观给颠覆了。

老周还在继续说：“O2O这东西，哪用得着那么多理论和设计？那几千年前城门贴告示比武招亲不就是O2O吗？那民国时候听广播做广告不是O2O吗？之前没移动互联网你们这些人瞎忽悠的时候，打电话送货不是O2O吗？我跟你说，只有你们这些原来在北京干的，喜欢CEO、CFO、COO这样有O的人，才嘟囔什么O2O这些神乎其神的东西。”

我一听，这整个一文盲啊！“周哥，不是的，O2O要依托大数据和云物流才能………”

“什么跟什么啊，中国有几个有数据的公司？有数据的公司数据也不一定准确，你那大数据分析来分析去，忽悠走了公司的钱！物流就更别提了。找大爷大妈送货就算云物流啦？中国做生意，说一套做一套。但凡你有个真正想做事儿的心，你就踏踏实实做，不要老想着用什么新技术，再新的技术也不能改变真实的生活。你做O2O是要面对整个实体经济！那可是十几个亿的人口和10万亿美元世界排行第二的GDP！你说革命了就革命啦？革命是需要本钱的！”

“周哥，这互联网是趋势，咱们………”

周哥再次打断我，“趋势，你扭着消费习惯来就不是趋势，比如说咱们刚才说的那个O2O‘XX生活App’，他的推广就有问题——它天天在地面店超市里面做宣传：用手机下单立减XX元。你一听，挺互联网的。但是你只要一站在超市店主的角度上一想，马上就发现问题——这本来就是我的客户，有没有你都来我这里消费的客户，为什么我还要把他弄到你的App里？然后通过你的App才能给我下单子？这不是脱裤子放屁么？本来一个地面店铺周围的三百米，是具备天然垄断的能力的。客户就近消费，贵一点也能接受，日子过得很好呀！想让我送货的，我给他个名片——写上价格和电话。为啥我要导入到你的App上呢？导出去还能买竞争对手的东西吗？我有病啊！”

“周哥，那不是照样很多店铺跟着宣传吗？”

“你给补贴又给钱的，地面店铺自然给你宣传。反正将来供货和送货都是地面店铺，App的运营方根本接触不到上游和下游，没有补贴了，店铺不玩了就是。每次用户来店和店铺送货的时候夹个小名片。几天就把用户重新从App里面挖回来了。”

“周哥，我听着是挺有道理，可是之前滴滴打车、美团网之类的，不是都是这样的吗？“

“那你问问他们，挣钱吗？补贴这么多年了，补贴多少钱了？药不能停啊！小董，你这波被互联网洗脑的人，我得以毒攻毒才能解救你啊！”

“我用你们的话跟你再重新说一边，现在主流的O2O都是想做平台，典型的多边经济模型，你一边要拉商铺，一边要做用户。但是，你用户量大一点用没有，你得用户密度够！你有一万个用户分摊在燕郊，不如你有五十个用户就在这个店铺的周围啊！”

“所以啊，所有这些平台都是这样——用户来了没商铺，走了！商铺来了没用户，又走了！”

“要是没我们帮着刷数据，他们这日子都过不下去啊！”

“你再看人家XX打车，现在都不给现金补贴了，还设定了各种限制，15元专车券，想用的人自然继续享受补贴。但是倒卖只能卖一块九毛钱，这价格卡位卡得多准？正好套现的人无利可图，自然就不套了！”

扫二维码分享本篇文章

雕爷：让 O2O 实现流量变现的 6 大分析工具

本文节选自河狸家创始人雕爷在颠覆式创新研习社的演讲实录，于 2015 年 8 月 9 日发表

每一次大变革前都有一个方程式需要解开。

十多年前，马化腾差点三百万把 QQ 卖掉，因为没人买，只能接着做，成就了今天的腾讯帝国。

同样的背景下，周鸿祎卖掉了当年比百度流量还高的 3721，后来百度成为了中文搜索领域的王者。

他们当年为什么要卖掉？就是当时的方程式没有解开，大家不知道未来在哪里，怎么用流量赚钱。

后来我们知道了，互联网的流量变现的三个途径：广告、游戏和电子商务。

今天，O2O 方程式快解开了。

分析工具之一：高频还是低频

通常而言，在一个行业轴内是高频打败低频。

比如说滴滴其实是从出租车起家的。滴滴只做出租车的时候，我觉得这是一个伪命题。因为空闲时候不用软件叫车，早晚高峰，要加价才能叫到车，但是每个人都加钱，一样打不到车啊，因为车不够用。

为什么滴滴从错误的出发点出发，却是胜出者？因为教育了市场，而且是个高频市场。最早做专车的易到很难教育市场，因为它得教育两端：让司机开专车，让乘客坐专车。而滴滴从出租车入手，只用教育乘客。

后来，滴滴推出了专车、顺风车，最近还有代驾，它占领了出行轴，在出行轴上都可以赚钱。同一个行业轴内，人们只会打开最常用的一个应用。为什么讲今天的微信都快成为操作系统，不信查查你的电量消耗，50%~60% 是被它消耗了。

分析工具二：刚需人群

O2O 最恐怖的两大刚需出行和吃饭，已经被滴滴和饿了么做了。

为什么我看重美甲，因为对一小部分人来讲，确实是刚需，但是人群太小。美发是全人群刚需，但是频次太低了。

高频刚需全人群在这件事上，很难出现优质的切入点了。所以为什么说河狸家一开始拼命的抢速度，为什么烧钱。为了抢占市场，先抢占小部分人的刚需，快速的扩充。

先抢占人群，然后做一个人群轴的生意，比如一个女性，用河狸家做美甲，也可以做美容、美发等一切相关的服务。

分析工具三：一对一还是一对多

O2O 以饿了么和 e 袋洗为代表，饿了么十亿美金的融资，e 袋洗拿了百度一亿美金。

为什么这两个起得快？因为这两个行业是一对多的生意。

原来的送餐是由单独的餐厅，原来的洗衣服是由单独的洗衣店完成的取送，效率是非常低的。因为一个餐厅要养一个人，出去一趟才送了一两家效率很差。

现在有了饿了么这样的平台，综合起来的效率，一个人背盒饭可以背二十个盒饭，能够把一个人当五个人使。

洗衣也是这样。一对多的生意有极大的效率可以提升，而且可以做低价战略。

一对一的生意，美甲美容为代表的，效率是伪命题，因为他单位时间只能做那么多。

我认为，在很多行业里面，如果是一对一的话，纯的低价服务是不可持续的。因为一个美甲师对一个小时挣的钱有非常高的预期，你让他上门服务只做五十块的美甲，不可能。不是说五十块的美甲不存在，而是五十块的美甲就应该客人来找他。

我给出一个结论，一对多是追求效率的提升，追求规模的最大化才能赚到钱。而一对一是追求个性化的匹配，因为打败极致效率的唯一方法就是个性化。

回到刚才的话题，你怎么和滴滴竞争和 Uber 竞争，如果你还追求效率就没的竞争，为什么嘀嗒能活下来，就因为我追求的不是效率，追求的是掏出手机，美女挑帅哥，帅哥就挑美女，互相挑的过程不讲求时间极致，是匹配。唯有个性化才能忽略比价性。

分析工具四：你的平台是 B2C 还是 C2C

标品是 B2C 京东模式，非标品是 C2C 淘宝模式。

掏出手机选一个 iPhone 的手机壳，打开京东，上海没有货，北京有货，如果你在上海，也不会卖给你。为什么？为了极致效率，不可能把货老远的从北京仓发给你，消灭长尾 SKU。

淘宝是在做什么事？远在千里之外湖南老奶奶一个月穿的五个门帘子放在网上卖。从湖南的乡村发出去要好几天，但是卖的是个性化的匹配。

淘宝的本质是不断地增加 SKU，所以淘宝的玩法一定是 C2C，有无数的小商家拿上来，而客人有无数的小需求对接完成。C2C 的本质是无限 SKU，是充分个性化的选择。

你想要逃脱价格战的诅咒，那么你就一定让消费者有场景化的、有个性化的体验。

老奶奶的门帘子做了五条，这个月一条没卖出去，库存是老奶奶承担的。京东为什么永远不卖只有五条的产品，因为库存都受不了。把量扩大的京东特别喜欢。有人说在京东卖白酒比较好，因为中国有名有姓的白酒数量没有那么多，但是京东卖红酒卖不好，因为红酒品牌很多。

所影射出来的原理和 O2O 差不多，如果你是标准化的服务，像保洁阿姨，像洗车，没有人对保洁阿姨有个性化的需求，挑一个双眼皮的。你见过哪个保洁阿姨两百块一小时，不可能有。

但是有些个性化的，像美发。剪个头发花多少钱？有 20 有 800，消费者自己乐意，这就是个性化推荐，是没有道理可言的。

如果无法做到让你的商品和服务做到个性化的对接，你就避免不了比价的诅咒，而比价的诅咒，价格战大家都知道，价格真是很残酷的。

分析工具五：你是入口还是别人的子集

除了行业轴之外，还要考虑人群轴。

有个婚礼 O2O 的创始人很聪明，在做这个之前就深入了解了中国人的习惯，先领结婚证，和结婚证同步的行为是照婚纱照。

所以他先抢夺婚纱照，拍了婚纱照没理由不办婚礼，所以是入口。婚礼这件事本身是子集的一部分。

但就算是这样，已经是婚礼这件事的入口了，但是仍然低频，没办法。

为什么我说除了行业轴之外，O2O 不仅仅只考虑行业，还必须考虑人群。比如携程最早订机票酒店，现在出行和旅游都做。

这个时候问题来了，以前拍婚纱照不管承办婚礼，即使这样你还不是入口。

比如代驾的本质是出行轴的一个环节，是一个子集，如果你是滴滴的一个子集的话，赶紧卖掉，同一个行业轴就是拼频次，拼频次这件事就刺刀见红了，很可能第一批频次高，最后大家打开成了习惯，现在包括我在内都会用 e 代驾，但是我用滴滴的次数更多，滴滴有了代驾业务，后来我也都在滴滴上解决了。

分析工具六：一鱼多吃还是一鱼三吃

一鱼多吃，就是拿入口向产业链的上下游的延伸。入口要亏钱，坦白地讲，O2O 为什么赔钱？任何一个主业只要频次较高，绝对别想赚钱，你想赚钱易趣就是例子。

入口的下面只要频次较高，拿来亏钱做，帮助引流，高频锁住流量，低频来变现。

一鱼三吃，就是锁定同样的人群，满足他们不同的跨行业的需求，表面跨行业，但是相对顺理成章。

原本线下卖机票的不卖酒店，限制你用携程顺理成章。锁住一个人群，通过更低频的东西来变现。

华尔街英语为了购买流量，居然把店开在了商场里面，为什么？其实学英语本质上，英语教师是最核心的，但是你找不到人群到底谁要学英语。所以你会发现，就是低频变现，这种叫做一鱼三吃。

这个结论就是 O2O 接下来会充满了跨行业的打劫，以前的淘宝是一鱼多吃，为什么呢？因为本身广告业可以赚钱，所以到产业链去赚钱。腾讯是一鱼三吃，本身干的是通讯行业，其实变现是游戏行业。

羊毛出在猪身上，把狗乐死了。腾讯把中国联通和中国移动的短信废掉了，但是不小心做游戏的任天堂亏损了，任天堂几十年来很赚钱，突然这两年被腾讯干的不赚钱了，这就是跨行业打击。

现在看看滴滴，滴滴为什么一鱼多吃，只要行业轴上都开始吃了。河狸家现在一鱼三吃了，同样一群人不同的领域去吃。

所以接下来就是如果你做 O2O，或者你做任何的互联网的生意，如果你不会花样吃鱼，只在一个行业内，不能朝上下游延伸，不能跨行业打劫，你非常危险。

因为要么是你的同行更早地向上下游延伸，你不懂得去上下游延伸，你就死掉了。

要不然就是被另外一个奇怪的商业杀过来，原本八竿子打不着，结果他杀过来了，把全行业干没了。

像以任天堂为代表的游戏行业，出来一个微信就把任天堂饭碗抢走了。没有人能够依靠带流量的高频主业去赚钱，这是跨行业的本质，现在如果只依靠本业赚钱，就很危险，很可能被跨界的杀过来。

扫二维码分享本篇文章

腐败、低效的 O2O 线下组织如何进化

本文作者举个栗子，原文发表于 2015 年 6 月 18 日

当互联网进入 O2O 时代，以往技术、产品为主导的情况就成为历史，线下占据了半壁江山。Groupon 上市时候用的那张图片描述得非常恰当，一半是芯片，一半是肌肉，是 O2O 最为生动的写照。

线上部分不提，如何让线下的“肌肉”可以更好运作呢，地方组织结构就需要不断的进化。来看看这么多年过去，地方组织发生了哪些变化。在这些变化中，很多人成为了“炮灰”。

团购初期：销售的草莽时代

团购最初在建立分站的时候，是非常典型的销售主导模式。我认识的一位城市经理这样描述，他被委派去一个新的城市开发市场，包里揣着几十万现金，除了租房、招兵买马之外，还需要最快搞定一个城市的自助餐、电影院，这样可以确保这个城市交易业绩迅速有起色。

搞定电影院、自助餐最快的方式就是包销，相当于批发了这些产品在团购网站上销售。电影院和自助餐可以得到现金流，后期包销比较夸张的时候，有商户可以拿着包销款开分店。

这种集中优势到现在依然在起作用，一个城市的所有自助餐、电影院的交易额，经常占据一个城市团购交易的三分之一以上。在团购大战，草莽英雄的时代，一线销售们带着浓厚的传统行业销售的色彩，那就是，搞定客户，就能搞定一切。

歃血为盟的个人英雄主义，迅速搞定本地顶端商户的推进能力，这是顶尖销售的优势，但是随之带来的问题是腐败。团购行业销售与传统行业销售最大的区别是，团购销售并不是依托于自己给公司创造的价值来获得收入，而是通过看起来很匪夷所思的交易额而非盈利来衡量。这种激励方式就像让鲨鱼闻到了血腥味，各种匪夷所思的刷单、腐败层出不穷。比如销售联手影院市场用团购票来做差价，业务员自己购买团购单骗取奖励，等等。

开除、换血都不足以让这些销售畏惧，随着团购行业的整体看衰，奖励没那么高，这场疯狂运动的脚步才减缓下来。团购销售们有一个新的名字，叫 BD，但很多一线业务人员并不认同这个新的名字，他们依然自称为销售。

另外，随着团购分站团购券越来越多，本地功能逐渐完善，销售主导的时代进入分公司模式，那就是地方分站承担了更多除了销售之外的市场、运营等工作。从单向突破成为几辆马车并行，从草莽走向组织。

转型阶段：分公司模式的大利大弊

随着地方分站需要处理的工作越来越多，总部统筹逐渐无法解决差异化需求的问题，比如上海十月份气候宜人，哈尔滨可能已经飘着雪花，需要推荐的内容自然完全不一样。

地方分站开始完善功能，负责去签约、维护商户团购套餐的 BD，把套餐从合同转化为线上优惠券的运营，负责解决本地纠纷的客服，还有本地市场，可以在本地进行品牌、广告投放，或者与本地商户联动组织一些营销活动。

这种组织架构与总部相对部门互相呼应，形成矩阵式管理。比如总部市场部统筹分站市场人员的工作，总部的 BD 管分站的 BD，运营管运营。每当纵向关系足够垂直畅通的时候，横向就难免出问题。比如，当总部市场部门和分站负责人的意见发生冲突的时候，到底听谁的？

这种组织机构形成两个派别，一派是分站负责人有最大权限，所有核心流程必须由分站负责人经手才可以走得通。另外一个派别是，为了防止分站负责人权力过于集中，通过分权、“兵离将、将离兵”的方式来分化。

二者各有利弊，集权的分站沟通效率更高，可以全力发展，但风险是一个失败的城市负责人会毁掉一个城市，浪费掉的时间和机遇将再不会再有。分权极易造成内耗，比如运营、销售、市场联手可以把城市经理完全架空，当时很多团购分站的各种内耗就是在为这种组织结构付学费。或者，新任负责人会通过拉拢新员工来制衡老员工，大众点评的很多分站都曾经经历这种磨合阵痛，本地销售可以无视城市经理，反正半年后，对方走了，自己还在。

为了防止区域负责人权力过于集中，美团向阿里学习，启动了“政委”制度，把人事权从分站负责人手中分离出来。本来政委制度挺好的，但是当时美团内部出现了分歧，到底“政委”最高领导层是销售缔造者阿甘，还是另有其人，最后美团选择了让王兴的太太担纲“政委”总负责人，使得这个本来可以助力更多的制度最终并未达到其最初期望的效果。

在分公司模式的时代，死了大批团购公司，曾经融资6000万美金，开40多个城市分站的丁丁优惠也是这个阶段阵亡的。

进入移动时代，分站组织机构再次发生了进化，其中显著的特征就是建立了更小、更机动的团队，效率得到极大提升。

O2O时代：灵活机动的小组织

分公司模式后期产生各种分歧，其实跟整个O2O行业的发展进入一个相对缓慢的时期不无关系，当效率和打战不是第一需求的时候，内耗才会抬头。

随着行业细分O2O推进到地方分站，随着组织目标的变化，组织结构再次进行了完善。比如快的地方分站的岗位不叫BD，也不叫销售，而是叫运营。其不租赁写字楼，而是找一个门前有停车位的街边门店，既能展示自己，又能与司机完成更多的交互。保持一线员工随时与司机在一起的状态。

饿了么组织机构也值得一提，就像当年美团跟其他团购不一样，直接招聘了很多年轻人，而非有从业经验的人。饿了么一线人员叫市场，肩负着销售和市场双重职责，甚至还包括部分运营工作。其组织颗粒度更小，以一个区域为单位，两三个人为一个小组，这个小组负责深耕某一个区域，包括签单、地推和提出本地化奖励政策建议。工作内容实际涵盖了销售、运营、市场全部类目的工作。

我采访的一个饿了么的小姑娘，用很短的时间从北京市场到宁夏负责人然后负责西南大区，成长非常快，这与饿了么领导人风格息息相关，完全使用年轻人的方式来大胆放权，大胆试错，成就了一支年轻的，可以与美团正面交锋的地面团队。

另外一个值得一提的组织结构就是Uber的“三人一城”，其采用了城市经理+运营+市场的3人架构，互相补位，灵活推进。分别负责本地司机、客户端运营相关的工作，市场在负责对外品牌联动工作。

小组织的优势是高效，但劣势还是之前提到的那样，不好的城市负责人会搞坏一个城市。而饿了么这种重用年轻人的风险是，其现在的优势在于愿景激励，公司也在迅速扩张，其可预期的风险应该发生在公司发展遇阻或者停滞的时候，现在这个时间节点还没来，但迟早回来。美团已经在经历老员工厌倦、懈怠甚至集体离职。当然，有些是美团自己为了甩包袱，通过降低奖励绩效来变相促进离职。

Uber的小组织还可能造成对外的混乱，感觉Uber任何一个员工都可以对外接受采访，很多信息前后相悖。如果任其发展放到日常工作中，恐怕 Uber 的用户和司机体验会更糟糕，事实上 Uber 的投诉也多极了。

理想的组织应该是啥样？

我前领导问我，城市经理要不要去送外卖？因为当时我自己也曾纠结过，要不要在一线呆更多时间？我觉得一次两次是可以的，但他应该去做更重要的事情。

比如城市经理要搭建一个组织来实现组织目标，而非一个人单打独斗。让我去“扫街”，累死累活估计也就签十几个单子，但是招聘到足够多的人，我控制他们基本流程，确保结果就可以。所以城市经理应该根据不同阶段承担不同阶段的任务，跪能铺网线，站能讲 PPT，坐能出方案，出能谈客户。总之就是，需要协调各种资源来服务组织目标。

理想的组织永远在跟着组织目标走，如果需要颗粒度更密集，那就把组织单位更加细小；如果发生阶段性变化，那适度弹性的组织更能胜任。其中，快速沟通和响应机制是必须的，尤其在瞬息万变的互联网行业。既然目标很难量化，那招合适的人适度放权就是一个必须的选择。

让听得到炮火的人做决策，如果高层希望了解更多，那最好去前线一起听炮火，而非让地方来总部汇报。另外，平行沟通也很重要，很多城市之间的试错可以互相借鉴，毕竟一个试错可以在一个城市止步，而不需要每个城市都交一遍学费。

总之，没有完美的组织，只有不断进化的组织。另外，要做的事情有没有潜力，或者说商业模式本身是否可行，这件事更为关键。养孩子和养猴子都需要耗费很大的经历，但是几年后的结果大相径庭。而互联网发展又太快，很短时间就可以验证一个模式，很多事，要么做着做着，就成了，要么做着做着，就死了。

扫二维码分享本篇文章

内部干货分享：京东O2O是如何炼成的

本文摘编自京东副总裁邓天卓在“中欧－贝塔斯曼数字沙龙”的演讲，发表于2015年9月11日

我们可以先把市场上公司正在做的分一下类，主要有信息供应链、流通供应链——就是大多数的物流，制造供应链和金融供应链，不同的公司在这当中所花的精力和做出的贡献是完全不一样的，所以商业价值不一样。

五个供应链

首先谈谈信息供应链和金融供应链。根据我长期以来的研究和个人理解，一直以来市场上集中精力做信息供应链和金融供应链的巨头公司，不管是旧的还是新的解决方案，大家都是在这几条供应链当中通过提升效率，找到自己生存的空间。

早期崛起的C2C电商平台解决几个问题，第一是帮你找到商品，第二是当你找到这个商品的时候，它能够帮你找到售价最低的商品。传统的零售是你开了一家店，这条街上其他的店都是你的竞争对手，但是C2C平台把这个事情放大了，信息供应链的效率得到了极大的提升，你开一家店，你和全国的商家比价格，所以能让用户以非常低的成本快速找到商品，从而协助其购买，让其在整个平台上完成一个从虚拟的需求变成一个订单的过程，这是整个电商在信息供应链上的贡献。

第二块是流通供应链，京东干的就是这个事，对传统的线下实体零售商家而言，从笔记本厂商下线，到它的分拨中心，到门店，到陈设，到展示，到用户手里平均时间是1—2个月，根据摩尔定律每18个月电脑价格会降一半，这么长时间有多次的搬动，它要占据仓储，它要压着现金流，本身又在叠加，所以线下商家如果没有

18%—20% 的毛利，则撑不住这个品类，它的损耗就是这么高。

互联网有两个特点，第一是爆款，可能 10% 的商品占了 90% 的营业额，卖爆款的时候它的流通速度是极其惊人的，你在京东上买的笔记本，通常出厂日期基本在 3 天到一个星期，而且当中的搬动环节都砍掉了，基本上是厂家到京东到用户手里，京东不仅是零售商的角色，还是所有服务商的角色，整体通过提高周转效率，降低它的流通成本，提升它的体验，能够让这个品类加价率在 10% 以下。

按照老刘的理论，京东的核心目标是希望能够减少商品搬动的次数，提升商品流通的速度，然后来打造效率的提升。但你再看中国目前整个商品流通的各级成本结构，流通成本占比非常大。

再说制造供应链，福特是第一个让整个世界特别是经济学家认识到制造供应链通过规模化可以大幅度提高效率，但在中国其实非常多品类制造供应链的红利已经吃完了。我们能看到行业内其他巨头公司通过信息供应链的提升达到这么大的体量，京东通过流通供应链的提升同样占据这么大的市场。但制造供应链我们一直没有注意到，由于它的高效性，做一些新的品类的时候，制造供应链也存在很大的空间和机会。

比如说生鲜，中国的生鲜流通费用占总成本的是 60%—70%，美国是 20%，日本是 18%。假如我们能够把生鲜制造供应链的效率提升，比如规模化生产，产地标准化，从地里面一出来就开始冷藏，砍掉所有批发市场，砍掉用户拣选，降低毛菜在空气当中暴露的损耗流失，我们有机会把把生鲜品类的效率提升一倍，也就是把流通费率降到 30% 左右。这其实更多涉及的是制造供应链方面的问题。

第四个是金融供应链，我们的制度让全社会的金融成本都极其高，为什么突然大批互联网金融公司崛起发展，背后原因就是原来的行业和解决解决方案实在太低效了。

今天整个市场当中，那些非常守信的零售商在承担着市场波动的成本，但他们的生意本身其实没有那么多波动，是因为传统融资机构根本无法知道公司真实的运营情况怎么样，但是今天互联网公司有能力把波动识别出来，把风险识别出来，靠全领域的数据来降低整个金融风险的成本。

京东为什么要做 O2O

回到 O2O，去年我们刚进入 O2O 之后，开始按品类看，快疯了。我们划了有 200 多个品类，然后列了一下公司，发现有 1300 多家公司，从去年的 6 月份到今年，我们自己亲自见了 200 多家公司，我们一直在聊各种各样的合作，这当中我们也投资了不少公司。

但是从整个大的框架来看，基于我们的两个基本判断，我们大概把市场分成四个象限。第一、互联网对于实体经济的渗透是越来越深的，所以我们会从信息逐步走向交易。第二，用户行为是从“到店”到“不到店”，因为人是越来越懒的。

到店的信息只有点评的商业模式存在；到店的交易只有团购是比较成形的；不到店的信息就是在线的信息对称，这个行业已经开始发生集中化，上升势头没那么猛；而现在几乎所有公司都在做不到店的交易，这几个象限从资本价值上可以看出来。

你看点评领域，在这个领域全世界最大的公司就是 Trip Advisor，这两天也跌到 100 亿美金左右。团购公司 GroupOn 现在已经跌到 10 亿多美元了，而它最高峰的时候曾经是个将近 200 亿美元的规模。国内目前很多极具代表性的创业公司，都提到了“到家”这个概念。

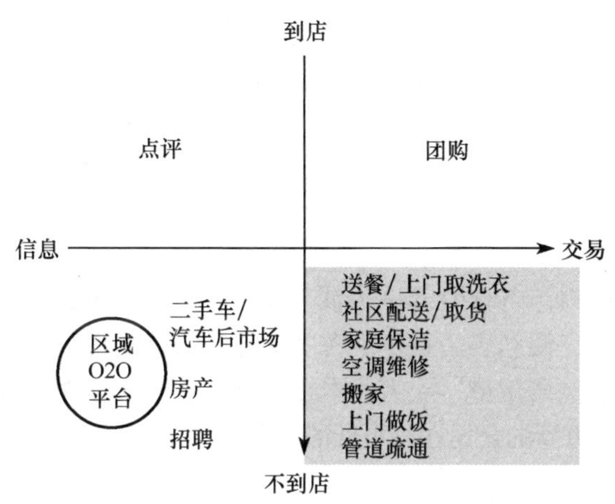

品类从高频入手，逐步向低频过渡，形成不到店服务的综合平台

今年我们把京东的 O2O 确立了一个品牌叫京东到家，是一个道理。我们判断的未来是，互联网是从信息走向交易，用户会从到店变成不到店，而当我们去做这些不到店交易的时候，发现对于原有的解决方案来讲，我们的效率提升不是一点半点，体验提升不是一点半点，这是我们的生存空间，这是京东到家的来源。

京东从自营 B2C 模式为什么发展到后来也开始做开放平台，因为在选择性上必须要做妥协，必须让用户觉得需要的东西买得到。但是发展过程中突然发现，成熟用户对价格也敏感，只不过这个价格他会更综合来看，不仅是商品的价格，也包含你在购买当中所花的精力、花的时间，当我们把价格视作一个生态体系来看的时候，B2C 的优势会显现——不只是送货快，而是每一个环节的服务都是可预期的，每一个环节的时间成本都是可控的。但是最后当整个市场开始拼便利性的时候，B2C 的成本就上来了，在美国、中国、日本都看到了同样的趋势。

再回到刚才的四个供应链，当信息供应链不是大问题的时候，你给用户 3000 万的商品和 3 亿的商品，他没有感觉，他可能只有 0.1% 的概率找不到他想要的东西，这当中的差异性没有那么大，但是当每一个接触点服务可预期的时候，这个差距就拉开了，这也是这些国家 B2C 超过 C2C 主要的原因，是因为用户拥有这个商品的总成本是最低的，效率是最高的，体验是最好的，这三个因素也一直引导着整个市场的迭代和进化。

今天我们在做 O2O 的时候，我们发现 O2O 领域价格可能不是很高，举个便利店的例子，它的价格极其糟糕，是整个零售体系中效率最低的一个，零售店的平均加价率 20%~30%，选择性非常少，一个店只有一千个 SKU，你到大卖场都有 15000 到 20000 个 SKU，你到京东商城都有几千万个 SKU，但是它的便利性非常好，也就是在日常高频低额的消费场景下，大家更倾向于选择便利性而丧失价格和选择性。

但其实你想一下，我们有没有这个机会把这三个事同时干了，其实是可以的，我在保障便利性的情况下，保障价格，而且保障选择性，互联网是可以把这三件事同时兼顾的，这是我们整个 O2O，我们对本源性问题的识别不一样。

京东 O2O 品类选择依据

可以做一个大胆的预测，当 O2O 这一大波公司包含京东到家在内都发展起来时，便利店是不是会被干掉？便利店一旦发生密度下降，它就变得不那么便利了，现在超市和便利店已经面临经营困境，人力成本在上升，工业成本在上升，营销成本在上升，因为有一堆效率更高的公司在打更低的毛利。

E-Commerce -
USA Online Penetration = 4-6% and Rising

Categories' Online Penetration of US Retail Market, 2007

>20%		10 - 20%		<10%	
Computer products	45%	Toys / video games	19%	Home furnishings	9%
Other event tickets	27%	Baby products	19%	Cosmetics / fragrances	9%
Books	24%	Consumer electronics	18%	Sporting goods / apparel	8%
Music / video	24%	Office supplies	13%	OTC meds / personal care	6%
Gift cards / certificates	21%	Flowers / cards	12%	Appliances / tools	5%
		Jewelry	11%	Pet supplies	4%
		Apparel / footwear	10%	Auto / auto parts	2%
		Movie tickets	10%	Food / beverage / grocery	1%

这张图是 2008 年的调查数据，讲的是 2007 年美国各个品类的渗透率，这张图一直到 2013 年我们才觉得应该这样看，如果 2008 年我们看懂了就会非常坚决地调整。

这张图有两个信息，第一，大家可以发现今天世界上非常流行的两种平台都是干左边出身的，京东是干电子产品，亚马逊是干图书，iTune 是干音乐和视频，包括 Netflix，就是早期互联网渗透率高的这些垂直平台有机会优先平台化。一上来干电商就干这些品类的公司，基本上都变成了并购项目，其实这些团队都很好，基本上没有在品类上犯更多的错误，但是一旦这个品类不行，就注定这家公司没有机会成为平台，一上来都干这些品类的公司几乎都挂了，只有行内的人知道这些品类曾经存在过电商，因为实在太难了。

第二个解读，这些品类我今天依然用产销的方式在做，这些品类大多数是用开放平台的方式在做，这些品类是今天整个 O2O 最热的品类，不同的商业模式和运营手段来解决不同品类的电商化的问题，这是为什么 O2O 能从这边干起，而不是从成熟品类干起，这也是为什么我们会投永辉。

3C 品类是我们已经找到答案的，绝对先进的模式就是京东商城模式。但是我们真正需要找的核心伙伴做的是未来 grocery（注：食品杂货）和 beverage（注：饮料），我们的投资是买未来，而不是买过去，这是最大的区别。

所以其实这张图挺悲观的是，非常多的人进入电商领域，手上的品类不行，你就永远没有机会了，确实是这么残酷的，电商行业我们有非常多的好朋友，非常勤奋，每天工作 16 个小时，每周工作 7 天，每年都是这样，但最后都会被几家巨头公司收购，因为大家手里的商品不行。

中国零售市场规模(单位：¥万亿)

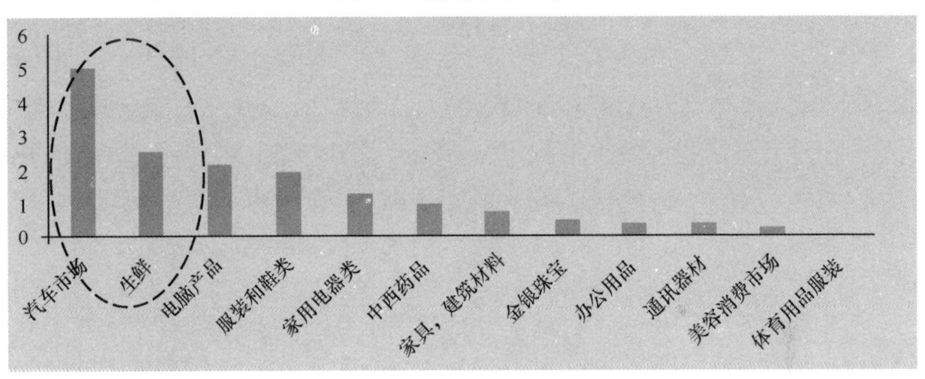

我们再从另外一个角度来看一下零售，我们国家的整个社会零售消费差不多 26 万亿到 27 万亿，对比房地产新增每年是 9 万亿，我们按照品类分一下，看看品类的情况是怎么样的，我们突然发现这张图和上一张图很像，排在前面的两个和这边后面的两个，最大的品类反而是最难电商化的。

万亿以上品类有六个，我们京东干了四个，并且我们认为已经找到解决方案。但是这两个品类传统的京东模式可能干不了。这张图是我们最大的投资逻辑，也是最大的发展逻辑，这也是我们去年把 O2O 其他所有业务线都停下来，着重干生鲜的原因，因为机会在这里，生鲜比汽车市场有一个更性感的地方，它的频次特别高，我们自己测算下来，京东到家的购物频次差不多是京东商城的 4 倍，而且现在还处于很早期的阶段。

为了推京东到家，我们推出了京东众包，用社会化的方式，把运营能力提升起来，而且能够抵抗它的波动性，因为以前京东商城的波动性差，过去是 3 ~ 5 倍，但是今 天我们发现京东 O2O 的波动性有可能是 40 倍 ~ 50 倍，靠自营是没办法，只能靠社会化的方式把它的效率提升，成本降低。

扫二维码分享本篇文章

阿里注资饿了么：四国军棋，两家霸业

本文作者阑夕，原文发表于 2015 年 11 月 24 日

当前 O2O 乱局，实际是由阿里、腾讯、新美大与饿了么共同混合而成的一盘四国军棋，它的复杂脉络在于：巨头试图通过扶植代理人的形式扩大制定游戏规则的边界，而那些倍受期许的独立势力正在左右逢源争取更高的收编价码。

就像艾森豪威尔所言——“一场战争的胜负，取决于作战室里的脑袋而非前线拼杀的单兵”——在这张纵横捭阖的棋盘上，每个参与者都认为自己的角色才是将军。

阿里 & 腾讯：性格决定命运

与阿里有过交手经历的公司多有共识，即阿里的执行力堪比工业机器，这台机器一旦启动，便会进入“不达目的誓不罢休”的决绝状态。

只是刚者易折，强如阿里，亦无法维持全天候无间歇的运转频率，它在顺境中的冷却期间，也是蚁穴坏堤的时刻。

比如，当快的作为阿里代理人时总是落后身为腾讯代理人的滴滴半步，相当重要的一个原因就是阿里不如腾讯有着急迫的危机感。缺少支付场景的腾讯——微信红包不属场景而微生活项目又折戟沉沙——向滴滴倾注了包括微信和 QQ 在内的顶级资源，而阿里因为支付宝坐拥天然的支付场景而并未在快的身上付出与腾讯对等量级的投入，这种位移对于后来实际上是滴滴侵吞快的的结局影响颇大。

事实证明，恐慌带来的紧张情绪在某种意义上具有极强的必要性。阿里对于美团的计划，其实与 UC 有些相似——两起案子均为时任阿里战略投资部副总裁的屈田主导完成——“始于占股，终于收购”的计划早有埋伏。阿里的傲慢在于，它认定美团会收入囊中，连淘点点都预先做好了与美团互通的接口，却不曾料到王兴反而能从己方这边撬走干嘉伟。

至今，阿里重拾口碑之后宣称的60亿元资金储备并无足够的威慑力，O2O行业尽管有着用户黏性弱的特性，但品牌辨识及消费选择的惯性还是存在，很难迅速缩短差距，而且仅从数值而言，它亦比不上百度糯米的200亿元。

而腾讯的“连接一切”，在作风上与阿里的“一统江湖”泾渭分明。

马化腾是通讯行业的工程师出身——虽然后来很多人将他定义为腾讯最高等级的产品经理，但其实产品经理与工程师还是差异巨大的——这使腾讯过度迷恋基础设施的坐收渔利之能，只要不对腾讯的核心社交业务构成直接威胁，小规模投资以增大盟友阵营的选择就是可行的。

从大众点评的战略投资者到新美大的坚定领投者，腾讯显然是将这场豪赌视为与京东结盟的案例复制。从腾讯在财报中特别披露网络广告的增长亮点亦不难看出，在将搜索（搜搜）和电商（易迅）自行斩断之后，腾讯希望回归技术型生意，避开贸易型生意的红海。

故而新美大将兼具京东之于腾讯的甜蜜与痛苦：财务独立核算，不会因为烧钱亏损而直接影响腾讯业绩，但是缺乏深度整合能力，难以避免互相利用的短视现象。所谓“连接”，不是“打断骨头连着筋”，而是“U盘式”的可插可拔。比如，新美大是一定要做独立支付工具的，这对腾讯而言同样不是利好消息。在O2O行业，支付的重要性极高，它不仅是闭环上的把手，更是强行关联用户的锁扣，腾讯若是只能成为用户输送平台，那么它的战略投资实际上是有亏损含义在内的。

于是就有了滴滴与阿里前后走近饿了么的下半场表演。

新美大 & 饿了么：独立实为面子工程

自古以来，王兴有其业障：融资。

C轮及之后的每次融资，美团都会遭到来自暗处的狙击，这个魔咒，并未因为它和大众点评的合并宣告终结。当前的情势是，新美大处于新一轮融资前夕，王兴希望募到的资金总额在30亿美元上下，这也就意味着两个必然条件：必然会是多方合投、必然会有美元基金。

从专业主义和经验主义的角度出发，新美大借《华尔街日报》出口腾讯领投10亿美元的消息，近乎一种对于资本市场的催促。而此时站出来捅破窗户纸的，又是老对手饿了么：直接由VC出面背书，把饿了么放到了交易集市上，滴滴先否认再承认的戏码就是一次杀伤级戏码。

饿了么的体量与新美大完全不在一个等级，这不仅意味着差距，同时也传递出另一层含义，即新美大作为投资标的，已经相当昂贵了——已经高达 200 亿美元的一级市场估值，放到中概股市场已是仅次于“BAT”和京东、网易的第六大互联网公司——对于成长性的信心将是新美大进行融资的最大障碍。

同样作为投资标的，饿了么的利弊则有所不同：它足够便宜，且态度开放，比较容易投进去，只是在 F 轮之后，如果前面的退出者不够多，管理团队的股权稀释将会引起可能产生问题的股权结构。

至于阿里在失去新美大之后以高溢价谋求收购饿了么的可能性不小，即使是考虑腾讯也已跟了饿了么两轮融资的情况下。但是，就像腾讯在新美大身上最终挤开阿里的剧情一样，当美团外卖趋于独立运营时，与之高度重合的饿了么在腾讯这边的吸引力会下降不少，而这也给了阿里一次“以其人之道，还治其人之身”的机会。

如果最终确定数字为 15 亿美元，那么即使将估值上涨的因素考虑进去，阿里也注定将在饿了么占股 20% 以上，这个操作方式与阿里在高德、UC 和优酷土豆身上是一模一样。

其规律是：阿里会以 20% 的占股需要为基准线，对那些有助于迅速带来稳定市场份额的成熟公司进行投资，且在随后一年左右的时间内以略高于市场价的筹码提出收购邀约。

作为到家领域剩余不多——或许是唯一的重量级——的独立选手，饿了么的价值在于它的队列选择权利。之所以这家公司周遭总会围绕卖身传闻——从京东到腾讯再到美团（新美大）——而其又总会从容摆出看似愤怒实为娇嗔的辟谣表情，就是因为张旭豪自己也明白待价而沽的好处，他无论倒向来自何方的卖家，都会奠定后者难以短期速成的巨大优势。

请忘记媒体对创业者们独立意识的白描式写作吧，独善其身等同于无人问津，姿态之外，生存第一。

为什么百度站在了圈外

或许比想象中的来得要快，中国高频 O2O 也即将和其他热门赛道一样驶入巨头备好的停车位里，再度出现腾讯（新美大）与阿里（口碑 + 饿了么）瓜分成熟果实的默契结果。

现在，我们可以来谈谈百度的问题。

2013 年，百度推出轻应用；2014 年，百度推出直达号；2015 年，百度推出本地直通车。这三次尝试的目标都是高度一致的，即在流量思维的构想内创造同时服务商户与用户的平台型框架。

腾讯和阿里在O2O行业高举高打的背后，其实都对主营业务的嫁接保持着相当的克制，比如大众点评至今仍然只是微信的一个二级入口，而天猫和淘宝更是不会在产品层面与口碑发生交换。百度的不同之处在于，即使百度糯米已经拥有高度的自主运作权，它在百度的集团体系内仍要服从与手机百度和百度地图形成三位一体的矩阵战略。

百度地图姑且不论，手机百度的出现相当诡异，它是一种生造场景的努力，轻应用、直达号和本地直通车均以手机百度为分发中心，这就造成了百度实际上希望用户能够通过手机百度的搜索入口进入百度糯米的消费空间，比如用户在手机百度里搜索火锅，然后点击进入海底捞在百度糯米的商品主页下单。

必须说明的是，百度这么设计的逻辑是否成立，与其是否合理，是两码事。

说得通的逻辑在于，O2O项目对现金消耗十分剧烈，同时并不完全符合百度擅长的商业模式，因而百度一直试图让商户为流量付费，轻应用、直达号和本地直通车都是相对低门槛的导流工具，商户只要愿意投入CPC推广预算，即可掠夺计划之外的O2O流量。

百度想做的，还是一个贩卖词汇的轻松生意。

只要百度无法从内部打破将搜索与O2O强关联的坚持，它就很难赢得来自腾讯和阿里的重视。事实上，百度糯米用了数年时间拆解原本的代理商制度、将城市的自营权力收回之后，其实已经错过了较多的优质商户资源，当阿里进一步将O2O平台的资本出让给大型连锁餐饮集团的玩法出现之后，百度糯米的不适感会更加强烈。

这里并非是说百度缺少"All in"的决心，而是坚持在路灯下找钥匙的做法，很难说得上理性。

扫二维码分享本篇文章

生鲜 O2O：游戏刚刚开始

本文作者李清乐，原文发表于 2015 年 11 月 4 日

生鲜电商遇到了 O2O，再现“老树开新花”。在过去半年多涌现了名企高管离职创业，扎堆生鲜电商、生鲜 O2O。

前华为荣耀掌门人刘江峰创业生鲜 O2O 项目 Dmall，在没有 BP，没有 LOGO 的情况下，就拿了 1 亿美金天使；前易迅网联合创始人林敏、邹志俊创办的生鲜 O2O 平台“妙生活”，并于近期宣布完成 500 万美元的 A 轮融资；前搜狐联席总裁王昕低调创办了生鲜电商春播网，据说已获得外部 3 亿人民币注资 ......

这些大咖不仅拉高了生鲜电商、生鲜 O2O 的创业门槛，也引起了我们对生鲜 O2O 重视。BAJ 也从观望中进行积极布局：

2014 年底，阿里巴巴千万美元级投入易果生鲜。

2015 年 5 月，京东联合 SIG、锴明资本 7000 万美元投资天天果园；8 月，京东又以 43.1 亿元人民币入股永辉超市。

2015 年 10 月，百度联合泰康人寿 2.2 亿美元，投资中粮我买网。

一方面，盈利问题是生鲜电商面临的共同课题，即便线下生鲜品类已经做得十分成熟的永辉超市，在 2014 年，生鲜类目毛利率仅为 12.79%。生鲜电商在客单上普遍高于线下，但分摊仓储、包装、运输成本后，多半处于亏损状态。

另一方面，消费升级的趋势，已从妆扮向饮食延展，吃是人类高频生理特征，生鲜对 BAJ 电商而言，就成了“尿布 + 啤酒”式的流量型入口。此外，生鲜电商对供应链、品控要求极高，BAJ 自营生鲜板块，只会九死一生，战略投资生鲜电商，“攻”形成品类互补，“守”战略防御亦有博弈筹码。

生鲜电商	天天果园	本来生活	中粮我买	顺丰优选	沱沱工社	易果生鲜网
成立时间	2009年4月	2012年4月	2009年8月	2012年5月	2010年4月	2005年
融资情况	先后在2013年和2014年分别进行了A轮和B轮融资，获得SIG和锴明资本数千万美元的投资。 C轮，2015年5月，京东领投，SIG和锴明资本继续跟投，7000万美元。	A轮，2014年，未来透漏投资方和金额。消息显示，A轮投资方为鼎辉创投。 B轮，2015年1月，未披露具体的金额和投资方。	A轮，2013年，赛富基金，数千万美元； B轮，2014年8月，IDG资本领投，1亿美元； C轮，2015年10月，泰康人寿领投，百度等跟投，2.2亿美元。	母体为顺丰速运，暂无融资信息。	母体九城关贸，暂无融资信息。	2014年年底获得阿里巴巴集团投资，投资金额在千万级别，但是具体金额和股权占比并未透露。
业务模式	B2C+020	B2C+020	B2C+020	B2C+020	B2C+合作020	B2C
发展概况	销售的水果80%以上为进口水果，今年1月，月销售额过1亿。现计划年底在北上广开100家020店。	以“褚橙”打开市场，颇有“特色农副产品销售”的味道。今年5月已上线生鲜020项目“本来便利”，目前在北京已覆盖超300家便利店。	2015年上半年，占据食品电商17%的市场份额。	目前顺丰涉足生鲜的模式是产地直销与第三方供应相结合。去年5月，顺丰的“嘿客”便利店全国启动，加速顺丰优选020战略布局。	今年8月，沱沱工社分别和百度外卖、京东到家展开合作，试图借助合作方流量优势、精准推广优势、仓储物流等优势实现020布局。	月销售额在五六百万左右，今年易果与果酷达成战略合作，借助对方供应链资源与渠道优势，布局020。

接受了投资的生鲜电商一般都会选择慢烧钱，长时间熬，谋求未来生鲜电商格局中的霸主地位。生鲜电商将另一只脚伸向生鲜 O2O，一则看到移动消费的机会；二则生鲜电商普遍高客单将用户锁定在中产阶级之上，大众用户需求并未被满足；三则 O2O 服务方式在末端的效率可以改善前端供应链。

不过，站在用户角度来看，他们不会管你是做 O2O 还是 B2C，在感知上只在乎商品与服务。针对生鲜 O2O，虎嗅采访了一批从业者，发现他们共同点在于，O2O 物理布局上主要聚焦在一二线城市高校、社区、商圈；选品上侧重高频消费水果、奶制品及零食，而涉及冻品、叶菜品类较少；生鲜 O2O 平均客单低于生鲜 B2C 业务平均客单价的近两倍；对于补贴烧钱的态度，相比上门服务 O2O 理性得多。

具体情况，可参考以下三家样板公司。

本来便利：淘宝平台模式的 O2O 改良

本来便利是生鲜 B2C 电商本来生活旗下的生鲜 O2O 平台，于 2015 年 5 月底开始在北京试点。

本来生活网副总裁、本来便利负责人戴山辉告诉虎嗅，本来便利采取与线下蔬果店、便利店合作的方式，主打一小时送达。与本来便利商业模式类似的是京东到家、多点、爱鲜蜂。同样，本来便利只有移动 App，没有 PC 端产品。

本来便利的合作商户（便利店、蔬果超市）最少要具备仓储冷藏基础功能，以及最后 500 米的配送服务能力。线下合作商户又有分布式仓的属性，除了与商户合作，当前本来便利正尝试在社区、商圈开设自己的样板店、旗舰店。

公司	本来便利
上线时间	2015年8月
业务模式	O2O加盟
配送要求	满15元起送，39元免费配送，1小时送达
业务概况	业务城市开展到北上广，及全国二百多家学校。合作商家数现在全国大概一千多家。目前在售SKU数在5000左右，日订单超过1万，客单价在30—50元之间。

充当线下便利店、蔬果超市的上游供应商，是本来便利整合线下商户的另一条路径。本来生活网已有成熟的采购体系，具备充当线下商户供应商的条件，所以本来便利有 2B、2C 两套管理系统。

2B 系统是本来便利的商户管理系统，监控商家进货、商品上架、发货、售后等整块服务体系。“传统便利店，还存在管理初级、商品陈设不规范等痛点，也没有用户运营，不会做线上营销，服务半径非常有限。”戴山辉说，“线下商家运营还要带入一套管理服务，帮助传统便利店解决过去的问题，2C 系统（本来便利 App）为商家获取用户，转化订单之外，将线上线下用户运营打通，店面也不再受物理空间局限。”

本来便利的生鲜 O2O 模式更贴近淘宝的平台模式，为什么不考虑自营？戴山辉告诉虎嗅，“不是没有考虑过，不一样的模式面临困难与解决问题的方式不一样。如果做自营，扩张速度慢，还要解决招人、开店越来越重的问题。”

平台模式轻、扩张快，但是本来便利面临最大问题是对下线商家的管控。比如，不介入物流，如何保障 1 小时内送达？商品品质与服务质量如何保证？基于位置的配单模式，出现缺货时如何迅速补货？等等。

戴山辉也承认这些问题正是本来便利所要解决的，具体方式方法需要探索，而解决方式无外乎是技术手段与管理制度建设。

天天果园：京东自营模式的 O2O 负重

今年 8 月份，天天果园 O2O 项目“天天到家”全面启动。

天天到家虽与本来便利均为 B2C 电商转 O2O 方向，但天天到家和 B2C 业务一样，从采购、仓储、销售再到配送采取完全自营模式。天天到家没有独立的 App 与 PC 产品，其移动入口与天天果园打通，成为并行的两块业务，天天果园线下开设自己的水果店。

采取全自营模式，天天到家共享天天果园的供应链、仓储、物流资源。天天果园经过 6 年的发展后，今年在海鲜、冻品、乳制品领域加速扩张，这个过程中需要一套完备的冷链系统。

王伟称，天天果园从选择做电商时就投入大部分成本搭建仓储、物流。但这过程中挑战面临很多挑战，其中最难的是包装分拣。王伟告诉虎嗅，生鲜电商采购后需要把 大包装拆成小包装，品质要求怎么控制，怎么样去用最有效的体系生产出来，时间与品质的把控，都需要一套非常全面的 IT 系统。

公司	天天到家
上线时间	2015年7月
业务模式	O2O自营
配送要求	没门槛，免费送，2小时送达
业务概况	O2O已经做到日均3万单，天天果园B2C的客单价在150元左右，O2O采用小包装SKU，客单价为20—30元。北京已布局44个前置仓。

“我们已经花了几千万在投入我们的 IT 系统，整个 IT 系统非常复杂，包括订单管理系统、ERP 系统、生产系统、仓储系统、配套系统，整体损货率从最初的 10% 以上减小到 5% 以内。”王伟说。当前，天天果园在北京、成都、上海、广州四个城市，大约共有五万平米的仓储。

在降低损耗方面，王伟摸索出自己的一套方法：比如集装箱里安装温度计，验收时，根据所装水果对温度的要求及运输距离推算，如果温度超标，该箱水果天天果园方面就会拒收。还比如，不同的水果在储存中不能随意混放，水果会散发出热量，它们可以互相催熟，把苹果和奇异果放在一起，就不好。此外，还要在水果换季高峰期做好 SKU 的选品搭配。

在线下，配合天天到家的 O2O 布局，天天果园在北上广一线城市开设了 56 家自营水果店。承若两小时送达，需要提升最后一公里效率，所以天天果园在社区、学校、商圈布置了前置仓，目前北京已布局 44 个前置仓。

全自营模式也就决定了天天果园 O2O 项目扩张步伐会受到限制，而局域订单的快速增长，势必会加大天天果园线下自建配送的成本，尽管王伟声称目前还未考虑借助第三方物流，但众包物流会是打破扩张局限的最佳选择。另一方面，经历了女作家六六公开投诉天天果园事件之后，王伟反思了服务流程需要简化及服务质量不能懈怠。

一米鲜：C2B+O2O 应季爆款，段位略低

一米鲜是一家没有生鲜电商背景的生鲜 O2O 创业公司，2014 年 11 月上线，没有 PC 产品与 App，只是通过微信公众号作为交易平台，到今年 5 月份 App 才上线。

至今刚好一年，服务半径已延展至商圈、社区，上半年一米鲜获得了红杉 A 轮投资。与一米鲜一样无生鲜电商背景并通过微信做起来的还有每日优鲜，不同之处在于一

米鲜采取 C2B 预售的模式，用户头一天下单，第二天收货。一米鲜也没有线下门店，除校园合作的自提点外，在社区、商圈建立分仓，当前在北京大约有 40 多个分仓，而每个分仓的服务半径大约是 3 公里。

孙鹏告诉虎嗅，微信公众号（交易平台）在创业初期便于推广，用户口碑便捷，但 App 的购买体验、支付方式更佳，用户留存会好，所以现在通过一些 App 专享活动将微信公众号的用户"洗"到 App 上，二者加起来的交易用户超过 150 万，而女用户占比接近 70%。

一米鲜创始成员并非零售或生鲜电商背景，为补齐短板，他们挖来了物美超市生鲜板块的负责人。采取 C2B 预售模式，使得一米鲜供应链并不复杂，没有设置中央仓储做库存管理，一般在头天晚上 7 点左右统计生成当日订单，当晚午夜再完成采购，订单完成包装入分仓，第二天上午集中送达用户。

C2B 预售模式好处是减少了库存与损耗，但同时考验选品能力。孙鹏告诉虎嗅，一米鲜约 80 个 SKU，远少于其他生鲜电商。不过一米鲜是做应季水果，主推每日爆款。在还未涉及海鲜、冻品的阶段，使用恒温仓就行，在包装上也没有太多要求，整体上突出产品及服务特色即可。

总的来说，一米鲜供应链环节为 C2B 模式，最终服务落地则是基于个用户位置的 O2O 方式。虎嗅认为，一米鲜如果只做应季水果，一来用户可选择性不强会导致粘性不够，二来与线下商贩产品同质化严重，很难形成独特品牌，整体客单也会偏低。没有规模优势也很难在供应商谈判中有议价权，所以一米鲜还以新发地这类线下批发市场为货源地，而原产地直供，是其努力的方向。

虽然一米鲜承诺 12 小时内送达，但相比天天到家、本来便利这些承诺 1—2 小时送达用户的时效优势几乎丧失。如果没有价格优惠或商品差异，是很难打动用户选择预售模式。不过在孙鹏看来，1~2 小时达都是伪命题，70% 的用户购买水果都不是及时性需求，所以自己做好这部分用户才考虑如何做另外 30% 用户的生意。

警惕生鲜 O2O 泡沫化

就在一大波生鲜电商转型 O2O，生鲜 O2O 创业项目扎堆之时，老牌生鲜电商沱沱工社并不热衷 O2O，没有自建 O2O 计划，只是与京东到家进行合作，把需求频次高的商品入库京东，由京东来完成出货。

沱沱工社总经理杜非告诉虎嗅，O2O 最终不会出现千军万马，还是几家独大，而自己作为商品提供者，可以在这些 O2O 平台上有很好的发展空间。另一方面，出于自身实际情况考虑，探索期 O2O 投入高成本、低客单，对他们这样的垂直企业而言投入产出比不划算。

“生鲜商品从源头采买到存储、包装、运输，甚至是包材都要花很多功夫去做，对我们这样的垂直小企业来讲核心还是要把商品本身做好，做好O2O生态中商品的一环，才是生存之道”。杜非说，“与O2O公司合作也是借力，生鲜O2O是注重感知体验的业态，如果有O2O公司愿意补贴去做这件事，我们何乐而不为？”

此外，他还指出，生鲜的概念很广，仅从消费频次、客单价、利润率来衡量，并不是所有的生鲜商品都适合做O2O。生鲜O2O一定不能忽视商品的特殊性：存储成本高，易腐烂特别容易变质。而配送时间与用户接收时间不一致，或者拒收产生的二次损坏，这都是生鲜O2O需要解决的问题。

而当前很多生鲜O2O项目都出于资本动机。杜非说，“我了解到同行的情况，可能跟他实际增长情况不太一致。他们自己做O2O可能更多的是从资本面考虑的，因为过去一年O2O非常热，有O2O概念的话融资更容易。而无论是哪家生鲜O2O平台，所承载的商品服务都同质化严重、客单价低。这说明都是在探索阶段，既然探索就需要很大的资本支撑。”

同样，佳沃市集CEO崔晓琦指出，如果做生鲜成本降不下来的话、产品同质化问题解决不了的话，O2O这个概念是立不住脚的。他认为过去的生鲜电商在PC时代B2C模式符合购物场景，但现在是向移动转移的大趋势，而生鲜O2O会明显出现末端运营成本加重，与生鲜电商的运营思路会出现很大程度的差异。

在警惕生鲜O2O泡沫化的同时，虎嗅还发现生鲜O2O仍未解决三个“历史遗留问题”：

（1）生鲜商品同质化，难做长尾商品

受到时令制约，单季基本款产品几乎雷同。长尾商品除了研发只有产品果盘、果汁、下午茶之外，非食品类目，很难带来“啤酒+尿布”的现象。

（2）生鲜跨境无突破

生鲜O2O未渗透到跨境供应链的改造环节，都是基于现有生鲜电商供应链在交易环节提升效率，跨境采购成本高；主要针对高端人群，集中在B2C渠道，O2O仅以单款产品做爆款引流。

（3）生鲜渠道下沉，出现断层

生鲜电商的客单价偏高，决定了消费群体聚集在一二线城市。生鲜O2O在价格和商品基本款上更平民化，难点是在三五线城市扩张，即便有需求，也选对分散，建分仓投入人力的运营成本太高，2小时、1小时送达更不可能。

不管怎样，生鲜O2O的游戏才刚刚开始。

扫二维码分享本篇文章

共享经济虽然不是什么新的概念，最近几年却始终处于舆论关注和辩论的中心。突然之间，国内冒出一堆 Uber 的学徒。

共享经济，看上去很美，但里面的坑着实不少。一个突出的问题是监管。

2015 年，围绕私家车做“专车”是否合法的争议，伴随着“互联网约租车”监管问题的起起伏伏，吸引了所有来自政府、企业和学术界的注意。作为共享经济一种表现形式的“专车”，在 2015 年面临了前所未有的考验。

虎嗅选取的这六篇文章，从共享经济最具代表性的“专车”问题出发，做了有针对性的分析。对于读者理解共享经济与“专车问题”，十分有借鉴意义。

眼看着，共享经济就会渗透这9个行业

本文作者寻空，原文发表于2015年7月7日

Uber和Airbnb两只巨无霸独角兽的崛起让“共享经济”一词异常火热，作为共享经济最具代表性的两家企业，Uber和Airbnb分别为出租车业和酒店业带来了革命性的改变，也让人们看到了共享经济在未来的巨大潜力。共享经济这种新的经济模式并不只会在出租车业和酒店业发挥作用，利用人们业余时间和空间的特点，它几乎可以渗透到各个行业。

从“滴滴拉屎”说起

某个时刻“滴滴拉屎”曾作为一个笑谈在业界津津乐道，虽然这是一个玩笑，但其实它与Uber和Airbnb一样道出了共享经济的本质。

现代家庭每家都有一个厕所，但这个厕所并不是高频使用产品，它有很大一部分的空闲非使用时间，在这段时间来到此地急需使用厕所而又找不到公共厕所（很多时候不是找不到是根本没有），或对公共厕所各方面条件不满意的人就可以提出使用附近私人家厕所的需求，而某些家正处于闲置状态的厕所就可以满足这种需求。共享厕所的这种模式本质上与提供闲置沙发或房间的Airbnb是没有任何区别的。他们的特点就是需要拥有空闲时间的人、产品或者服务，他们并不是时时处于忙碌或使用状态，而是能空出时间为正好有需要的人提供服务，这种经济模式一方面充分利用了闲置的资源，一方面填补了市场对于某些产品或服务的巨大需求的不足，用一句经典的话来说叫“实现了资源的优化配置”。

1. 快递业

目前快递业的模式大部分是由快递公司雇佣全职快递员进行商品配送，快递业是个重资产的模式，它最大的资源需求就是人力，人力一旦紧缺就会导致快递的延误，影响用户体验。每年快到过年的时候，由于大批快递员提前回家，人员紧缺便会导致快递的延后。

共享经济模式下的快递业相对于传统快递业来讲必然是轻资产模式，一个商家在平台发出送货需求，附近的有车人员接到需求后到商家所在处取货然后送至目的地。对于同城快递来说这是一种比传统快递更快捷也更节省时间的方式，对于异地快递来说，递送可以分段进行。杰里米·里夫金曾在《零边际成本社会》中以物流为例论证了这种方式：就物流互联网而言，传统的点对点和中心辐射型运输应该让步于分布式的联合运输。一个司机负责从生产中心到卸货地点的全部卸货，然后接一批在返回路上的交付货物。共享经济的模式是这样的：第一个司机在比较近的中心交付货物，然后拉起另一拖车的货物返回，第二个司机会装运货物送到线路上的下一个中心，可以是港口、铁路货场、飞机场，直到整车货物抵达目的地。

事实上 Uber 已经开始了这种模式的探索，在美国 Uber 推出了同城快递服务 Uber Rush，用户可以在 Uber 上叫快递，然后，由司机将物品派送到目的地，用户可以看到物品预计的到达时间和物品的实时位置。

共享经济下的快递业可以充分利用全社会拥有空闲时间的人员，因而在人员问题上要好于传统快递业，而基于地理位置寻找最近人员的方式也使快递的时间得到了节约。

2. 家政服务业

在美国电影《另一个地球》中，女主角撞死了男主角的妻子和孩子，并非职业清洁工的女主角由于愧疚某天敲开了男主角的门并为对方提供清洁服务。这里面女主角并非某个家政公司的员工，而只是一种个人（自雇）行为。共享经济下的家政服务就是这种场景，提供家政服务的人员并非是某个家政公司的员工，而只是拥有空闲时间并想赚点钱的人，当然他们可能有过家政的相关培训经历，或拥有带孩子的经验。

在共享经济下的家政服务人员与传统家政服务相比，并不一定是整月或整年地为有需要的家庭提供服务，而更可能是在许多家庭有某些急切需求的时候提供服务，比如老婆出差自己没时间打扫家，奶奶回老家小孩无人照顾等情况，共享经济下的家政服务业对于已经退休闲赋在家的人员来讲是一个很好的再就业机会。当然服务需求方可以根据服务方的服务经验和过往口碑来决定是否雇佣对方，这一点已经成了互联网公司的标配。

3. 教育行业

在中国，虽然公立教育相对来说基本处于垄断地位，但在公立教育之外市场依然无限广大，公立学校老师利用寒暑假办班和遍地开花的私立教育机构就是一个体现。

我有个高中同学一毕业就在北京的某个私立教育机构当地理老师，他时常抱怨辛辛苦苦一个月下来挣不了多少钱，大头都让机构拿走了。

共享经济下的教育行业，对于服务提供方来说可以解决两类人的问题。一，可以解决公立学校老师在业余时间赚取外快的需求（我很多当老师的同学抱怨在学校干一年还不如寒暑假当几个月的家教挣得多）。二，可以解决拥有教师资质，但无法进入公立学校工作的人的需求（我们都知道想进公立学校工作，关系是一个很大的因素），同时他们也可以不用依附于私立教育机构，而是成为自由职业者，为学生提供服务，这种服务给平台的佣金一定远远低于给私立教育机构的。对于服务需求方来说，它可以解决想享受个性化教育服务的学生的需求，也可以解决想找一位好口碑老师补课的需求。

4. 培训业

随着自媒体时代的到来，培训业已经在中国这片大地上大面积开花，自媒体时代孕育的培育师是在某些方面拥有一技之长的行业专家，他们往往不依附于某个培训机构，而是或成立自己的工作室，或利用业余时间展开培训工作。

任何一个在某方面有所建树或有所见解的人都可以去做这件事，他们是自由的，不依附于任何培训机构的。而任何想在某方面获得指点的人都可以通过平台找自己合适的交谈对象。

5. 个人服务业：理发、按摩、美甲等

上门理发、上门按摩、上门美甲、这些说法放在 5 年前恐怕我们想都不敢想，但移动互联网让这些成为了现实。

传统的这些服务业，一定是有需求的客户来到店家购买服务，这一模式是大部分商业模式的特点，并没有什么错。但共享经济下的个人服务业相对于传统个人服务业有两个无法比拟的优势，一是对于消费者来说节省时间，在这个时间就是金钱的时代，没有什么比这点更重要了。比如传统理发店，你在来之前并不知道这里排了多长的队，也不知道你心仪的理发师是否在店内，到了之后很有可能会等一两个小时，共享经济下，你可以提前查看心仪的理发师什么时候有时间，然后预约，预约成功后，规划好自己的时间，就可以惬意地做自己的事了。二是对于服务师傅来说，可以更充分地利用自己的时间，传统雇佣式的门店，必须服务于到店顾客，而如果今天一天生意冷清，那么理发师就没什么事做，也就没什么钱赚，在共享经济下，自己的时间可以提前预约，这样就可以将自己的时间安排合理，更充分地利用时间提供服务赚钱。

6. 新闻业

在新闻业，自雇型的记者其实早已有之，在博客时代周曙光就曾独立报到“重庆最牛钉子户”并引发广泛关注，当然那个时候周曙光的商业模式并没有那么明确。在新媒体时代，科技博客的崛起成为共享经济的最重要体现。比如在虎嗅网、百度百家，或者36氪这样的网站上，内容不是全部来自站内的记者或编辑，很大一部分内容是由注册的作者贡献，这些作者出于兴趣或其他原因，独立采访或采编内容并发表在网站上，而网站会拿出一部分稿费给予这些内容贡献者（虽然现在给的稿费并不高，但这种模式是正确的共享经济模式）。

进一步的共享经济在未来或许是这样的，在某个事件发生或即将发生时，平台发起采访或写作任务，平台的注册作者选择自己感兴趣或适合的任务，然后去采访并成文，最终发布至平台上。而平台针对作者的贡献给予稿费。

7. 租赁业

酒店式的租赁业，Airbnb在市场上占据主导地位，而共享经济同样正在渗透办公租赁业，它主要满足的是办公短租租赁者的需求。

共享经济下的办公租赁业主要针对以下几类人群：一是初创企业，任何一个企业，都是由弱小成长到强大的，它们在初创时并没有特别大的办公租赁需求，只需要有一个办公的地点就可以了。二是自由职业者或工作室工作者，他们没有长期的租赁需求，而只有弹性的租赁需求。三是中小企业的外地办事处，有时候为支持一个外地项目，中小企业必须驻扎外地办公，但如果不是稳定的项目，这些企业也许只需要一个临时的办公地点。当然，如果这个办公地点有公用的会议室，打印机，茶歇地点等空间会更受欢迎。

美国的WeWork可以供租赁者按月甚至有些按周租赁办公空间，并提供会议室、打印机等公共设备。事实上，某些办公楼的小空间，某个公司的空闲空间同样可以提供这种服务。

8. 广告、创意业

我所在的广告创意行业一直不缺兼职的合作者，这些能够为公司提供创意内容但并不供职公司的人被称为freelance，大部分的创意公司都不大可能完全离开freelance。很多时候，创意公司会有一些固定的，合作过多次的freelance，大多时候这些固定合作的freelance都没有那么多，选择也比较有限。

共享经济可以说为创意业提供了更多的可能，当某个公司发出了一个客户的相关任务，平台上会有很多创意人员领取任务，公司根据创意人员的过往作品和评价选取合适的人员，然后开始达成协议并实施。理论上来讲，这种模式可以供一个CEO开一家几乎没有全职创意人员的“空壳公司”。

当然这样的预想在目前看来依然有难度，创意不像租车，它不是一个标准化的模式和流程，并且很多时候兼职创意者并不能领会雇主下达的任务 。但共享经济相对漫长的广告行业存在的时间甚至可以忽略不计，共享经济下兼职创意人员对雇主的贡献在未来可能有更多的可能。

9. 医疗业

在中国，医疗行业和教育行业面临着相似的情况，它们都是公立机构占据主导地位，而私立机构又有着诸多问题。对于医疗服务来说，人人都希望有针对个人的定制化医疗服务，而非到公立医院用一周时间排队、挂号，然后医生两分钟看完病走人。共享经济下的医疗，医生可以用空余的时间为附近或更远（根据费用）想享受定制化医疗服务的病人提供在线咨询以及上门治疗等服务，而许多病人也不需要再跑到医院去挂号、问诊了。当然当前医疗的矛盾很大部分是有限的公立医院资源与巨大的病人医疗需求之间的矛盾，共享经济并不能完全解决这个问题，如果医疗行业实现完全的市场化，那么在共享经济模式下，医疗行业定会迸发出巨大的生机。

基于互联网的共享经济改变了什么？

基于互联网的共享经济目前来看已经大大改变了不少行业的格局，相对传统行业，它们拥有更大的优势：

- 更节约的时间；
- 更优化的资源配置；
- 更灵活的就业。

目前共享经济最大的问题就是先进的经济模式与落后的法律法规制度之间的矛盾，但不管怎样，共享经济拥有巨大发展空间，一切才刚刚开始。

扫二维码分享本篇文章

共享经济背后的三大黑洞

本文作者响铃，原文发表于 2015 年 7 月 6 日

近年来，我们的出行旅游、看电视 / 电影、集资借款、产品 / 服务买卖等，发生了巨大变化，打车拼车、众筹、P2P 等等成为我们新的生活和工作方式，完成过程更加分散、体验更加“支离破碎”，人们支配个人财富和生活更加自由，自由职业者和兼职成为新的热词，一场因分工衍生共享的新经济形态——共享经济扑面而来。

共享经济表现出以下特征：

- 多数有一个由第三方创建的平台并借助信息技术；
- 用户个体自由组合连接，或交易闲置物品，或分享知识经验，或为企业或单个创新项目筹集资金，等等；
- 重构社会关系结构，改变生产制造协同方式，SOHO 一族获得更多关注。

在享受着人口基数红利与借势移动互联网后，共享经济更是以迅雷不及掩耳之势席卷各个行业，粉粹原有生产关系，打破传统经济秩序，最最重要的是实现了消费者的角色转变，使人们从消费者变成供应者，社会生产关系受到冲击。

随着移动通信技术的发展，共享经济一方面充分挖掘出闲置的资源并充分利用，一方面正不动声色却浩浩荡荡地撼动着传统行业的经济结构根基。它从底层经济关系上瓦解原有的经济秩序和商业逻辑，直击传统企业供与需不对称等死穴，也诞生出诸多新的商业模式和经济形态。“互联网 +”助推下的专车、租车、拼车、顺风车等，O2O 领域做短租房产的 Airbnb 、做零售物流的菜鸟网络，都是将原本保密私有的产品或服务或信息公开让人们共同使用或参与，从而充分利用闲置资源获得价值增值。与智能硬件里的产品众筹一样，用众包的方式把翻译工作交给用户完成，也是产品共享用户前置的过程。共享经济其核心就是按需分配，加强用户参与和用户间的自由联合，既合理调配又极大化利用闲置资源（产品实物和人力脑力），并在一定程度上控制和降低风险。

这样看来，共享经济降低了地域依赖利用时间差结成新的资源分配方式，是对传统经济模式的改进与提升，有助于人们开始寻找最适合自己的生活方式，进入更加多维的社会角色，但这一路并非一路凯歌，人们就在拥抱共享经济并为之欢呼之时仍需重视背后的黑洞。

1. 自由与不确定性的博弈

共享经济重新赋予人们更多选择权利的同时，自身发展仍面临更多不确定性，比如共享经济创造价值的核心在于资源置换，是对现有资源的高效利用，却不是因为对新资源的开发，这样共享经济平台它们的盈利点在哪？共享经济表面上是在分享房间、车等实体产品或虚拟服务，其实质是在切割买和租，也就是产品（或服务）使用权和支配权的分离。

专车服务用户享受的是租车，不是买车，有别于传统经济中买车的人使用车。共享经济催生了一种双层的产权结构：财产的归属权即支配权在底层，财产的利用权即使用权在表层，人们在产品上私有，但在服务上变为公有。这样的交易过程中所涉及的财产实质是信息和数据，而不是物品本身。那在此状态下的数据信息和人身安全如何保障？

共享经济呈现的是越来越分散的个体成员临时的联合，是人人平等的 C2C 模式，是去中心化的 N 对 N 的超链，摆脱了传统行业对人力投入的依赖，但需要更多规则去约束和规范。如果大量全职变为兼职，社会经济秩序和社会保险体系如何支撑？共享经济下使用权开始胜过所有权，可持续性开始取代消费主义，竞争变成了合作，“共享价值”覆盖了“交换价值”，现有社会结构的利益既得者他们的姿态如何，是打压还是适应和拥抱？ 自由的反面就是冲突和不确定。

2. 共享与压力的抗争

之前 Mary Meeker 在 2015 年互联网趋势报告里写道：美国的自由职业者已达 5300 万，是总劳动力的 34%，他们要么无稳定雇主，要么利用业余时间做多份兼职。低于 35 岁的美国年轻人中有 20% 打多份工，有 38% 希望从事自由职业，有 32% 认为自己未来的工作时间将非常灵活且有弹性。

确实共享经济因为移动通讯、社交媒体及分析性应用等介入，让多余生产力进行共享变为可能，最大化利用闲置的物力和人力。确实放任自由的工作方式是大势所趋民心所向，朝九晚五的工作不但枯燥乏味也造成了时间和资源的浪费。但放任自由的 SOHO 一族和创业者同样面临着巨大的风险和压力，没人能保证明天能吃饱赚足的日子往往是最恐怖的，在时间自由、工作不确定、收入不稳定的共享状态下由不确定性引发的压力更加不可控制。同样，对于产品（或服务）本身，摆脱固定生产线标准化流程制造，你一句我一句的全民参与，你一段我一段的过程拼凑是否就能保证做出称心如意的产品？在用户参与更多只是营销噱头的当下，共享真的能带来一场场用户的集体狂欢？抑或只是资本市场对企业造成的压力而带来的作秀！

3. 使命感与欲望的碰撞

共享经济构建的组织关系是让人脱离固定组织，成为一组组自由人的联合，但这临时拼凑起来的团体是否能永葆长久的使命感和战斗力？就在火热的拼车软件中，私家车主们手机上预装着多款拼车软件，因为这些车主和拼车软件公司并不存在直接的雇佣关系，他们的稳定性根本无法保证。那些固定组织拥有强大忠诚体系的核心如何在这个自由的时代传承？即便是有一纸短期合约，但如何保证用户抵制欲望恶魔的肆虐？拼车软件不补贴不刺激用户和车主活跃度马上降低并转向其他平台就是印证。经济的失控往往是参与者对权与欲把控的失衡。在短期利益和长期价值驱动交错中，人的内心真能回归初心？自由化的共享经济，隐蔽的利益观和欲望才是隐形的杀手！

其实在城市化、工业化和消费升级这三大推动中国经济增长引擎中，共享经济是助推器，也是润滑剂。我相信有一天人们不再因为语言不通而妨碍沟通，同声传译就可能是你身边一位素不相识的兼职工。人们因共享而自由，但现在共享经济模式还有一段路要走！

扫二维码分享本篇文章

劳工问题：共享经济的阿喀琉斯之踵

本文作者西西里闷牛，原文发表于 2015 年 11 月 7 日

Uber（优步）、Airbnb（原意为“气垫床和早餐”，提供家庭旅店服务）、Handy（提供家政服务）、Taskrabbit（提供跑腿等人力服务）等硅谷初创企业被一些评论认为是共享经济的代表，媒体轰炸式报道，Uber、Airbnb 在风险资本投资竞赛中惊人估值不断跃升。据传 Uber 经过 10 月底最新一轮 10 亿美金融资后，仅仅 1 年多时间其估值已飙升了近 4 倍，可能达到令人咂舌的 700 亿美元，Facebook 上市前 500 亿美金的估值记录也已相形见绌，甚至超过世界最大的两家汽车厂商通用和福特公司市值之和。而 Airbnb 最新估值也高达 250 亿美金，与社交媒体大腕 Twitter 的市值相当，接近市值最高的酒店集团希尔顿（拥有 68 万间客房，市值约 280 亿美金）。这些企业实在有理由春风得意。

然而，营运仅仅 3 年的硅谷共享经济明星成员 Homejoy（家政清洁服务业的 Uber），7 月 17 日向客户发出邮件宣称不堪劳工诉讼困扰而月底将永久结业的消息不啻这股热浪里的一阵冷风，除了 Uber、Airbnb 等碰到的行业监管问题，劳工问题的重要性也凸显出来。

Homejoy 之死

激发创业的故事总是那么相似。克拉尼克经历了巴黎晚间的打车难，创办了 Uber。Homejoy 的创始人张氏兄妹（姐姐阿多拉 Adora Cheung，弟弟亚伦 Aaron Cheung）之创业灵感也缘于姐姐阿多拉为亚伦的脏乱的公寓卫生间找清洁工的经历。亚伦的卫生间实在太糟糕，阿多拉宁愿到街上的咖啡馆方便，还顺便买了个三明治。寻找合适的清洁工并不容易，要么太贵（约 50 美元 / 小时），要么便宜但不让人放心。更重要的是，寻找的过程相当耗时，找清洁工帮忙整理以节约时间的目的很难达到，创业的机会也就出现了。

2010 年 3 月张氏兄妹的创业项目孵化于业界鼎鼎大名的创业孵化器 Y Combinator（Airbnb 也由此孵化），2012 年 7 月开始营运，累计融资超过 4000 万美元。平台为需要清洁服务的客户提供经过认证和保险的专业清洁工，一般收费 20–35 美元 / 小时（最低服务 2.5 小时），平台根据服务区域一般收取 25–40% 的佣金。经过不断扩张，Homejoy 服务区域包括美国、加拿大、英国、法国、德国等国 35 个城市，已有超过 1000 名清洁工。但这些清洁工并非企业的员工，被认为是独立供应商（或雅称为微型企业主），不享受员工福利，而有员工身份的公司管理和技术人员仅约 100 人。

《华盛顿邮报》2014 年 9 月 10 日的一则报道将这种用工模式摆在了公众面前，激起了很多共鸣，也引起了更多的社会关注。这篇报道讲述了一名为 Homejoy 工作的 35 岁中年黑人清洁工安东尼和他 4 岁女儿夏安在首都华盛顿艰难生活的故事，工作艰辛而收入微薄（每天做两单清洁业务，每月仅约 2000 美元收入，小时收入低至 10 美元，低于政府规定的最低工资水平），更令人同情的是没有任何劳动保护和员工福利，一个悲惨的无产阶级劳动者形象跃然纸上，故事甚至有些催人泪下。而《纽约杂志》18 日的报道更是让人震惊，作家凯文·鲁斯及其湾区的一些朋友发现自己通过 Homejoy 预定的清洁工都是无家可归者！

提供移动在线清洁服务并没有太高的行业壁垒，竞争激烈在所难免，仅美国提供类似服务的就有 Taskrabbit、Handy、Helping、Porch、Myclean 等至少 8 家企业。“增长就是一切”是互联网行业的行动准则，为快速扩大用户规模提升估值，所到之处不断重复的价格战使资金很快枯竭。而这种用工模式使得严重依赖个人的服务品质并不可靠，客户留存率很低（据称低于 10%），也进一步加大了公司的营销成本。

6 月 3 日，加州劳动委员会法官裁定一名叫芭芭拉的 Uber 司机为雇员，Uber 公司需支付该司机服务期间 4152.2 美元赔偿金。此项判决对于已经被 4 宗同类官司缠身的 Homejoy 而言，更是雪上加霜，投资者对公司发展前景和财务状况完全丧失信心，无法得到足够融资对初创互联网企业当然只能意味着死亡。

结业消息曝光后，Homejoy 案件原告集体诉讼律师丽丝·赖尔登更关心是否有现金或其他资产留下。丽丝·赖尔登对于公司创始人将倒闭归于劳工诉讼案件表示不认可，认为雇主必须遵守法律，那些能提供最好服务并守法的共享经济平台能够生存下去。

Homejoy 的员工倒是不必担心，谷歌招聘了 20 多名技术人员，而主要竞争对手 Handy 更是提供 1000 美元的奖励吸引 Homejoy 员工和清洁人员。CEO 阿多拉在给客户的邮件中，也希望客户继续使用原来的清洁工，但不再是线上支付，也不再有佣金，线上交易又变回了线下服务，公司的苦心实在有些令人哭笑不得。

1099 经济

1099 经济也称共享经济、零工经济、碎片经济等。这种经济基本都是以 P2P 的形式存在，即通过平台将两端的服务提供者个人与服务需求者个人联系起来。从服务提供者与平台企业关系角度看，平台企业不按照传统企业模式雇佣员工（雇佣员工在美国报税要填 W-2 表）提供服务，而选择以独立供应商的身份（填报 1099 表申报收入与税），媒体也因此将这类企业统称为“1099 经济”，显然“1099 经济”这个概念命名突出了其中的劳工关系，也可以看出社会对此问题的关注角度。

“1099 经济”，实质为即时应需（on-demand service）个人服务经济，已曝得大名的 Uber、Airbnb、Taskrabbit、Handy 等皆归于此类，这类公司准确数量并没有统计，仅 2015 年斯坦福大学一个研究小组开展调查涉及的“1099 经济”平台公司就高达 78 家。据估计近两年风投资金投向硅谷类似平台企业超过 40 亿美元，可见资本对这类经济模式的追捧。Homejoy 的突然倒闭提醒人们平台与服务提供个人的关系可能事关这些企业的生死存亡，而各界对此观点几乎就是南辕北辙。如加州大学伯克利分校公共政策教授、美国前劳工部长罗伯特 • 莱许认为“碎片经济将我们拉回过去”，这种经济模式就是 19 世纪的“计件工资”模式，20 世纪以来的获得的劳工权利将丧失殆尽。一些论者甚至认为当前 1099 经济争论焦点就集中在“共享经济究竟是在创造更多能养家糊口的就业机会，还是净效益就是去打破传统的就业安全，创造大量零工和低收入的工作机会”。

7 月以来，“零工经济”（希拉里演讲提法）还成为了美国两党政治的话题，2016 年总统大选两党最有力的候选人杰布 . 布什和希拉里 • 克林顿也为此大打口水仗。民主党秉持一贯维护劳工权利的立场，指责这些企业通过错划劳工身份逃避雇主责任，认为创新与劳工保护并不矛盾，而共和党则坚持自由主义立场，认为市场能够解决一切。

美国作为联邦制国家，各州对此都有自己特殊的规定。在联邦政府层面，联邦税务总署（IRS）是直接确定劳工与公司的关系的政府部门。联邦税务总署开发了自己有关确定劳工身份的“普通法测试模型”，这套测试模型主要测试企业在多大程度上保有指挥和控制劳工完成工作的时间（when）、地点（where）、方式（how），其中包含有 20 个问题或因素，如劳工是否要服从企业有关工作的指令；是否接受培训；提供的服务是否是企业业务的组成部分；提供的服务是否必须个人完成；是否能在任何时间被企业解雇；是否全职为企业工作等。

美国联邦劳工部依据《公平劳动标准法》（FLSA），按照劳工与企业“经济现实”设计了自己的测试模型，其中包括了 7 个问题或因素，如劳工获利或损失的机会、劳工的投入等。

此外，作为“普通法”国家，联邦法官的裁决也是决定劳工身份的依据，如联邦法官也发展了依据“经济关系”六因素测试法。测试标准多样，考虑因素众多，要明确平台与劳工的复杂关系确实相当棘手。

7月15日，联邦劳工部就如何划分雇员和独立供应商发布了行政解释。解释认为，国会在进行《公平劳动标准法》立法时已经对雇佣关系进行了扩大，更侧重从经济关系角度确定，即劳工是否在经济上依赖企业。26日，劳工部长佩雷斯参加了在Facebook上的有关“零工经济”（即1099经济）的劳工关系划分问题讨论。佩雷斯态度强硬，认为当前有关劳工关系划分标准是严格的，也会被严格执行，也不会改变。佩雷斯强调指出政府监管部门将按统一标准来确定劳工身份，不会因为新的经济模式而刻意灵活。对于有观点认为管制将遏制创新，他则坚决否认，并表示，除非改变法律，监管机构将严格执法，并亮出2014年的执法成绩单，共计为错划身份的劳工追回7900万美元的赔偿，最后还号召人民群众积极举报。

舞女告垮了夜总会

2007年波士顿律师丽丝·赖尔登办公室来了一位不速之客——32岁的舞女吕西安娜·查韦斯。吕西安娜在波士顿附近的切尔西市亚瑟王夜总会跳舞，夜总会将舞女都划为独立供应商，无最低工资和任何劳动保护，夜总会每天向舞女固定提成35美元，对于为客人房间独舞小费收入则按30%提成。

丽丝·赖尔登为夜总会的70名舞女们提起了集体诉讼，要求夜总会为错划劳工身份进行补偿。而夜总会声称其业务是销售酒饮，只是为舞女们提供了服务平台（物理上也确是个平台）。2009年8月，法庭认为舞蹈服务是夜总会服务的有机组成部分，判决要求夜总会向舞女们支付最低工资，并且不能要求夜总会其他人员分享舞女们的小费。亚瑟王夜总会最终关了门。

丽丝·赖尔登女士恐怕已经是美国1099经济雇主们的眼中刺。另外一个劳工身份的典型案例——加州联邦快递卡车司机劳工身份集体诉讼案也由其代理。这些卡车司机类似于Uber司机，被认为是公司独立供应商，车辆为司机所有，所有车辆使用费用均由司机负担，司机按公司要求完成快件运输。联邦快递认为其业务并不是配送，而是一个“高级信息和分发网络”，司机是完成配送的主体。联邦快递司机身份问题在40个州有类似诉讼，官司时间已经超过12年，最终这些案件大都汇集为3宗联邦集体诉讼。2014年8月27日，旧金山第九联邦巡回法庭对加州1宗、俄勒冈州2宗集体诉讼案进了裁决，法官引用了亚伯拉罕林肯的一个著名比喻“如果你把狗尾巴叫做腿，它仍然有4条，因为把狗尾巴称腿并不能把它变成腿”，以此讽刺联邦快递公司试图将司机冠以不同的名称而规避雇佣关系的事实。联邦快递最终在今年6月初与涉案员工达成和解，同意支付高达2.28亿美元的赔偿金。

1099经济新贵不少都惹上了劳工官司，如已经倒闭的Homejoy，它的竞争对手

Handy，从事杂货配送的 Instacart，从事外卖配送服务的 Postmates、Doordash 和 Try Caviar，而从事网络专车的 Uber、Lyft 更是官司缠身。Homejoy 的倒闭会是多米诺的第一个骨牌吗？

Uber 能撑得住吗

一些媒体将专打劳工官司的丽丝·赖尔登女士形容为复仇女神涅墨西斯，Uber 树大招风，女神的复仇名单恐怕是首当其冲。

芭芭拉 2014 年 7 月 25 日成为一名 Uber 司机，工作时间不到两个月。离开 Uber 的第二天，9 月 16 日芭芭拉即向加州劳动委员会提起赔偿申请，要求赔偿工作期间拖欠工资、报销相关车辆费用、违约金及拖欠工资罚金。Uber 认为自己是中立的技术平台，仅仅是为撮合司机和乘客达成交易提供信息服务，2012 年已有类似的判决，原告是独立供应商，并非公司雇员。2015 年 6 月 3 日，加州劳动委员会法官作出裁定，法官认为虽然一些因素显示司机是独立供应商，但司机提供的服务并未脱离 Uber 的业务范围，正是其业务的基础内容。而且 Uber 对于整体运营保持普遍性控制，只是由于工作特征使其没有必要进行深入控制。裁定被告为 Uber 雇员，Uber 公司需支付该司机服务期间 4152.2 美元赔偿金。

佛州监管部门 5 月中旬也曾经做过类似的裁决，麦吉利斯这名 2011 年曾经竞选过市长的 Uber 司机，因与乘客发生纠纷而被 Uber 除名，为讨回赔偿也向州经济机会局起诉了 Uber。俄勒冈劳动和工业局 10 月 14 日也发布了官方意见，通过“经济关系”6 因素分析，认为 Uber 公司与司机属于雇佣关系。

上述两宗判决都是个案，对独角兽 Uber 虽算不了什么，但影响不小，Uber 都已向法院提出了上诉，司法之路漫漫，拖字诀无疑是个好办法。

个案影响尚可控，集体诉讼影响就不能等闲视之了。3 月 11 日，旧金山联邦地区法官爱德华否决了 Uber 要求的加州集体诉讼案即决判决（summary judgment），认为本案法律和事实混合，原告可推定为雇员，案件应交由陪审团裁决。9 月 2 日，法庭确认了集体诉讼案件性质，并对集体诉讼人和赔偿内容范围进行了界定。

最后判决尚需时日，但已有热心人士替 Uber 公司算账了。一般而言，员工模式较独立供应商模式增加人工成本 30% 以上。据利用专业企业成本软件精确计算，如果独立服务商这种用工模式被司法机构最终否决，需要付出的成本将极其高昂，仅美国一年需要增加的成本可能达到 41 亿美元！其中增加的车辆营运费用占 64%，员工收入税（包括社保等）占 15%，员工福利占 15%，失业和医保占 5%。

据一些媒体透露，Uber 公司年亏损约 3 亿美元，由于持续快速扩张，亏损仍在不断扩大，41 亿美元意味着什么不言而喻。即便可能增加的成本估计过高，仅仅增加

20%（约 10 亿美元）对其估值的影响也是难以想象的。

第三条路

1099 经济有关劳工身份与保护问题看法两极，一些论者高歌互联网创新，一些论者斥为“21 世纪的血汗工厂”。从宏观上看，劳工收入占经济产出的比重从 1970 年的 59% 的峰值下降到现在的 53%，差不多相当于减少了 1 万亿美元的劳工工资和福利收入。一份由美国自由职业联盟参与的 2014 年研究报告显示，全美有约 5300 万自由职业者，与金融危机前相比，低收入工作增加了 230 万，中低收入工作则减少了 120 万，美国中产阶级收入中位数也低于金融危机之前。这正是所谓的 1099 经济崛起和尖锐对立的社会背景，而风投支持下这些企业估值不断膨胀和引发的新旧冲突进一步强化了各自立场，也因此成为一个重大的政治问题。洛杉矶时报认为，1099 经济问题是一个分裂社会的楔子问题。

前弗吉尼亚州长、民主党参议员马克·沃纳对 1099 经济所涉劳工政策极为关注，一直在探索解决之道。马克 . 沃纳参议员作为一个曾经的风险资本家，目前最富有的参议员，对 1099 经济或零工经济，可说是“好而知其美、恶而知其恶”，持有较为公允的态度。他认为立法所需时间太长，希望引发问题的 1099 经济的企业家能自行探索出解决之道。6 月 4 日，他又去了硅谷调研，调研结束后他有些失望，承认无论是华盛顿政府还是行业都还没有为之认真准备。

马克 . 沃纳参议员希望行业自行探索并非异想天开。目前，调整劳工政策的 1099 经济的平台公司在不断增加，如 Managedby Q（清洁和物业管理服务）、Munchery（外卖）、Maple（外卖）、Chariot（专车）、FlyCleaners（服装清洗）、Parcel（包裹快递）、Alfred（跑腿）、Shyp（包裹配送）、Luxe（代客泊车）、Sprig（厨师服务）、Instacart（杂货配送）Zirtual（劳务服务）等平台公司都改变了强制而单一的独立服务商做法，而是给予了劳工选择权，既有专职人员，也有兼职零工身份。按照 2015 年斯坦福大学和知名创投孵化器 Y Combinator 一个联合研究小组的调查，人们选择在 1099 经济工作的一个重要缘由就是其工作的灵活性，特别是年轻人对于工作自由的追求。18—24 岁占从业人数的 39%，这个年龄段因看重工作自由而选择的占 82.1%，而 25 岁以上年龄段的也占了 67.5%，但调查同时发现行业收入低和劳动保障差是从业人员离职的第一位的考量。在法律没有改变之前，允许劳工根据自身的境遇而拥有身份的选择权应该是当前较为可行的做法。

负责审理另外一个专车平台巨头 Lyft 劳工身份集体诉讼案的联邦地区法官文斯·查布里亚认为应用 20 世纪的劳工法（1947 年开始创设了独立供应商的劳工类别）审理 21 世纪的劳工案是“方枘圆凿”，尽管他也认为案件复杂需要陪审团裁决。参议员马克·沃纳在 6 月 4 日的调研中也曾提出建立介于雇员与独立供应商之间第三种劳工类别，所谓的“从属供应商”（dependent contractor）。西蒙·罗斯曼，1099经济的明星公司Lyft和Taskrabbit的风险投资人和顾问，也在近期的一次采访中认同了第三条道路的思路。

从国际实践看，加拿大在2008年已经创设了此类劳工类别，德国也有类似做法。然而，要凝聚立法共识并不容易，远水解不了近渴，特别是并不是所有初创企业都能等到那一天的到来。但无论如何，共享经济和互联网创新的大旗不能是规避社会责任的挡箭牌，正如哈佛大学前校长、著名经济学家拉里·萨默斯所言，共享经济也应该包容增长。

扫二维码分享本篇文章

“份子钱”和“优惠券”：为什么说专车服务的现行监管措施“治标不治本”

本文作者涵诏，原文发表于 2015 年 1 月 12 日

事情大家都知道了：上周，交通部发文，表示各类专车软件公司“应当遵循运输市场规则，承担应尽责任，禁止私家车接入平台参与经营”，并“杜绝侵害乘客利益和影响市场公平竞争秩序的非法营运。”本周新华社发布消息，称目前北京、上海、济南、青岛等 10 个城市叫停了滴滴打车、易到用车、快的打车等公司的专车服务，并把专车定位成“黑车”。

不过，这一系列监管措施，并无明显效果，且有“治标不治本”之疑。为什么这么说？我们先从出租车的“份子钱”讲起。

“份子钱”之恶

所谓“出租车份子钱”，就是出租车司机上缴给出租车公司的承包费用，同时也是前者的主要运营成本。

以济南为例，据《齐鲁晚报》报道，济南出租车的“份子钱”由管理费、公司抽成利润、折旧费、保险、贷款利息、规费、税费、其他等方面组成，价格由物价和交通分管部门联合制定，目前该地区的份子钱普遍在 4150 元左右。有出租司机向记者表示，“一天跑 12 小时，除去‘份子钱’和油钱就剩不下多少了。”

再来看看南京，据《人民日报》文章报道，从本月 8 号开始，南京市区部分出租车司机集体停运，提出出租车公司降低车辆租金等要求。记者采访获悉，多数参与停运的出租车司机主要诉求在于，目前垄断的出租车运营管理模式让“司机负担太重”，“每月份子钱太高，光干活赚不到钱，还要倒贴钱给公司”。出租车司机马师傅说，每天干 13 个小时，如果不堵可以跑到 600 元，不好的情况下只能跑到 500 元，除去 200 多元的份子钱，130 元天然气钱，一天才能挣 100 多元。

西安方面，据新华网陕西频道报道，当地不少出租车司机表示，自己挑座拒载其实也是出于无奈，在沉重份子钱的压力下，不挑座拒载，不避开拥堵路段，就会“跑得越多赔得越多”。司机代表刘自力表示，出租车司机工作时间长，收入低。出租车司机孙师傅向记者表示，从早上七点接班到下午四点交班，除去上厕所和吃饭的一个小时，一直都在路上，即使每天工作时间长达 9、10 个小时，一个月下来也只有 4000 多元的收入：“每天一接上车，就欠公司 180 元的份子钱，再不多拉点活，我们怎么生活？”

“份子钱”已经成了司机师傅们肩上的一个重担，也从某种程度上直接或间接地导致了目前出租车市场上出现的拒载、宰客和打车难等问题。

《中国青年报》的评论文章《莫用打击专车掩饰“份子钱”之恶》针对监管方面近期围绕“专车”问题出台的一系列措施，一针见血地指出：

表面上看是因为软件公司推出的“专车服务”和“黑车”的屡禁不绝，加之出租车本身数量的大幅增加，挤占了出租车司机盈利的空间，但实际上这些都不过是“导火索”，无法撼动的“份子钱”和相对垄断的出租车行业地位，才是导致包括南京在内很多地区出租车司机频频“罢运”的根本原因。

经营出租车公司合法牌照本身的含金量就特别高，公司仅靠一张合法手续，就能“几头赚钱”，且不存在任何风险，别说这样的“份子钱”是否有存在的合法性，即使一些地方司机群起要求降低，往往也是很难实现。一旦市场有风吹草动或是危及到出租车业的切身利益，以“公共交通”自居的各个出租车公司就会联起手来捍卫“份子钱”。

出租车司机们“罢运”非但不会迫使出租车公司降低“份子钱”，地方政府反而会为了维护公共秩序首先向出租车公司妥协，对于任何危及出租车业利益甚至“份子钱”的新型市场行为，也会毫不留情地予以打击。因此，不少地方把软件公司推出的“专车服务”定性为“非法”并予以“严打”也就不值得奇怪了。

出租车公司的“旱涝保收”尤其是“份子钱”的只升不降和无法撼动，是导致出租车司机收入逐年降低的首要原因。出租车业躺在地方政府计划经济的怀抱里坐享其成，却把所有市场风险全部抛给从业的出租车司机。

无论出租车司机是“罢运”还是通过“合法渠道”表达自己的诉求，只要撼动不了“份子钱”，最终还是输家；同样，政府如果只面对出租车司机和一门心思打击“黑车”甚至“专车服务”，也不过是扬汤止沸。

“专车”的监管措施，不动“份子钱”，纯属“隔靴搔痒”。

优惠券 + 司机补贴

回到本文第一段中提及的交通部规定，该文要求"'专车'服务应根据城市发展定位与实际需求，与公共交通、出租汽车等传统客运行业错位服务，开拓细分市场，实施差异化经营。"

"开拓细分市场"和"实施差异化运营"的专车服务，实际上已经在一定程度上与传统出租汽车形成了正面交锋。虽然从车型和价格上来看，专车服务与传统出租汽车的定位不同。但是经常使用专车服务的乘客都知道，有了"优惠券"，专车服务和传统出租汽车在价格上的差异已经没有那么敏感。

以笔者的一个好友为例，在过去一周里收到某专车服务公司的"优惠券"总额达100元左右，而这一周共使用了三次专车服务。有了"优惠券"，这三次专车服务的消费和传统出租车相比，不但没有贵多少，甚至可以用"优惠券"实现单次乘车免费的效果。

专车服务这种价格上的"调控"，直接抢夺了传统出租的市场份额。所谓"差异化经营"纯属空谈。

更不必说专车司机的"补贴"了。

据《第一财经日报》报道，北京市一段打出租车去机场需要80元左右的路程改乘经济型专车后的订单价格为120元。而按照合同，专车司机可以得到这笔订单的80%作为直接收入。上下班高峰期，某些专车平台不仅不收佣金，还会赠送同样比例的订单金额。也就是说，一笔120元去机场的专车订单，专车平台不仅不收取佣金，还将赠送120元的金额补贴直接给司机。以此计算，一趟机场专车司机的收入是240元。此外，专车公司一般还会在月底给专车司机按照业绩考核额外发放1000至2000元的奖金福利。

《21世纪经济报道》指出，北京地区自己拥有车辆、以挂靠模式参与专车服务的司机，日流水收入在550至850元之间，每月工作25天，其中司机的个人所得税亦由公司承担。该报得到的两份专车司机工资表显示，一位较少订单量司机与公司分成后，营业收入是13750元，底薪2000元，奖励2000元，成本是4500元的车辆租金以及2200元的油耗，其月收入是11050元——这还是订单量较少的那个。

这种状况，又岂是一纸"私家车禁止接入专车平台"的禁令可以解决的？

一方面是居高不下的"份子钱"，另一方面是来势凶猛的"优惠券"，出租司机罢运事件已经发生了几起，但是监管方面仍旧在纠结"私家车"和"黑车"的问题，讲一些诸如"鼓励创新"、"趋利避害"之类的话。

真是令人着急啊。

扫二维码分享本篇文章

垄断？垄断就对了：科技创业就是要制造“垄断”

本文作者涵诏，原文发表于 2015 年 2 月 15 日

事情大家都知道了：2015 年 2 月 14 日，滴滴打车与快的打车联合发布声明，宣布实现战略合作。两家公司在人员架构上保持不变，业务继续平行发展，并将保留各自的品牌和业务独立性。

消息一出，各种观点评论纷至沓来。其中比较吸引眼球的一个，就是滴滴和快的合并形成了垄断。曾任雅虎中国总经理的谢文当天就表示这是典型垄断行为，并指出所谓“业务独立”是“担心外界舆论批评”，不做整合没有道理，最后还是会整合。

虎嗅网今天的头条文章以《滴滴快的合并案，无法回避反垄断审查》为题，对两家公司并无申报打算的态度提出质疑，直截了当指出反垄断审查“无法回避”。有关滴滴和快的两家公司的合并案，有关部门尚未发表是否涉嫌垄断问题的意见。

从 90 年代的微软垄断案算起，苹果、亚马逊、Facebook、Google 这些科技企业从创业公司开发发展到成为科技巨头，无一不经历过被指责有垄断嫌疑，而国内的百度、腾讯和阿里巴巴也是如此。直至最近的高通公司反垄断案结束，科技行业的“垄断”现象几乎成了家常便饭。这背后有什么原因吗？

科技创业的目标，其实就是要打造一家“垄断”公司。

厌恶竞争的风险资本

一家处于垄断地位的科技公司需要满足四个因素：公司品牌、规模经济、网络效应和技术创新。好的科技创业公司会推出市场上没有的新产品或服务，突破原有“同质化竞争”的局面，迅速占有市场份额，甚至愿意暂时牺牲利润。资本（尤其是风险投资）往往在背后提供支持，“烧钱”过后，公司品牌、规模经济、网络效应和技术创新四个方面的发展成绩就成为了这家科技创业公司的垄断“护城河”。

微软当年的操作系统、谷歌的搜索、亚马逊的电子书和出版业务等，都是典型的例子。虎嗅读者向来以懂行、高质量著称，这里不多赘述。

竞争——尤其是同质化竞争——通常导致的局面是低利润，服务差异化不高，企业疲于应付或惨遭淘汰。资本（尤其是风险投资）和鼓吹竞争的资本主义市场经济不同，资本（尤其是风险投资）是厌恶竞争的。

换句话说，科技创业的本质，就是用新的技术和模式，摆脱竞争，借助资本的支持，垄断市场。

当市场某一领域该类型的科技公司只有一家时，垄断地位自然而然就形成了，而且还有一个不错的名字——创新型垄断。但是当这样的公司有两家甚至多家时，会发生什么情况？

合并为什么？

我们先来看在美国市场同样竞争激烈的两款叫车软件 Uber 和 Lyft，这两家公司为什么不合并？笔者简单列举如下。

第一是创始人野心，Uber 创始人卡兰尼克（Travis Kalanick）去年在接受媒体采访时曾表示“我们不收购，我们把精力放在产品上，我们不会在收并购上面浪费时间。”Uber 融资一路高歌猛进，在全球扩张，招兵买马，创始人野心可见一斑。

第二是市场地位，Lyft 和 Uber 相比体量还是太小，前者完成最近一次融资后的估值大概是 20 亿美元，而 Uber 已经获得了 40 亿美元的融资，估值超过 400 亿美元，进入了 250 个城市和 54 个国家。在市场竞争力方面，Lyft 已经被 Uber 甩得太远。

第三是监管因素，一旦 Uber 收购 Lyft，这个市场“垄断地位”是无论如何都逃不掉的，留着 Lyft，反倒可以在和监管部门交涉时留一个有力的“说辞”。去年 8 月，Lyft 的投资人甚至“要挟”Uber，叫嚣如果不收购 Lyft 就“全面开战（go nuclear），进行恶意攻击”，但是 Uber 仍旧不为所动。

“顾全大局”

从这三个角度，我们来看滴滴和快的两家公司的合并。据腾讯科技报道，阿里巴巴董事会主席马云主动求和，专门为此找到柳传志从中调停，而滴滴打车总裁柳青正是柳传志的女儿。也就是说，如果此消息属实，快的打车投资方和滴滴打车总裁的父亲在背后极力促成此事。

市场地位来看，两家公司难分伯仲，路透社报道，去年 12 月的数据显示滴滴的市场份额在 55% 左右，剩下的基本上归快的。自 2013 年成立到 2014 年 8 月，滴滴打车已经烧了 15 亿。截至 2014 年 10 月，两家公司一共烧了 24 亿，但具体盈利时间仍无时间表。在哪一家也赢不了的情况下，实际上已经是“同质化竞争”的局面，比的只有“烧钱”。

在这个局面下，有人从中“撮合”，两家公司也有类似想法，火速联姻、突然合并完全不出人意料。在双方合并宣布之后，马云在贺电里说“感谢腾讯，感谢滴滴团队，感谢快的团队…… 顾全大局”。这个“大局”是什么？有点儿意思。

扫二维码分享本篇文章

专车监管创新的“上海模式”，前途在哪

本文作者志刚水煮通信，原文发表于 2015 年 5 月 22 日

2015 年 5 月 18 日，上海市交通委牵头，组织上海市的主要出租企业、滴滴快的，宣布将联合建设上海市出租车信息服务平台，把“带顶灯”的出租车，即具有合法运营牌照，以政府信用为安全背书的出租车纳入监管。同时，上海方面也表示将会考虑有序的把“约租车”即“专车”纳入监管。

据了解，上海出租汽车信息服务平台初期将重点解决三方面问题。

- 一是车辆和驾驶员身份识别。“滴滴打车”将注册驾驶员和车辆信息实时向平台传送，平台及时反馈驾驶员和车辆身份比对结果，以及时剔除“黑车”和“克隆车”。
- 二是实现车辆运营状态识别。承接“滴滴打车”及其他预约业务的车辆，其顶灯实时转换成“电调”，消除乘客扬招中存在的误解。
- 三是提高车辆运营安全性。对载有乘客的车辆不再发送预约信息，提高车辆运营安全性。

无论滴滴快的主动抑或被动入瓮都凸显监管焦虑

这是共享经济在中国的发展始终制约于落后的生产关系的大背景下，地方政府在积极地进行制度创新，以减少市场经济运行的摩擦力。

而滴滴快的出现在交通委的名单中，并不奇怪，此前多有媒体指滴滴与上海交通委的关系并不融洽，上海官方与其也有隔空呛声。此次，滴滴快的被上海交通委列为主要沟通对象也就在情理之中。

整个城市出行服务市场的改革问题，在互联网的大潮下，尤其是大量私家车进入出租车服务市场，已经引发了从中央到地方的集体性监管焦虑。

交通行业监管部门的主动创新值得鼓励和赞扬

这并不是上海市交通监管部门第一次积极创新。

去年 8 月，上海市交通委就曾经下达对于“约租车”即专车的规范运营的条例，试图对专车服务进行规范。在此背景下，包括易到在内的公司，采取了与滴滴不同的战略，主动与政府合作的心态，主动清理所有不合规车辆，从零开始在上海发展正规车，即 y 牌车。

对于政府行业管理部门，显然一味的封堵并非良策，这方面，上海交通委的做法值得借鉴。一方面出台法规明确行业边界，另一方，上海市交通委也对新型互联网出行公司进行政策扶持，比如在新能源车政策方面给予态度积极的公司政策扶持，也刺激了大型汽车厂商一汽丰田与这些公司的新能源车战略合作。

行业监管要疏堵结合，才是解决问题的关键，但是有些问题则不得不需要厘清，才能有助于监管部门、企业和公众达成基本的一致。

专车监管需要疏堵结合，鼓励合规性的创新和发展。

我们知道，在专车市场有两类服务模式：

- 一类是以滴滴快的为代表，混搭模式，即与有汽车租赁服务牌照的汽车公司合作提供服务和由私家车提供专车服务；
- 一类是以易到用车、神州租车为代表的专属模式，即自己购买运营车辆或者与有牌照的汽车租赁公司合作。

从合规的角度，专属模式是符合行业管理部门的规范的，即合规性不存在问题。对交通监管部门而言带来挑战的是滴滴快的的混搭模式，即存在私家车进入专车服务场景问题。对此类情况，媒体也多有披露。

我们看到，上海交通委在 5 月 18 日的会议中主要是希望把滴滴快的纳入监管体系，这可以理解为专车洗白，也可以看做政府行业监管部门试图加强非合规车辆即私家车进入出租服务市场的问题。

此次上海交通委透出的专车监管，将对滴滴快的带来一定的压力和挑战，如何处理平台上的非合规车辆与保持轻资产的快速规模扩张的矛盾，将会考验上海市交通委和滴滴快的的智慧。

政府的行业监管部门需注意到以下三个问题，推进专车监管的的进程：

- 第一，专车服务已经与出租车具有同等重要的行业地位，在解决城市交通出行方面具有重要的价值；
- 第二，对有汽车租赁牌照的公司，要积极鼓励与滴滴快的、神州租车、Uber 等为代表的大型互联网出行服务公司合作；
- 第三，在汽车租赁牌照、新能源车、道路出行路权保障等方面，研究和出台扶持政策，采取疏堵结合的策略。

行业监管平台可以走共建共享，而开放是必然的

监管是为了鼓励合规企业发展，鼓励合法运营。上海交通委提出要建设上海市出租车信息服务平台。这不是第一次公布这样的信息，此前上海市交通委还曾与与易到用车协商建设约租车平台。

而按照财经网的消息，“上海市交通委一直在跟企业沟通，这是一个开放的、不排他的平台”。也就是说未来不论是滴滴、快的，还是 Uber、神州租车都可能纳入这个平台监管。

那么这种行业监管平台的建设和运营模式是否也可以有所创新呢？比如利用现有互联网公司的业务平台，发挥互联网公司的技术和运营经验进行平台共建共享？

互联网专车监管要成为助力而非阻力

对于政府交通监管部门而言，笔者认为要积极地鼓励汽车租赁公司与互联网公司合作，把汽车租赁公司的出行服务纳入城市出行服务，提高城市经济运行的基础设施服务能力。

各地交通行业管理部门需要意识到，滴滴快的、Uber 们的价值或在于可以提高城市出行服务效率，或在于可以自己投资购置车辆、雇佣司机改善当地的出行服务，或在于能够盘活当地汽车租赁公司的闲置资源提高收入，创造税收。有了交通出行服务的大数据，也就为行业监管改革打开新的窗口，比如对出租行业从业机构和从业人员的进入、退出机制的客观量化评价。

一个自筹资金去改善城市出行服务的公司，我们的确没有什么理由不支持反而踩刹车呢？至于私家车何时能够合法的进入专车服务呢？这不是一个技术问题，这是顶层设计的问题！

扫二维码分享本篇文章

第六部分 娱乐业的两个棋眼：IP 与二次元

了解今年娱乐产业，从读懂 IP 开始。我们综合作者陈昌业两篇文章《阿里腾讯华谊爱奇艺乐视五巨头共话 IP：这究竟是个什么鬼》以及《< 芈月传 >、< 花千骨 > 版权纷争：IP 是中国影视的补药还是春药？》，呈现影视行业人士各方视角对 IP 的解读。

接着，再让我们关注下娱乐圈的新起之秀——二次元。对于生活在三次元的 90 前来说，这无疑是一个需要从头学习的新世界。你可以借助创新工场投资总监的文章，了解为什么 VC 们愿意对内容与二次元连连下注。

最后让我们关注 BAT 在体育与娱乐行业的动向。体育行业，在万达引领下，互联网大公司在国内、海外“买买买”；而音乐领域，百度音乐和 QQ 音乐则虽然手握重金、坐拥版权也玩不转，看不到规模商业化的曙光。两篇文章《阿里万达乐视腾讯，四巨头纷纷在体育上下了什么注》《如果百度音乐与 QQ 音乐都撑不下去，其他人何以为继》分别带领你看清，这两个行业里正在发生的前沿动向。

阿里腾讯华谊爱奇艺乐视五巨头共话IP：这究竟是个什么鬼

本文作者陈昌业，本文内容由陈昌业两篇文章综合编辑而成，除了同题文章（发表于2015年3月31日），另一篇文章是《<芈月传>、<花千骨>版权纷争：IP是中国影视的补药还是春药》（发表于2015年11月16日）

最近一年的时间里，IP可能是互联网大佬们在“勾搭”娱乐产业时最高频使用的词汇。无论是互联网领域的大佬还是娱乐产业的大亨在描述公司愿景和产业蓝图时，IP一定是不可或缺的核心词汇。对IP的推崇以及无处不在地使用，一方面展现了互联网圈子一贯的中英混搭的语言“壁垒”，另一方面又可以在简约的缩略语里隐约感受到比其内涵更为丰富的外延。

但对于IP的模糊使用、泛化处理又难免令人怀疑大家是否真的对IP理解呢？如果业界不能在IP的内涵和外延上取得共识，不能在围绕IP的商业模式和产业模式上合力出击，那么大家的讨论不过是皇帝的新衣式的狂欢。

虎嗅邀请到了互联网+娱乐产业的五大巨头——陈肃（乐视影业创新事业副总裁）、程武（腾讯公司副总裁兼腾讯互动娱乐事业群影视与版权业务部总经理）、刘春宁（时任阿里巴巴集团副总裁兼数字娱乐事业群总裁）、李岩松（爱奇艺副总裁兼爱奇艺影业总裁）、王中磊（华谊兄弟传媒股份有限公司总裁兼影视娱乐事业群总裁）——一起探讨IP究竟是什么？为什么今天行业广泛使用IP这个概念并热烈讨论IP？对IP价值的挖掘和开发，该怎么做呢？

IP究竟是什么？与过去的“知识产权”“版权”相比一样吗？

版权在法律意义上有严格的描述，而IP在内涵上则既包含版权，在外延上又不仅限于法律意义上的版权。既可以是一个故事，也可以是一个概念；既可以是一个作品，也可以是一个角色或明星。不被物化的IP具备了更大的可延展性和更立体的可塑性，能够在全景、多维的产业生态里落地、生根、发芽。

王中磊：简单来说，知识产权只是一个法律名词，而IP则是一个拥有更大商业想象空间的产品组合。

程武：IP可以是一个故事、一个角色或者其他任何大量用户喜爱的事物。

李岩松：IP在圈内我们更多已引申为"可供多维度开发的文化产业产品"。而好的IP则尤其指的是"极具商业价值和开发维度广泛"的产品，它从根源上可能体现为多种形式，如漫画作品、文学作品、游戏、某原创短片等，甚至只是一个概念。

陈肃：乐视影业所理解的IP大概分为三个层面。第一个层面我觉得还是一个内核的价值认同，无论是一个游戏IP、影视IP、小说IP，还是动漫IP，它最内核的一层其实是价值认同，再往外它其实是承载价值认同的产品形式，最后才是外层的表现形式，你到底用明星、用大制作还是用小制作等各种表现形式。

刘春宁：与通常意义上的知识产权或者版权相比，范围更广，场景更立体，与业务和用户的结合度也更高。从影视的布局、制作到视频到音乐平台、娱乐宝平台甚至客厅电视平台，都可以看成通过IP产生的内容与消费者建立联系的场景，完成消费体验的渠道。

为什么今天行业广泛使用IP这个概念并热烈讨论IP？价值在哪里？

互联网企业的帝国架构、生态系统需要更灵活的IP来孵化和繁衍产品，以发挥生态系统的优势。与好莱坞的版权开发、产业链延伸不同的是，互联网渗透后的娱乐产业已经具备了在生态内"随意"开发IP产品的能力，并可以通过自有生态和外部生态的对接令一个IP产生出指数级的价值增量。而"电影"不再是传统好莱坞产业理解的火车头，在今天，电影更像是一个注意力的放大器，能通过大银幕的注意力聚合以及媒体关注下的影响力扩散来创造一个特定IP的轰动效应，从而惠及该IP衍生的各种产品。

李岩松：之所以IP的概念在行业内广泛流行起来，其实得益于电影作为文化产品的消费影响力已经从影院观影远远延伸到了产业的前端和后端，而多个成功案例的促成则让这种热度一再升温。

程武：目前，大家都开始谈论IP是好事，只有共同的关注与重视，IP才能得到保护，才能让价值得以发挥。但坦率说，整个行业对IP价值的挖掘能力还是非常弱。比如我们看《变形金刚4》，大家都觉得票房很高了，超过10亿美元，可我们要知道，看一部电影可能就花几十上百块的电影票，但要是想买个正版擎天柱模型，可能要花上几百甚至数千元。在美国，一部大片的衍生品的收入往往占据总收入七成以上，是电影票房的数倍，而在国内，正好相反，衍生品市场几乎是一片空白。互联网时代下，我们并不是没有机会。腾讯互娱希望通过文学、动漫、游戏、影视等多元业务的协同，打造出属于中国的超级 IP。

陈肃：我一直认为其实好莱坞的体系在品牌的系列开发上已经做得很好了，是我们的榜样，包括多源的衍生模式。但是我认为我们还是要一方面借鉴，一方面创新。到了互联网时代，最终 IP 的价值其实是一种文化认同，这种文化认同才是它中心的核心价值，这个核心如果你只把它简单地作为另外一种文化材料或者产品形式来去重新包装、重新变现，快速变现的话，我认为这个 IP 的价值后续开发是值得打一个问号的。后面的包括衍生的各种产品这些，我觉得都要打一个问号。

刘春宁：IP 对于构建商业壁垒是一个很有效的手段，尤其是创意类、文化类产品的知识版权，通过有效的 IP 保护和挖掘，能够形成产业链条的良性发展，而且 IP 对于企业的商业价值也是至关重要的，例如企业价值的体现除了固定资产价值，IP 类的无形资产也是重要组成部分。

狭义上 IP 是仅属于专业人士或者公司所有的作品知识产权，但是阿里巴巴的互动娱乐平台如娱乐宝、虾米音乐人等可以让普通消费者也参与到内容的制作和创意过程当中，普通人也可以拥有自己的作品 IP 并实现商业化，让更多的基于优质内容的商业模式有所突破，也正是 IP 真正的价值所在。

王中磊：IP 概念的热度提高其实在传达一种关于行业趋势的信息，就是优质娱乐内容的稀缺性和重要性。对于娱乐行业来说，谁能提供最优质、最丰富、并拥有品牌影响力的娱乐内容，谁就能拥有最大的用户粘性，创造出最大的商业价值。

以系列电影为例，若仅仅作为电影版权，院线上映、电视台购买、视频网站购买，一圈走下来它的商业生命就结束了；而作为一个娱乐 IP，它可以向上游倒推成为网络文学作品，可以横向开发成为电视剧、网络剧、同名互联网游戏，经典场景可以向下搬进电影主题公园制作成大型游乐场所供游客亲身游玩感受；同时，这些新的娱乐内容又会反哺电影品牌，为其提供更大的影响力，从而为下一部电影的成功打下基础。这样一部电影的生命周期就被极大的延长了，其价值也会得到最大化的释放。

高擎 IP 大旗，却仍只是思想的巨人、草莽的做派

其实国内电影产业在版权开发上的脚步从未停止，也一直在互联网的二次元世界里找可以开发做电影或衍生为其他娱乐产品的版权。在 BAT 满世界吆喝 IP 之前，本世纪初著名的互联网公司盛大，从游戏起家，后来收购并布局了网络小说（盛大文学），还联合新丽传媒合资成立了影视公司，盛大的业务版图与当下的腾讯互娱多有相似，陈天桥曾经更是宣称要将盛大打造成中国的迪士尼。

而在盛大之前，传统电影企业们不管是引进小说、游戏、动漫、戏剧的版权来开发电影，还是反向地从电影输出版权到小说、游戏、动漫、戏剧等，都并不是处于“史前时代”、“蛮荒文明”，2002 年电影产业化改革伊始的几年，张艺谋、陈凯歌的大片几乎都做了小说、游戏的开发，在《喜羊羊与灰太狼》成为中国动漫史新的里程碑的那几年，此片的授权形象玩具开发也是如火如荼——为什么之前的十年、二十年电影业自己没有成就出今天被互联网企业们渲染的 IP 大时代呢？

版权保护不力，所有理想都只是梦幻泡影。从录像带到 DVD，国内与好莱坞在产业链的比较上，家庭录像（Home Video）几乎是缺失的，从盗版到专为播放盗版制造的播放器，中国制造业厂商把电影业的一条生路掐断了，要知道家庭录像是好莱坞目前仍然极其重要的利润来源；后来有了迅雷、电驴、BT，然后是快播、网盘，互联网厂商接过中国制造业的薪火，再次想用户之所想、急用户之所急，要不是互联网厂商们在视频领域的白热化争夺，差点就几乎毁掉了互联网平台上的 VOD 业务（按需点播）。

有类似状况的还有电子书阅读 App，滋生的盗版电子书资源令图书市场溃不成军，与之伴随的是免费的大量的网络小说倒是成了今天的炙手可热的 IP。但其实在上个世纪末本世纪初，互联网尚没有接入全民的时期，学生之间传阅过大量的非正规出版物，其中不乏一些令女生想入非非、令男生面红耳赤的低俗小说，与今天很多的网络小说何其相似。

在一个用户版权意识漠然、商家版权意识淡薄、版权司法和执法均疲软的社会生态里，过去谈版权开发是镜花水月——那么，今天呢？

《鬼吹灯》作为一支今天被人人称颂的超级 IP，被企鹅、鹿港、向上以及万达、乐视“共享”，不止于“一鱼三吃”的局面也让这部小说的影视改编权剪不断理还乱，可见包括作者和被授权方在版权开发上法律意识和责任意识的淡薄。有意思的是，本应因此赚得乐不可支的作者天下霸唱却自称“写作的人很弱势”。

与十年前相比，当下除了版权买家们更有钱了，似乎并无更大进步。此前，《何以笙箫默》亦是上演了雷同“剧情”，该小说的电影改编权竟能同时在乐视和光线手里，作者也出面表示了无奈，甚至指责乐视影业违法，但最后三方竟谁都无过，但却绝非皆大欢喜。

《芈月传》编剧署名权纠纷，湖南卫视《三体》招商被指授权尚未拿到……有关版权的混乱纠葛被 IP 的巨大光芒照射下，显得格外刺眼，又颇为滑稽。

在 IP 战略设计方面，当下的中国影视企业堪称思想的巨人，但是在具体的实践层面——霸道总裁仍不过是草莽英雄的做派罢了。

IP 价值的挖掘和延展，要怎么做？

冷静和有耐心，超级 IP 不是一蹴而就的，需要养，需要慢慢发酵，急功近利地粗暴开发不仅无益于企业自身的产品价值最大化，更有害于全行业的长远发展。不是所有的 IP 都适合在生态系统内培育、开发，专业和专注地 IP 挖掘是企业必须时刻谨守的原则和方法。

程武：我们既希望电影成为我们 IP 培育中重要的一环，通过电影的热播，让一个 IP 迅速实现量级的价值提升，同时我们也希望一个电影 IP 出现后，能够集泛娱乐生态之力，让小说、漫画、游戏等更多的衍生体验以及模型等衍生品也能一起提供给用户。

李岩松：电影市场现在精力十足，从来不缺热情和想象力，我们反而需要强调和时刻提醒自己的是，冷静。这一点至关重要。能做到冷静，IP 的概念会一直广为流传下去，将来也会看到更多的成功案例。但如若冲昏头脑，无法保持冷静，泡沫破裂的那一刻，也是 IP 概念沉寂，甚至沦为贬义词的那一刻。爱奇艺影业不会简单地转化 IP，我们考虑的是全局的每一步应该如何配合，节奏应该如何把握，IP 是一个有生命力的整体，而不是利益的机械拼凑。

王中磊：随着 IP 概念的火爆，企业“天价收购某小说版权”的新闻络绎不绝，我认为市场应该保持理性，无论是创作者还是片方，都不要急功近利，幻想一蹴而就，这并不现实。我们需要对市场和观众保持敬畏，用专注的态度做好自己的每一部作品，“优质”是所有 IP 延展和开发的必要条件。是不是所有得到市场认可的电影都可以进行 IP 延展？当然不是，很多故事是不具备足够的延展空间的。比如一部小制作爱情片，没有标志性的大场景、没有强烈的故事情节，依靠明星效应或营销炒作获得了不错的票房表现，但延展开发的空间却会很小，不具备改编游戏或者开发实景娱乐的基因。

刘春宁：IP 的核心价值的挖掘和延展，片方需要关注的不光是 IP 内容的市场化，更重要的是通过大数据把用户对这个题材、文化的喜爱融入到产品当中，这也是 IP 核心价值的一部分。比如去研究发现用户喜爱这个 IP 的原因、挖掘核心的元素，基于 IP 的大量粉丝，可以从他们身上探索这个 IP 为什么吸引人，再讲其价值重点凸显出来，并进行深度的挖掘，成为广义上的内容营销的平台。同时，片方与版权权利人合作共赢也是互联网健康发展的重要特征之一。

陈肃：一个好的 IP 其实它是两代人甚至三代人的一种价值认同，核心价值的延续最终会形成一个 IP 价值矿，我们乐视还是要深挖这个价值矿，有一个 building up 的过程，有一个生态运营的过程，有一个用户价值的逻辑，最终你这个 IP 开发的深度以及广度，甚至长度它都是由你前期投入、运营、开发来决定的。

作为一个内容提供商或者创作者他应该更多地还是要围绕价值源头的定位和开发，

不要过度地去进行价值，所谓的价值的变化，这个价值认同的变换不要轻易地去做。当然它可以完成升级，比如说《何以笙箫默》是个等待的故事，我们能不能做成一个不是被动等待，而是主动寻找的故事，是不是对现实更有意义？我觉得这些都是可以讨论的，但是你不能说《何以笙箫默》就变成了一个情色片，它就失去了它本身的价值源头，最初吸引人的动力或者是魅力了。

总结：IP 狂热背后，产业软实力准备好了么？

对 IP 的追逐和对 IP 概念的热捧源自互联网大举进入娱乐产业的趋势使然。在 BAT 用基因和资本构建的生态系统里，IP 就像是可以裂变、增殖的细胞，在系统内的各个区域再生、成长、繁衍。

但，十年前，当电影产业还在用版权衍生来描绘产业链环节增值的宏大蓝图的时候，昔日的江湖大佬们就深知中国电影产业之所以始终无法企及好莱坞完备的商业模式，原因就在于一方面对盗版侵权的行业监管不力，另一方面企业自身对培植优质内容缺乏耐心和实力。而时至今日，这两个问题并没有因为进入互联网 + 时代而根本改变。

通过采访，能够清晰地感受到巨头们对 IP 的理解和洞悉是相似的，而他们的共识是构建良性、规范的共生共融的产业生态的前提。愿景从来是激动人心的，而道路则从来都是充满险阻的。当资本在狂热抬高追捧 IP 的时候，巨头们身处的外部环境和一直在扩张的内部环境是否准备好了呢？这些还需要留待时间验证，特别是行业监管者们是否已经在观念上和方法上准备好了建立起能够帮助和激励市场主体们培育 IP 和发展超级 IP 的健康环境呢？

扫二维码分享本篇文章

动漫和二次元是两个东西，VC 们本质上投资的是垄断

本文作者是创新工场投资总监陈悦天，原文发表于 2015 年 12 月 23 日

为什么要投资内容？

无数人问我这个问题，按照“传统”的 VC 逻辑，我们不应该去投上游的内容生产，既耗时费力、没有持续性还很难规模化。但是我想说，这是基于我们对于目前整个中国内容产业链的特殊状况作出的判断。我来分三点来回答。

1. VC 们到底投资什么？

我想，应该是投资可能产生垄断的机会，垄断是基于某个产业链环节的市场份额来说的。垄断也是大公司基业长青的保证，基于高市场份额的垄断公司可以制定行业标准，拥有更高的利润率，从而在未来的竞争中也同样占有先机。

所以 VC 们不是一定要投渠道和平台，只是因为在渠道和平台端，由于靠用户最近，在 C 端的传播扩散更容易，网络效应更容易产生，导致垄断形态的产生概率更高而已。

2. VC 们本质投资的是垄断

但是垄断并不一定产生于渠道和平台环节，考察海外大型传媒公司的发展路径，Disney、NewsCorp、Viacom 等，有好几家是从内容生产端先产生了更大规模的垄断之后，向下收购和自建发行、营销、渠道端做起来的。垂直整合的前提是在当前产业链环节做到足够大的垄断规模，这样对环节上下游就产生了更大的议价优势。

中国的内容产业链（特别是视频类内容）现在的状况是什么样子？

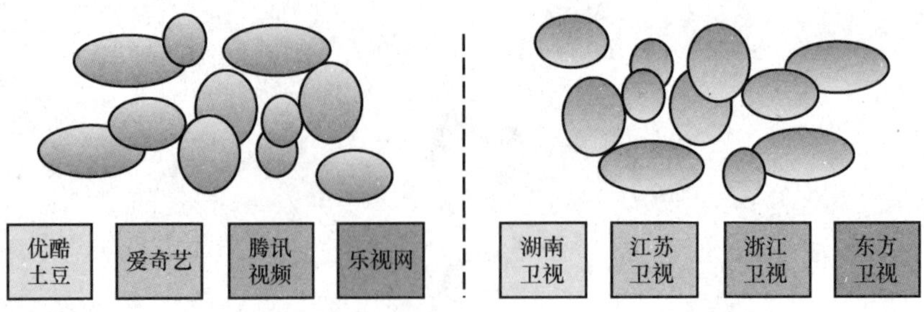

经过多年的渠道乱战，上方是相当分散的各种内容提供方，图左是线上渠道的情况，图右是线下渠道的情况。线上优土背后是阿里，爱奇艺背后是百度，腾讯视频是腾讯自己的，乐视是家千亿市值的上市公司。线下 4 家卫视和后面的同类拉开了巨大的差距（广告收入和收视率上）。视频目前是中国互联网流量的必争之地，所以这样的寡头垄断局面短期内看来不会有终结的迹象。

那我们就来思考一个可能性，有没有可能上游出现一个更大的垄断形态的内容制作或者内容发行公司，利用现在的市场博弈窗口，获得较大的市场份额呢？内容制作和发行端是没有机会的吗？目前就我们了解到的流量结构，流量向头部内容的集中程度还是相当明显的，这可能归功于常年视频渠道端烧钱购买版权的状况，把上游养肥了。

在美国和日本，YouTube 作为 UGC 的温床，Netflix 作为高清点播的渠道，Niconico 作为弹幕视频的代表，在其所在的每个市场几乎都是垄断的。所以上游的大型内容生产和发行公司很难做大，尽管出现了 MCN 这类的运营公司，由于可选择的平台太少，只能作为平台的寄生。但中国的视频产业格局是明显不同的，故而内容端的机会也不一样。

当然大家也会问，平台会不会整合上游的制作力量，那回过头来，整合也是好事，VC 们的投资，就有了一个好的出路。

3. 基础设施下沉

再谈得更泛一些的话，中国的网络内容产业正在进入一个“基础设施下沉”的阶段。而内容端在这个“基础设施下沉”的年代，本质上成为了流量入口。

“基础设施下沉”这种现象，其实发生于诸多历史上的新兴行业，比如早年的铁路网络、电网、有线电视网络、电信网络、互联网。可以看到，大部分是平台型的机会。

平台和渠道型的公司，网络效应较好，市场最终往往会被垄断或者寡头垄断。但又由于本身服务的泛用性较广，多是比拼效率，所以差异化空间必然小，利润空间也会在竞争过程中逐步挤压，最后都会逐步成为基础设施下沉。然后基于这些较好的基础设施，其上的商品、服务、内容可以脱颖而出，其中有一些会具有较好的利润空间。有一些，发展成未来的渠道和平台。

像现如今的电子商务、O2O、互联网金融、互联网教育等，莫不如是，大家有没有发现有很多 O2O 平台已经渐渐成为基础设施开始下沉了？

这么看来内容端，无论是点播形态的大型视频网站，还是直播形态的 9158、YY、斗鱼等，如果短期内不能迅速垄断市场，都会面临上游大内容 CP 的议价和挤压。事实上，秀场业务被多家演艺公会把持多年，业内没有道破罢了。当今的视频平台之争，也是因为当年优土合并没有一下子垄断市场，乐视网上市、爱奇艺携百度的巨量资本直接参战。

归根结底，靠资本推起来的壁垒（外购版权和流量），只要土豪加入战斗，壁垒不攻自破。视频平台的核心差异化点早已不是产品和技术了，不然芒果 TV 不会在 1 年半的时间内异军突起。壁垒应该是自己产生独家内容的能力，不管是 PGC 还是 UGC。在受众心里树立起品牌和差异化的服务，让用户“爽”到，才是长久的经营之道。

另外常碰到的一个问题：“请帮我说说二次元吧？”好吧，那我做一下知识普及。

NACG 产业链到底是什么？

这条产业链其实是参照着日本目前的业态搭建起来的：

N——Novel 轻小说；

A——Animation 动画；

C——Comics 漫画；

G——Game 游戏。

在日本，内容类产品的改编路径在早些时候是 N->C->A->G，但是近年来会发现逐步跳过了 C 的阶段，变成了 N->A->C->G。这意味着一本热门的轻小说会被直接改编成动画之后才会同步成为漫画作品，这可能和动画产业的产能提高和产业链完善有关。

N 即为轻小说，是一种在日本年轻人中非常流行的内容形态，主要的特点为：

轻量纸的纸质书本；

每页没有多少的文字；

文字大多为剧中人的对话；

在关键场景和核心人设上采用漫画的方式来固定感觉，更有冲击力，但是同时文字的生产效率要比漫画高。

以上 4 个特点使得轻小说在阅读的过程中，读者感觉非常轻松，唰唰唰地就翻完了一本书，阅读目标感明确，阅读成就感倍增。其主要的写作题材也多为魔幻、校园、恋爱等青少年喜闻乐见的题材。生产的过程一般就是作者一个人拼命写，有极少部分采用作者团的机制，但是成型的模型并没有被很好地开发出来。

C 为漫画，这个就比较好理解了，90 年代初的时候大部分中国的书报亭和书店都有售各类的黑白漫画书，当前在中国有以下几种形式：

黑白漫画，日本的大部分故事类漫画，国内《漫友》、《漫画行》上的作品多是传统的黑白故事漫画；

彩色四拼一漫画，《知音漫客》和《漫画世界》上大开本周刊上面的基本是这些漫画；

四格漫画，比如像老夫子之类的，多是幽默类型的超小短篇；

条漫，顾名思义，长条状的漫画，在移动平台上多见，微博上现在很多；

漫画比小说就是画面感更强，冲击力更好，但就是生产成本高，内容积累慢。

一般漫画的生产过程中涉及到几种角色，漫画家（主笔）、漫画助手、漫画编辑。漫画家一般是创意（包括故事、人物、世界观等等）的源头，漫画助手是帮助漫画家提升效率的核心，漫画编辑是漫画面向市场和受众的比较重要的开口。

A 为动画，这个就更好理解了。

一般谈论到动画在“中二”的年龄明显把人群隔成了两拨人，14 岁以下的内容被称为子供向动画，之上的内容被称为少年（少女）向动画。

顾名思义，子供向动画的特点是题材低幼。由于受众年龄小，所以播出渠道往往选择在电视台。后端商业模式单一，一个是玩具，一个是文具。玩具做起来的动漫公司上市公司最好的例子就是奥飞动漫，上市的文具公司就是晨光文具，他们也投资了一家漫画公司。

但是子供向市场最大的问题就是小孩长得太快，而且每年长大都会鄙视从前的自己，抛弃从前的内容。付费也都是家长口袋里掏，所以是个非常难伺候的市场。

少年（少女）向动画就不同了，由于都是在中二青春期自主意识非常强的时候开始喜欢的内容，非常容易狂热地爱上一辈子，因为这种内容消费定义了“自己”。像我还深刻的记得当年自己一遍遍看 EVA 的场景。少年少女向的漫画无论是周边产品、影视剧、游戏，开发的空间都很大，后端变现模式多，前端的内容就可以多投入，产量和品质就可以提升。

G 为游戏，也更好理解了。这就不多说了、游戏制作、游戏发行、游戏渠道，都各有门道。

创新工场，顺着这条链子，每个环节都有布局，比如 8kana（不可能的世界）、橙光 66rpg、有妖气（已出售给奥飞）、翻翻动漫、卢恒宇与李姝洁工作室、绘梦文化等公司。在这个系列文章的最后有每家公司的公司志，大家可以去翻看。

动漫和二次元是两个东西

在本文的末尾，需要谈一谈的是一个非常重要的纠偏点：动漫和二次元是有区别的。

动漫作为一种内容表现形式，它的地位是应该和小说、电影、电视剧等内容形式齐平的。其上可以承载的故事和所要表达的精神内核是可以多种多样的。

国内以前的状况是动画的播放都只在电视台，受严厉监管，所以国家定位动漫为低幼类内容，很多内容不能用这种形式表现。网络视频平台，特别是像 AB 站这样的专门平台的发展，使在网络上播放原创动漫内容成为可能，很多青少年向和成人向的内容有了展示的空间。

从国产动画和漫画的质量和数量来讲，中国的动漫产业还有长足的发展，空间还非常大。所以，多多关注动漫内容生产端的机会，一定会有很多收获。

而二次元是作为当前主流的动漫内容（大部分是日漫和日本动画）所衍生出来的一种文化，这中间的用户是存在一道转化的，不是所有的动漫内容的消费者都是二次元用户。观察市面上大部分的产品，内容消费类产品如 Bilibili、布卡漫画、布丁动画、腾讯动漫，基本上的日活跃量级都在百万以上，但是社区社群类产品，特别是二次元向的社区类产品，日活跃基本都是百万以下，第一个坎是过 10 万，然后是 30 万，然后是 50 万，50 万日活的产品非常少。

所以内容消费，是动漫领域的最底层需求；基于内容消费，其上才能构筑文化和社群。抛弃内容消费谈社群，都是扯淡。

扫二维码分享本篇文章

阿里万达乐视腾讯，四巨头纷纷在体育上下了什么注

本文作者曾西瓜，原文发表于 2015 年 9 月 17 日

昨日（9 月 16 日），乐视体育 CEO 雷振剑在微博中确认，乐视体育又挖来重量级“干将”，曾创办《南方都市报》《新京报》的资深媒体人程益中即日起正式加盟乐视，出任乐视体育 Le Sports HK 的 CEO。此外，更有消息称，乐视体育微博中所称的：9 月 22 日“出大事”，是指乐视以 4 亿美元的价格拿下了未来三年香港的英超版权。

仅一周前，阿里巴巴才刚刚宣布成立阿里巴巴体育集团，正式进军体育产业。同在 9 月，另一个巨头万达继收购世界第二大体育市场营销公司瑞士盈方体育传媒集团后，又收购了两家意大利体育公司。

中国体育产业还从来没有如此火热过。阿里巴巴、万达集团、乐视体育和腾讯是目前在体育产业布局最为引人注目的四家巨头，四家基于其不同的基因、战略和资金体量，在体育产业这条共同的跑道上，有着不同的跑法。

阿里巴巴：“找伙伴”，一个恒大淘宝怎么够！

阿里布局体育的先天优势无需赘言：电商零售平台＋大数据＋资本。在成立阿里体育集团前，电商出身、缺乏体育基因的阿里巴巴的策略很简单——“找伙伴”，阿里将切入点首先放在了产业的下游，其逻辑是：利用“粉丝经济”快速切入，选择在全球有影响力和粉丝基础的俱乐部和明星进行合作，选择拥有最多赛事版权的体育公司进行投资：

去年 6 月，阿里巴巴战略投资广州恒大足球俱乐部，以 12 亿元人民币获得后者 50% 的股权，球队改名为“恒大淘宝队”；

今年 5 月，马云旗下的云锋基金领投了对乐视体育的 A+ 轮融资，获得了后者 7.3% 的股份，在控股股东中位列第二；

5 月 27 日，天猫国际宣布与德国拜仁慕尼黑达成战略合作，拜仁 2015 季球星战衫将通过天猫国际向中国 9000 万拜仁粉丝首发，未来还会全球同价发布大牌球星限量球衣及相关产品，拜仁成为了第一个与天猫国际合作的足球俱乐部；

7 月，天猫国际与西甲豪门皇家马德里足球俱乐部达成战略合作伙伴关系，皇家马德里海外旗舰店正式入驻天猫国际，阿里巴巴还将帮助皇马在中国市场开展一系列商业计划；

8 月，NBA 球星科比宣布将其自传记纪录片《科比的缪斯》授权给阿里巴巴天猫魔盒独家发布，并与整个阿里集团合作开发科比相关衍生品；

9 月 8 日，阿里巴巴宣布正式成立阿里体育集团，阿里体育集团由阿里巴巴集团控股，新浪和云锋基金共同出资。阿里体育的第一个动作就是与美国大学 Pac — 12 联盟结成独家战略合作伙伴，在未来两年内在阿里不仅会包揽 Pac-12 中国区常规赛的比赛直播、票务，还将在天猫国际平台上线销售 Pac-12 联盟的球队周边商品。

对于阿里体育的成立，也有媒体文章指出：

“体育产业不外乎上游的体育版权、播控平台以及终端和体育周边，但阿里在这些方面都没有基因，也还没表现出优势，而阿里的优势是电商，是服务和云端。虽然阿里也与 SMG（上海东方传媒）和优酷土豆有合作关系，但毕竟人家都是独立运营的，并不受自己掌控。阿里当然也可以卖体育周边产品，但毕竟卖的都是别人家的东西”。由此来看，阿里巴巴成立体育集团，颇有急于在体育产业市场占地盘之意。”

阿里体育的未来计划目前还没有太多细节信息，但大方向将是通过版权、体育媒体、赛事运营和票务，继续将电商平台应用在体育产业当中。（虎嗅注：阿里在 2015 年 12 月宣布冠名世界顶级足球赛事世俱杯，阿里体育张大钟在后续采访中称阿里体育的思路是要做“体育经济的基础平台”，而不会介入到对版权资源的疯狂争抢中。）

但是，正如文章开头所讲到的，阿里布局体育更多的是出于整个阿里集团的战略考量，目前，阿里生态体系内已包括阿里影业、阿里健康、菜鸟网络、蚂蚁金服、苏宁云商、银泰商业、海尔、日日顺、圆通、微博、优酷、魅族等企业，以及新加坡邮政等一系列海外投资。现在，体育产业已经上升为国家层面的策略，阿里绝不能缺席，并且，阿里一直有意进军内容产业，而体育正是内容产业的一个重要分支。

另一方面，也是最重要的，阿里试图通过体育进一步实现产业的国际化。据阿里巴巴集团 8 月公布的第二季度财报，阿里巴巴第二季度国内营收占总收入的比例为 83%，海外业务发展迫切，而体育的粉丝经济是阿里把跨境电商做起来的一个突破口。

万达：想当全球第一，最快的方式就是——买买买！

万达是一个有着体育基因的公司。从 94 年入主大连华录足球队，成立大连万达足球俱乐部，创造八连冠的辉煌，到如今在海外市场大量并购好的体育公司、球队和赛事，20 余年中，掌门人王健林无论从个人还是商业层面上都没有缺席过体育产业，同时他也深谙体育产业的发展规律。体育产业是万达“大文化”产业布局下的重要分支，现在王健林的目标是：将万达打造成“全球最大规模的体育公司”。万达看重的是产业上游稀缺的赛事资源，他的策略是——买买买：

今年 1 月，万达以 4500 万欧元的价格收购西甲三大豪门之一的马德里竞技俱乐部 20% 的股份；

2 月，万达宣布携手三家投资机构打败 11 个竞争对手，以 10.5 亿欧元收购瑞士盈方体育传媒集团 100% 股份，其中万达集团控股 68.2%，根据公开资料显示，盈方是全球第二大体育市场营销公司，也是全球最大的体育媒体制作及转播公司之一，该公司所拥有版权的媒体转播涵盖 25 个体育项目，在足球和冬季运动领域全球排名第一，其手中的权益涵盖了国际足联，包括世界杯在内的、在亚洲 26 个国家和地区的足球赛事转播独家销售权，最为重要的是 2018 年以及 2022 年两届世界杯的销售权，下半年盈方的足球和冰雪项目将在中国市场落地；

5 月，万达领投了对乐视体育的 A 轮融资；

7 月，万达发布声明，宣布将在今年下半年加大并购步伐，完成国外 3 家、国内 3 家大型企业的并购，同时推进海外企业业务在中国落地；

8 月，万达控股的盈方体育以 10 年 2.6 亿欧元注资德甲球队美因茨；同月，万达以 6.5 亿美元并购美国世界铁人三项公司（World Triathlon Corp）100% 的股权，该公司拥有铁人三项赛事版权，占全球长距离铁人三项运动份额的 91%，收购时王健林留下豪言：“未来将一两家体育公司合并在一起去 IPO”；

本月，万达控股的盈方收购意大利足球营销公司 Gsport 和体育传媒公司 Sport09，两家公司的客户包括意甲和意乙的多家知名俱乐部。

为什么要选择并购的方式？王健林在今年万达上半年工作总结时说了这样一段话：

“文化、体育、金融等产业资源，特别是上游产业资源，基本已被欧美企业瓜分，想自己发展基本没有可能，只有通过并购才能获得。”

毕竟是自己 20 年前就苦心经营过本土俱乐部的资深体育老板，王健林心里非常清楚自己去培养一块牌子有多么艰辛，并购拥有稀缺赛事资源的海外成熟公司的确是最快速有效的布局方式，这些赛事资源相比转播版权拥有着长效的价值，万达还期望通过并购调整整个集团的产业结构。

但王健林也同时表示，万达不是土豪，什么都买，其在体育产业并购上有自己的逻辑：并购的体育公司业务必须能在中国落地，只有这样这些在国外每年只有个位数增长的公司才能实现每年 20% — 30%的增长。

相比其他三家，无论从资金实力，还是投资眼光和经验来看，万达操盘体育的能力是最强的。

乐视体育："找概念"，讲生态故事

去年 12 月，乐视体育剥离母公司乐视网开始独立运作，将公司的业务形态描述为"赛事运营 + 内容平台 + 智能化 + 增值服务"，相比其他三家，乐视体育的业务几乎涵盖了产业的上中下游，是目前来看体育产业链最长的一家。乐视体育的策略是："找概念"，将重点放在赛事转播版权的积累上，和阿里、万达比起来，乐视体育的资金体量相对弱势，拥有的是短线资金，这决定了他们必须在能够变现的资源上发力，换句话说，乐视求的是花一块钱，产生两块现金流。

乐视体育在赛事版权上的"疯狂"无人不晓，他们拥有的版权数量几乎每个月都在更新，截至今年 8 月，这个数字达到了 200 以上。除了欧洲五大联赛、CBA、欧冠篮球、亚冠、中超、WTA 与 ATP 巡回赛这样有较大观众基础的大众赛事，他们还买下了自行车、高尔夫等相对小众项目的版权。"买入海量赛事版权"是年初出价 6 亿美元却眼看 NBA 网络独家直播权落入腾讯之手的贾跃亭为乐视体育规划的突围路径，他们的目标是要"拥有 90% 以上的国内外体育赛事版权，无死角覆盖大众体育、高端体育和精英体育"。就在今天，又有消息称，乐视以 4 亿美观的价格拿下了未来三年香港英超的版权。

在赛事运营方面，今年 2 月，乐视体育与国际冠军杯（ICC）4 年的合约，乐视体育负责截至 2019 年 ICC 中国区赛事的信号制作、内容转播、版权分发、票务赞助等全部工作。7 月 25 日国际冠军杯在深圳举行了 AC 米兰对国际米兰场的比赛，这是乐视体育涉足赛事运营的首秀。

在智能硬件方面，8 月 11 日，乐视体育在 PPT 发布会 4 个多月后发布了 3 款超级自行车，此前，乐视体育还在美国设立了总部，乐视体育 CEO 雷振剑在接受虎嗅采访时曾透露，早期业务重心会放在产品技术上，在体育内容基础的内容传播价值链和运动健康领域，例如手环等可穿戴产品两个方向上进行研发。为了在智能硬件上取得突破，他们还尝试从硅谷挖来谷歌、苹果的工程师。

增值服务。按照乐视体育的定义，基于为庞大用户提供除内容以外服务的项目，如体育彩票、体育培训、体育电商、体育票务和体育游戏等，都属于增值服务。

在现阶段，体育彩票和体育游戏的互联网程度相对较高，但政策监管力度很严；体育电商则因为与传统行业的融合度不高，还未到达一定的规模；而体育培训和体育票务的互联网化程度较低，业务模式尚不成熟。

腾讯：聚焦重点 IP，依靠社交基因进行品牌运营

腾讯布局体育的思路很简单，依靠自己强大的社交基因，拿下顶级赛事版权，进行品牌和社群的运营。通过体育＋社交＋支付＋游戏，试图将用户有效串联在腾讯的生态内，并实现变现。

腾讯今年最大的杀手锏就是 1 月以 5 亿美元（约 31 亿人民币）的价格拿下了 NBA 未来五个赛季的网络独家直播权，这也是每个赛季将覆盖 1500+ 场次比赛直播。除了网络独家直播权，腾讯还拥有 NBA 30 支球队所有比赛播放权以及其他网络平台播放 NBA 授权的“剩余权限”，这意味着腾讯能够将每个队的比赛打包给球迷包年观赛，产生付费内容，只不过付费市场还需要培养，这也是所有体育视频网站所要面对的共同问题。

同时，腾讯获得授权运营 NBA 官网 +30 支球队官网和 NBA 官方唯一中文社区，及 100 大球星专属社区，背靠微信、QQ 的平台资源，与用户形成强互动，增加用户粘性。海量高黏性用户可以为 NBA 周边商品的网上销售带来巨大的可能。

更重要的一点是，NBA 还授权腾讯开发篮球方面的互动游戏，游戏的变现能力，你懂的。据懒熊体育，游戏正是 NBA 最看重腾讯的地方。

相比其他三家，目前看起来腾讯是最“专心”的，抓住 NBA 这样一项顶级赛事版权，从上游到下游深耕细作，似乎试图要在五年时间里将 NBA 的商业价值利用到极致。5 亿美元可不是白花的！

不难发现，阿里和万达涉足体育的出发点基于整个集团全产业链的布局需要，体育产业是其围绕核心战略进行的生态业务打造，而乐视体育和腾讯原有的媒体基因决定了他们的布局由内容的积累开始。

扫二维码分享本篇文章

如果百度音乐与QQ音乐都撑不下去，其他人何以为继

本文作者张昭轶，原文发表于2015年9月7日

BAT站在了音乐产业的米字路口。

在阿里欲重整音乐版图之际，同为国内巨头的百度和腾讯却要临阵脱逃了——百度音乐的转手可能已接近达成，而腾讯是否出售QQ音乐或许已箭在弦上。免费MP3下载是百度崛起时的基石产品之一，QQ音乐也曾是腾讯系早期重要的明星产品。官方至今还都未正式公布变动消息，绝大多数普通用户还蒙在鼓里，并不晓得百度音乐和QQ音乐发生了什么，但埋藏在互联网音乐泡沫下的那些现实，已经构成了两大巨头卸掉音乐服务的理由。

音乐入口不过是个伪概念，十年流量一场梦

音乐类的App一直是手机用户的宠儿，黏住海量用户的入口特性吸引了巨头对互联网音乐的纷纷投资与布局，但在海洋音乐系的酷狗音乐和酷我音乐正扮演流量入口的角色，与Go桌面、Hao123等展开正面竞争之外，QQ音乐和天天动听也囤积了海量用户，新生儿网易云音乐在近期才宣布用户破亿，都构成了移动用户的“入口”。可是对比所谓的“入口”，微信的后面有游戏和支付，京东的后面有电商与金融……在收费音乐服务远远未普及的今天，音乐类的App背后有什么支撑？

对流量的争夺还在持续：面临Web端与导航类网站等竞争、移动端与应用商店等竞争，海洋音乐系的酷狗音乐和酷我音乐，可预见的“入口”空间会越来越窄。一方面新鲜的App会越来越多，用户的分流也就越多；另一方面用户汇聚的焦点还是在微信和支付宝钱包等超级App，音乐类的App还很难如愿。在流量转化方面，已彻

底退出第一梯队的百度音乐和豆瓣FM一样，也曾力推音频广告，但都未成功；QQ音乐的绿钻一向是收费数字音乐的标杆，可绿钻的营收数据基本不会公开，站在版权方的角度从分账是能推算出绿钻能赚多少钱的，但要告诉你的是千万点击量也可能换不回一分钱的分账，与每年向大型唱片公司支付的版权预付费用堪比九牛一毛，至于弱势厂牌几乎没有分成机会。

如果坐拥2亿用户、日活用户达7000万的QQ音乐的绿钻营收都如此惨淡，日活用户只有百万级的虾米音乐，会员和收费下载的营收会怎样？

请自行想象。

流量本身是有价的，但只有挖掘出可转化的价值，“入口”才真正具有意义。音乐类的App争取来的用户时间是珍贵的排他性资源，但囤积了用户之后，若不能创造足够的价值或是增值于其他项目，即使是海量用户的“入口”后面依然是死胡同。百度音乐和QQ音乐的历史都长达十年之久，近几年的价值挖掘却都未能真正地构成规模化，活血的“入口”也都不成立。更重要的是，维持流量和“入口”的角色是要有代价的，比如版权就是一本硬账。

版权泡沫的膨胀与用户价值的迷失

保证音乐App流量的手段之一是购买版权，但事实上版权成本在逐年走高。现在的音乐版权究竟有多贵？互联网公司每年向华纳、索尼、环球和滚石等唱片公司支付的预付款都是几千万起价，华研、福茂等级别的预付费用也在千万元级别。

再早两三年，百度、腾讯和阿里巴巴若是联合拿下所有唱片公司的音乐版权，就能更容易地在音乐市场中实现垄断并抬升版权价格，这完全是提高后进者壁垒的最直接手段。但彼时的BAT不够默契，海洋音乐的搅局和网易云音乐的异军突起，打破了版权的壁垒，数字音乐的用户在BAT三家之外还是被分流走了不少。

随后互联网音乐的乱局就有了更多的流量竞争者，BAT之内的初衷是产业布局，BAT之外的动机是资本市场。即使在流量不能实现价值转化的前提下，各家对版权还处在一味地争抢的状态，导致版权的市场价格更贵，甚至盲目地超出理性。

与国外不同的是，国内的版权交易多是高昂的预付款模式：一方面预付款的额度至少是基于这些内容可产生营收的数倍，数十倍甚至数百倍；另一方面预付款相对不透明的分配机制，去向不明的同时也很难量化单一歌曲获取用户的数量与时间，以及相对成本。

这与存在相近的预付机制但可实现回收与实现后付（互联网平台内容运营实现的营收超过预付款，要按约定在合同期内继续分成）的数字阅读、视频和游戏内容等相比是有根本不同的，流量的转化与回收在互联网音乐领域一直都没有成熟的商业模式，也更不存在彻底的赢家。

“入口”的失效与版权价值的虚高都会是令百度和腾讯舍弃音乐的理由。“开源不成，不如节流！”从性价比的角度，捅破音乐版权的泡沫也是一种理性的回归。

造成流量转化之困难和版权交易之盲目的根本原因，还是在于用户价值的迷失。“听音乐”虽是一种普遍性需求，但满足的替代方式有太多，电脑软件和手机 App 不是唯一，看电视的选秀节目就能是一种“听音乐”的方式，去场馆的演出现场更是“听音乐”，甚至 KTV 也能算“听音乐”的方式之一；究竟有多少用户会因找不到一首歌而苦恼？比如周杰伦的歌曲在虾米音乐被强行下架时，一些用户的确有颇为不爽地留言，但在内地独家授权的 QQ 音乐之外，周杰伦的铁粉真得就听不到周杰伦的数字音乐了吗（毕竟还有 CD 和 U 盘专辑、海外数字商店，甚至盗版分享等多种渠道）？而对于非铁粉的用户就更谈不上构成体验的致命伤害了。

独家版权究竟能有多重要？是已有的存量内容重要，还是增量的 TOP 内容更重要？毕竟对于互联网平台而言，更重要的不是现有的曲库数量，而是用户数量和时间的相对占有率。预付曲库不能拯救世界，筷子兄弟的《小苹果》、宋冬野的《董小姐》和逃跑计划的《夜空中最闪亮的星》等 TOP 内容都不在巨额预付的曲库之内；而对于新生的明星歌手如李志、好妹妹和陈粒，他们的作品也不在享有巨额预付的唱片公司阵营之中。

互联网音乐平台最高昂的成本，不是失去对新内容的占有，不是欠缺产品体验的创新，也不是商业模式的难于改进，而是纠结于对产业发展过高估量的存量曲目的预付款从而错失上述种种的机会成本。从这个角度来看，无论情愿与否，互联网音乐公司一开始就把资源押在了不适宜的地方。

如果百度和腾讯真的都舍弃了音乐？

第一，快速膨胀的版权价格或有所缓解。一旦百度和腾讯退出音乐内容竞价，阿里将是内容采购的直接受益者，而坐拥酷狗和酷我、依托囤积曲库版权争取来话语权的海洋音乐，要在短期内提升两者流量的价值变现能力还没有眉目，再不完成 IPO 就更容易折损自身的估值。

第二，创新的机遇会越来越多，但是在 BAT 之外。看起来，阿里音乐团队阵容豪华，也不缺资本，面对百度或腾讯退场属不战而胜。但失去竞争也不一定是多好的事情，相反对于网易云音乐，或者唱吧，甚至荔枝 FM、喜马拉雅等音频服务厂商，在一定程度卸掉版权巨额预付的包袱之后，这些音乐玩家集中在产品体验和用户运营的创新可能会更多。

第三，产业模式与话语权的重定义。随音乐曲库的扩容，内容也不再相对稀缺，推歌本身就是一件困难的事情。相对欠缺知名度的厂牌或歌手，争取音乐平台的推广资源比要价作品版税更重要。

现在的格局是，音乐造星与成就冠军曲目的事情都发生在互联网音乐平台之外，比如电视选秀节目、或者基于事件或群体的社交网络传播。但未来互联网平台在产品体验或用户运营的层面再有突破之时，提升音乐作品及歌手本身的价值就会在互联网平台充分体现，音乐内容的版权方和用户平台的经营者的话语权也会重新定义，就算彼时商业模式的成立，依然需要话语权强势的一方抵住短视的贪婪，着眼长远的投资，才能营造健康的产业生态环境。

在转手之外，还有什么更好的选择？

目前，无论百度音乐出售和 QQ 音乐转手还都是业内风吹草动，官方都未辟谣或者正式发布新闻，但在 BAT 之外，更合适的接盘者还没有出现。毕竟，音乐服务卖掉之后，创新以及新规则的制定，百度和腾讯基本就没机会了。等音乐版权的价格回归理性还需假以时日，而后进者的接盘和创新则要等更久。在未有稳健商业模式的格局之中，上下游链条的“拼接式整合”并不能提升运营效率和创造协同价值。即使依托资本强收一个用户端的产业链条，也不能根本地解决价值转化末端的死环——同时拥有唱片公司和互联网平台的海洋音乐就是个活标本。

另一角度，卸掉音乐服务是被动地捅破泡沫，主动开源是否还有新的机遇？音乐本身是不会退却的内容消费需求，在人们生活中的需要程度是越来越深的，只是音乐内容价值的实现（商品化）会与音频载体之外的元素复合化，就好比如今推歌和造星的战场早已扩展至纯粹听歌的场景之外。可不管是电视节目、影视作品和游戏娱乐，以及线下的各种消费场景，音乐服务都会是体验的重要构成之一。但新的商业模式诞生，依赖的必要因素既包含资本在内的产业资源，也还有面向市场的用户价值实现。基于音乐的粉丝经济也好，还是音乐之于其他商业服务的增值，都还有无限的空间。

摩登天空创始人兼 CEO 沈黎晖在 2014 年的虎嗅听书会就表示：

“在国内和国外音乐产业整体都是越来越繁荣的，不管是词曲创作、现场演出还是周边衍生都在增长，衰退的也就是唱片一个板块而已。”

在音乐内容与价值实现趋向复合化的环境，BAT 无疑是拥有足够资本和富饶产业资源的强势参赛者，而且谁还能比这三家公司拥有更多的用户，也更懂本土的用户呢？

扫二维码分享本篇文章

第七部分 互联网金融：奇兵逆袭、泥沙俱下

互联网金融成为一个谈及互联网时绕不过去的产业，始于 2013 年中期余额宝的诞生。以虎嗅网为例，2013 年 6 月之前，“互联网金融”这个文章标签只出现过几十次而已，在余额宝之后半年就出现超过两百次。

2015 年的互联网金融，是传统金融行业醒过神来的一年，也是互联网资本全力以赴向前冲的一年。很多在 2014 年仍然处在萌芽期的设想，已经逐步成为值得为之奋斗的朝阳产业；也有很多曾经认为前途无限的产品，被市场证实难以做大。

我们选出了 2015 年虎嗅网上值得被记住的八篇互联网金融文章。

年初的《风口还是悬崖？互联网金融六模式在 2015》一文，与其说是预测，不如说是对 2014 年的总结。新的竞争并没有逃离原有的发展路径，让人唏嘘的是，等待一年的 P2P 行业在年底的 12 月遭遇了“e 租宝”崩盘惨剧，恐怕未来行业轨迹都会从此改写很大一部分。（顺便提一句，在“e 租宝”事件之后，深受其害的互联网金融行业开始选择近乎鸵鸟式的应对方法，纷纷宣称“e 租宝”和它背后的钰诚集团根本不是 P2P 或互联网金融。只要将这些伪 P2P 和伪互联网金融的害群之马清理掉，仿佛剩下的公司就能自动恢复名誉。笑话。如果“e 租宝”真不是 P2P，事后诸葛亮们早干嘛去了？）

未来的互联网金融市场会如何？在残酷的竞争之下，是会出现市场第一名和第二名合并的大一统局面，还是始终能为小而美的机构留一点空间？《互联网金融：逆袭、普惠，还是众生平等》提供了有点哲学意味的思考，描绘出一个有着头部和长尾的、去中心化的、生机勃勃的海洋。

可是中国的互联网市场又怎能绕过 BAT 三巨头呢？有人很讨厌这个缩写，但这三家同时出现的场合实在太多，需要抓住的用户又是同一拨。《BAT 都要连接人与服务：手机百度、微信和支付宝谁能胜出》中，从连接的角度看互联网金融，会发现 BAT 仍然掌握大量绕不过去的互联网资源。

被认为是恐龙的银行们也在行动，国有四大行和股份制银行都正式将互联网金融作为一个重要战略。《从红包大战，看银行与微信支付宝的差距》一文，试图探讨一种体制上的根本差距。尽管有人说金融的本质永远是金融，可是银行这样的组织架构却有可能跟不上互联网的节奏。

上述猜想并非危言耸听，当腾讯、阿里作为民营银行的探索者发起微众银行和网商银行之后，两种组织架构的冲突仍然在继续。《勿以空想压垮微众银行幼苗》是要降低旁观者不切实际的期望，即便是最追求速度的互联网，也需要一个反复磨合和探索的过程。

曾经被寄予厚望的舶来品众筹，已经完全成为中国式竞争。涉及新奇特产品的众筹，已经完全偏离了 Kickstarter 的轨道，这种预售类众筹该看看这篇文章：《众筹？哥（阿里）玩的是预售，以及优等生京东和成绩差的百度……》；涉及股权投资的众筹，则是八仙过海各显神通，想搞明白恐怕需要看看《一张图读懂国内股权众筹平台背后的商业逻辑》。

最后，你还需要看看《电商、银行、消费金融公司、P2P 平台、分期网站……消费金融还缺什么》。在整个国家的经济迫切需要拉动消费的时候，究竟是依靠拉动消费做点事情，还是被拉动消费贡献储蓄，当然值得了解清楚。

（虎嗅作者：康宁）

风口还是悬崖？互联网金融六模式在 2015

本文作者康宁，发表于 2015 年 1 月 18 日

2015 年刚刚开始，一起展望下互联网金融这个年轻行业的未来。

如果说 2013 年底的时候仍然有很多企业和资本没有意识到这个风口，在刚刚过去的 2014 年可真是火力全开玩命投入。同时，在 2014 年第三季度，互联网金融的标杆产品余额宝第一次出现规模下降，可以看做这个行业蜕变的重要节点。荣耀和光芒从余额宝和货币基金身上褪去，散落到整个互联网金融行业中去，现在终于可以肯定互联网金融这个新词不会像“互联网思维”一样成为难以明确内涵的笑柄。

以下是我认为会在 2015 年有进展的六种互联网金融模式，托互联网快速迭代迅猛发展的福，它们是风口还是悬崖很快就会见分晓。

一、集火手机支付的第三方支付

当支付宝通过 PC 端收费的做法把用户引导向手机 App 支付宝钱包的时候，可能未来方向还有疑问；当苹果扔下 iBeacon 推出 Apple Pay 之后，所有人都会明白支付的未来在手机这个终端上，不管是银行卡还是 PC 端，商业价值最高的消费行为都会慢慢被手机这个移动支付怪兽蚕食掉。不能占领手机，支付就没有未来。

曾经热闹非凡的第三方支付市场，会出现金融领域少有的自然垄断，大部分互联网企业和金融机构都没有能力独自参与这片残酷红海的竞争。

支付宝牢牢掌控着中国网民的消费行为，这从 2014 年底的十年账单秀中就能看出，如此惊人的数据积累无人可以撼动。可微信这款超级 App 又在掌控所有人的手机使用时间，即便走下神坛，也没有厂商敢肯定微信不会突然把自己代替掉。2014 年的微信红包突袭没有对全局产生什么大影响，支付宝的市场占有率仍然在上升；可是反过来看，没有微信群的社交关系链支撑，其他产品对微信红包不会产生任何威胁。2015 年，支付宝的全面推进和微信支付的单点进攻之间，我认为结局仍然和 2014 年差不多：支付宝钱包和微信支付之间难有重大格局改变，只是这两家身边的竞争对手们日子会更加难过。老大老二打架，必然是老三老四遭殃。

至于 Apple Pay，这个根本不留存交易数据只提供交易通道的模式，从理论上说具备改写竞争格局的能力。可是从银联和银行的反应速度来看，我认为最大的可能是支付宝和微信账户直接可以登陆 Apple Pay，传统金融机构的账户继续被互联网架空。

关于巨头们死磕支付，最令人向往的场景还是打车软件之争，如果没有考虑到两位干爹背后抢夺移动支付用户习惯的价值，区区打车软件不太可能具备如此烧钱的实力。今年打车，你猜是少花钱、不花钱还是能找机会挣点钱？

二、等着另一只靴子落地的 P2P

曾经预计 2014 年下半年会有明确监管规则和行业洗牌的 P2P，就这么提心吊胆迎来了 2015 年。和一年期一样，关于 P2P 行业的各种方向性监管意见仍然不断出现，可明确的法律法规还是不出现，让整个行业仍然无法和“非法集资罪”彻底划清界限。

所有人都知道 P2P 这个行业已经太拥挤了，大量资本同时进入让 P2P 平台在全国范围内遍地开花，根本无需考虑怎么盈利、怎么风控，只要能把网站架起来，就有敢给高收益的资产找上门，也有敢博高收益的用户拿出真金白银。

这样的乱局并不能靠自律得到改善。可以预见，2015 年进入 P2P 领域的企业会越来越多。按常理说，P2P 的直接融资模式与银行的间接融资模式在逻辑上是矛盾的，两者不该有直接冲突的机会。可是在中国，银行仍然是最大的金融资产拥有者，之前的信托、券商等都曾承担银行资产通道的角色。P2P 行业的资产规模仍然太小了，就像五千亿之前的余额宝曾显得永远不会遇到增长瓶颈一样，必须达到足够的规模才能看出 P2P 模式未来能走多远。

尽管包商银行和招商银行在 P2P 上的尝试都暂停下来，在 2015 年银行与 P2P 的关联还是会越来越多。例如近期中信银行与宜信达成的资金托管协议，是第一次银行介入 P2P 资金托管。一旦这个领域有明确监管法规可以执行，能否找到大银行提供资金托管信誉背书会立刻成为 P2P 行业洗牌的起点，现在依靠 P2P 业务小型第三方支付更会遭到灭顶之灾。

三、借力风口起飞的流量贩子

很多号称是互联网金融的项目，说的好听一点是互联网创新金融渠道，但实际上就是一群流量贩子罢了。

最典型的例子就是门户网站们纷纷做起理财和 P2P 的生意。不方便点名，但是这些靠新闻发家的网站究竟有什么做金融的实力呢？归根到底，这样做无非是把手里的流量变现而已。同样的，门户广告导流作用已经日渐萎缩，那么把做新闻树立的牌子和拥有的流量导入自己品牌的理财项目中去，绝对是利益最大化的高明选择。

在 2015 年，这样打着“理财”旗号把各种资源在互联网金融领域变现的行为会越来越多。门户网站可以卖牌子卖流量，小网站和 App 可以直接代销有返点的理财产品，各种公司资源都可以投入这个就算不盈利也可以立刻有大量现金流入的行业搏一把。

新浪微财富为 5000 多万坏账兜底说明整个行业风险很低吗？恰恰相反，刚性兑付只会让风险更加集中，咱们在 2015 年一定可以看到母体与债务巧妙切割的案例。

四、看上去很美的征信和金融大数据

随着腾讯和阿里主导的民营银行开业，征信和大数据会成为 2015 年的热点话题。长远看，这些民营银行的意义非常深远，可是在经济下行周期仍未结束的 2015 年能取得怎样发展仍然让人十分担心。更何况民营银行试图发力的个人消费领域除了信用卡还有京东白条和阿里花呗，个人贷款领域更是早就被 P2P 行业搞成同行间会动刀子的红海，有可能夹在商业银行和互联网金融企业之间成为两头尴尬的四不像。

大数据已经成为一块遮羞布。如果你真得打算使用这个技术，只需要并不复杂的模型就可以对自己手里积攒的数据进行分析并且得到结果。至于结果是不是正确、拿来当宝贝的到底是不是真正的大数据，就无从知晓了。2015 年我们应当对每一个号称使用了大数据的企业保持警惕，如果不是真有数据积累和掌握新技术的能力，“大数据”这个词很有可能只是用来掩盖短板或漏洞的障眼法。

五、从股权降格为电子产品预售的众筹

众筹曾被国内市场寄予厚望。然而在股权众筹屡屡受挫之后，国内众筹甚至没法复制一个能为奇思妙想提供舞台的 Kickstarter，而是迅速陷入高速复制和激烈竞争的电子产品市场，成为一种吸引注意力的预售网站。如果真像老外们那样想通过众筹网站实现奇思妙想，可能的结果要么是你得有实力先把产品生产生产出来，要么是更有实力的大厂商会帮你把你的创意生产出来。

即便如此，2015 年的众筹仍然是非常值得关注的领域。即便是预售类众筹，也有可能成为聚集用户流量的兴趣社区而非单纯消耗流量的电商。至于股权类众筹，仍然要等监管政策放行之后才有资格谈商业模式。

六、闪耀技术光芒的比特币

2014 年比特币最疯狂的时候，我曾经在知乎上与比特币专家们有过很多争论。争论中我很惊奇地发现，那些信仰比特币的专家缺乏基本的金融学知识，不仅认为通缩这样的事情没有发生过，甚至敢说通缩没什么大不了。也正是这样一群中国炒家，把中本聪原本指望人人都能用自己家用电脑参与同时保障自由交易清算的比特币挖矿体系，用专用矿机和大型矿场冲击得一塌糊涂。

比特币可能失败，但是中本聪等顶级黑客们留下的算法和创意不会失败。作为彻底去中心化的尝试，比特币只是一个开始。在比特币被爆炒的几年里，各种山寨币和新模式都没有停下发展的脚步，不断在比特币的基础上进行各种算法改进。新的算法如果能在去中心化和引入金融机构成为中心之间找到平衡，我认为会有了不起的新产品诞生。

正因为如此，我才把比特币这个近来有点销声匿迹领域放在最后。中国互联网不缺能挣大钱的企业，也不缺迅速引进和改良商业模式的高执行力人才，更不缺源源不断提供励志鸡汤的高管，唯独缺少像中本聪这样提供全新思路、全新算法并且为互联网打开一片全新世界的黑客。希望我们能在预测互联网金融商业模式之外，早日有底气预测中国黑客的创新工作。

欢迎关注作者的微信公众号理财实验室（微信号：MoneyLab）

扫二维码分享本篇文章

互联网金融：逆袭、普惠，还是众生平等

本文作者王康的思想力量，发表于 2015 年 3 月 7 日

无数的生物生活在浩瀚的海洋里。到目前为止，我们都仍不清楚，海洋的深处是否还有我们压根不知道的生物存在。

一直有一个感觉，如果有什么自然界的东西可以来对比互联网的话，那么就是海洋了。

互联网也是如此。文艺青年、2B 青年、脑残粉、杀玛特……。这些在前互联网时代，可能压根没有话语权，也不是影响力中心的边缘群体和亚文化群体，成为主导互联网思辨和共识的一个重要力量。

所谓“得屌丝者得天下”，因为在绝对数量上有绝对优势。中国社会在互联网上的投射，是一个巨大的、熙熙攘攘、去中心化的“操场”，就像《三体》小说里的“二向箔”造成的二维效果，而不是传统中国金字塔式的精英社会。

从某种程度上来说，互联网上的中国是一个各种人群比较平等，更接近理想状态的民主社会。

互联网对于社会的改造，大致如此。

从另一个维度考察，电商对传统零售体系的冲击和改造，也是直截了当地压平了从供应商到最终客户的所有环节。亚马逊、淘宝和小米，让大的分销商体系如沃尔玛、苏宁和手机大盘商们失去了很大的话语权。

那么互联网金融对于金融的改造，是否也会如同互联网对于社会结构，电商对于传统分销体系的改造呢？

从金融的历史和起源来判断，极有可能我们也会遇到这个历史的进程。

金融的一个特征是信息链条很长，且不对称。例如证券市场上利用内部消息谋取巨大利益的老鼠仓。投资银行家设立并购基金，通过拆分企业主业，分拆出售而获得巨额利润等，都是通过信息不对称或者别人不知道的隐含信息，而获得暴利。

金融的第二个特征是大体量资本和大型公司的垄断性机会。

从金融效率上来说，显然大体量资本更容易获得不一般的投资或者交易机会。上市公司的大型增发，或者在大型工程中的银团贷款，就是大体量资本垄断力量的一种肌肉展示。综合性业务越齐全的公司，如金融控股型的花旗集团等，业务遍布金融行业的每一个细分领域，越能够猎食大型的金融业务。相比之下，独立性的业务，无论是信托公司、投资银行还是公募基金，都很少会能在大型的融资机会中获得业务机会，最多也就能够分到一点点小型业务。

简单地说，这更像是一个丛林，或者是一个生态体系。

而互联网金融的出现，极有可能会改变金融行业的这两大特征。

对于信息不对称——在新闻和信息以光速传递而且足够丰裕的互联网上，单个投资人和投资人群体的决策，更有能力地贴合“理性投资人”和“有效市场假说”。

在互联网时代，已经不可能再有 Lazarrd 兄弟靠信鸽赶在报纸投递之前进行股市投资发财的“神话”。专业垂直兴趣社团的深度研究，更是时常超过专业分析师团队的分析能力。

而互联网带来的“投资机会 – 投资者”之间的直接对接，也会去掉一切媒介的价值，将过去依靠“资本肌肉”生存的机构“恐龙化”。

例如，如果巴菲特直接向全球的投资者开放募资机会，相信会出现世界上最大型的对冲基金。在美国，创业型的公司，现在已经可以通过股权众筹，直接融到可以将“灵感变成产品”的足够资金。“余额宝”的出现，已经对银行业务的核心——存款的基本商业模式形成了极大的冲击，收益率反而是次要的。

那么，过去那些稀缺性的、只向高净值客户（拥有较大的个人金融资本）开放的投资机会，是否可以直接成为屌丝们的“发财工具”?

从金融行业的效率而言，这种形态完全可能。因为过去约束私人银行发展的主要有三个因素：

（1）理财师所能够提高深度服务的客户总数有限；

（2）投资机会有限，所需要获得的资金并非无限；

（3）散户多的话，服务成本随之提高。所以有很多基金更喜欢从机构投资者这里获得大额资金。

传统金融行业最明显的缺陷是，各种渠道所收取的渠道费用极其不菲。

而去“媒介化”的互联网金融，可以带来如下几个优点。

（1）整个融资链条上中间成本的降低——因为网上的自由竞争，金融渠道费用未来会压到最低的费率。融资者可以用尽可能低的、接近市场价格的成本获得资金。

（2）投资者可以实现更高的收益率——整个融资链条的中间成本降低，投资者可以享受到几乎与市场融资价格一致的收益。

（3）金融效率的提升——客户可以自主和自助投资决策。（就像之前大家必须要到证券营业所才能下单，而现在可以在网上直接下单。）理财师因此可以照顾更多的小型客户，服务半径从几十名可以放大到几千名，而收入也可以随之增加。

综上所述，互联网金融确实会走向“普惠金融”的大方向，间接融资渠道就规模变小（银行等），直接融资市场被无限扩大，供给（融资方）和需求方（投资者）两个市场的相互扩大，中间渠道的消失，将使整个金融体系更具效率，并进一步提升经济的效率。

如果是这样，丰裕经济学法则又会上演。资产配置选择项的极大丰富，即便是屌丝阶层，只要对风险能够有一定的认识和接受程度，也可以实现完美配置，而不是像过去那样，被金融资产的门槛阻拦在财富自由的门外。

同时，太阳底下并无新事——金融市场的风险特征，不同生命周期人群的工作性收入曲线、人性对风险的恐惧和对高收益的贪婪依然会保留。

所以，基于专业性的产品设计、风险控制、产品筛选和基于客户利益的资产配置等在“丰裕经济学”的“再造稀缺”机制，反而会更大行其道。

举个例子。在无数的选择面前，专业性的个人导购者和形象设计师成为很吃香的工作。

如果是这样的话，互联网金融还会是一个“海洋世界”，我的预测是。

A. 根据产品的风险和复杂性，P2P、众筹至 PE 股权投资分布在不同的水温层（从海底到洋面），各自有各自的生态环境。

B. 海洋里的主导生物，将是具有设计或者筛选能力，精于资产管理、另类投资和财富管理，有品质保障的全市场型公司（如海外的黑石、中国国内的平安集团，还有小很多但是精于另类投资的诺亚财富，招商银行的母公司招商集团），而且同时拥有互联网和移动互联网能力。（例如平安旗下的陆金所，招商银行旗下的电子银行，以及诺亚财富旗下的互联网金融平台员工宝，定位于白领理财。）

C. 食物链的最高端，还是各类资产管理行业的高手，如巴菲特，索罗斯，如 PIMCO 的 BILL GROSS，中国的赵丹阳、李华轮，等等。

D. 简单的金融分销渠道将失去市场价值，如银行的柜台网点、如目前的信托产品的第三方分销机构，将会更多地转向财富管理中心模式。这种趋势在招商银行特别明显——金葵花理财中心配置的人数已经超过柜台服务人员。

如果是这样，互联网时代的金融，将不再是一个少数寡头垄断的金字塔式的市场，而是一个有着头部（全市场综合性金融机构）和长尾（细分市场或者垂直行业领域）的、去中心化的，生机勃勃的海洋。

如果是这样，互联网金融未必能保证让每一位屌丝都上演完美逆袭，却给了每一个人提供充分的选择权力。也就是说，过去的金融鸿沟被跨越，众生平等，但是成为什么样的人，还是取决于自己的努力。

一个很富有哲学意义的最终形态。

扫二维码分享本篇文章

BAT 都要连接人与服务：手机百度、微信和支付宝谁能胜出

本文作者寻空，发表于 2015 年 11 月 17 日

“连接”是互联网时代提及度非常高的一个词，PC 时代，BAT 分别实现了人与信息，人与商品，人与人的连接，也正是靠着连接为用户带来的价值，BAT 的格局在 21 世纪头一个 10 年结束后初步形成。但移动互联网这一全新时代的迅速到来让“连接”一词有了更深的含义，在这个时代，产品不只需要连接人与信息，人与商品，人与人，还需要基于用户的场景和现时需求提供后续的服务，帮助用户完成基于需求的全流程闭环服务或解决方案。

在移动互联网时代，BAT 目前都在朝这个目标努力转型，产品的移动端转型和大手笔的收购都是对它们既有连接的有效补充，这也决定着它们未来的商业模式和利润空间。

百度转型策略：加强后端服务，形成生活 + 体系

在 2014 年百度世界大会上，李彦宏称：“在移动互联网时代，搜索引擎的作用正由过去的连接人与信息变成连接人和服务。”这可以说是百度决心逐渐加强连接人与服务的体现。

在移动互联网时代，用户搜索信息的行为依然是高频次的，但很多时候，用户并不是搜索之后就结束动作，这仅仅是服务的开始。比如一个典型场景，用户在移动端搜索某一部电影，获得电影的信息之后，他决定到电影院观看，然后直接基于自己的位置购票，紧接着他会查询路线并打车到达电影院，最终拿着购票的二维码扫码进场。

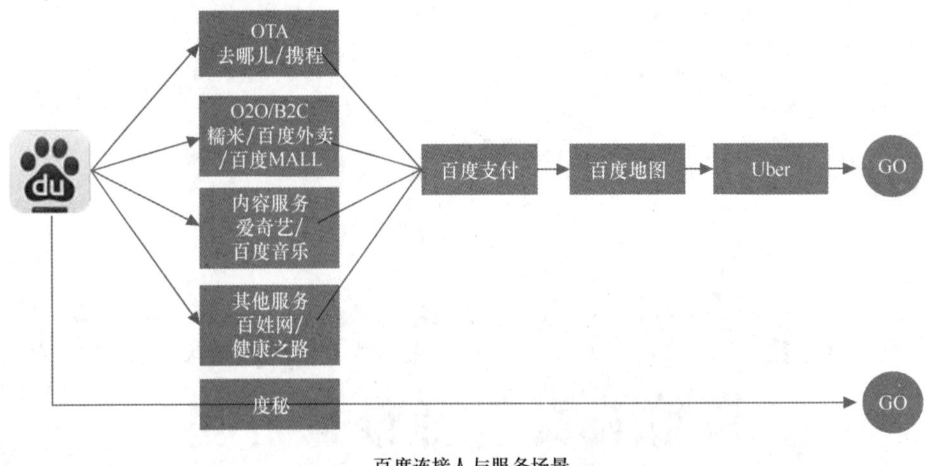

百度连接人与服务场景

公众号：xunkong2005

在这里面通常百度只完成第一步，但连接人与服务的价值就需要百度完成这里面的所有环节，上述的场景涉及到的应用有手机百度、百度糯米、百度支付、百度地图、Uber。

理论上来讲这个场景应该是一个连贯的、理所应当的流程。如果百度能够提供一个体验完美的流程，它在连接人与服务的角度上是最有优势的，因为服务的第一个动作搜索是在这里完成的。但移动互联网时代多极化状态，用户真正使用的应用可能是这样的：手机百度、美团、支付宝、高德、滴滴打车。

百度在连接人与服务上提供了一个生态，但却没有让这个生态的各个组成部分成为组合拳，达到 1+1 大于 2 的结果，因此百度需要大力加强搜索之后流程的掌控力。

百度连接人与服务的策略都是围绕手机百度和它的几亿用户来的，从 2013 年的轻应用到 2014 年的百度直达号，百度试图直接在手机百度这个 App 上完成连接服务的全套动作，但后面这两个产品的沉寂证明这个策略并不高明。发力糯米和携程、去哪儿合并后，百度逐渐找到了方向，开始打造手机百度 +O2O 的一体化服务。百度连接人与服务环节中最弱的一项目前看来是支付，这一环短期来看不好解决，但是对于百度来说如果能够控制支付以外的其他所有环节就算成功。

核心连接工具：手机百度（度秘）、百度糯米、百度地图

百度连接人与服务的核心工具当然是手机百度，三季报指出，2015 年 9 月百度移动搜索业务的月度活跃用户人数为 6.43 亿人，6 亿多的月活跃用户，理论上讲可以为百度搜索之后的应用如百度糯米、Uber 导流，但移动互联网时代应用自身的功能和体验更为重要，因此除导流外，后端产品的设计力和推广力至关重要，从这方面来说

投资 200 亿给糯米是正确的决策。

除此之外，事实上百度还有一个杀手锏，那就是人工智能度秘，度秘的成熟尚需时日，假如有一天人工智能取得突破，上述说过的那个场景可以直接简化成一句话："帮我订一张距离最近电影院的《007》并带我去那里，"剩下的就由人工智能去完成了。

连接人与服务的优劣势：

优势：（1）对服务开启端搜索牢不可破的控制力，（2）完整的服务闭环流程，（3）人工智能的突破；

劣势：（1）搜索之外产品与市场支配者之间的差距，（2）支付的弱势，（3）电商体系的弱势。

腾讯转型策略：以超级 App 微信为核心开疆拓土

马化腾曾多次讲过，腾讯的终极目标是连接一切，这个目标非常宏伟，当然连接人与服务是其中最重要也是眼下最急切的一环。

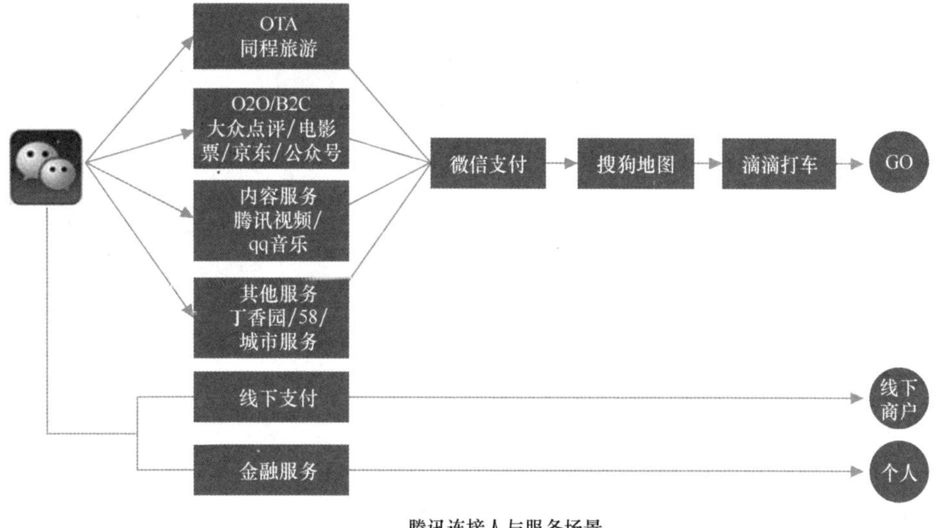

腾讯连接人与服务场景

腾讯在移动互联网时代推出其在 PC 时代 QQ 的延续性产品微信，微信在推出后迅速爆发，成为高频超级 App，并被普遍称为拿到了移动互联网时代的船票。在连接人与服务方面，微信对于手机百度的优势在于微信是一个高频应用，腾讯的报告显示：一半以上的用户每天打开微信超过 10 次，40% 的用户，微信消耗的流量占到全部手机流量的 30% 以上。

基于这个优势，本来只是一个即时通信工具的应用被腾讯构建成了一个平台，上面有很多你需要的娱乐和服务。一个基于微信的典型服务场景是这样的：用户打开微信中的钱包，在电影票中选择电影（影院已经基于位置自动定位好），然后购票、打车、到店扫二维码入场。

在这个场景中涉及的环节基本就可以直接在微信上完成，而不用跳出（体验可能会稍受影响）。这里面用到应用有微信、微信电影票、大众点评、微信支付、搜狗地图、滴滴打车，这些应用全部都在微信的生态里，并且这些应用的可替代性不像百度生态那么强。

超级 App 微信以及围绕微信形成的服务生态看起来要比百度坚固，但问题同样存在。

整合入微信后端服务如大众点评、嘀嘀打车等，其最有价值的体现应该是如上述场景中描述的，所有服务在微信内完成，这个思路其实与百度轻应用和直达号有异曲同工之处，但真实的情况是大多数用户都会跳出微信单独使用 App，造成这个结果的原因：

- 一是在移动互联网时代用户都已习惯使用单独 App；
- 二是超级 App 内的应用无论从功能还是从体验上来讲同单独 App 相比还有不小的差距，用户当然要使用体验更好的单独 App，而非微信中的一个模块。

这样，微信和后端服务应用的最大作用就是导流，以及形成微信 + 后端服务应用的互助格局，在目前来看这个策略与百度 +O2O 的差别不大，但因微信对于手机百度、美大对于糯米、微信支付对于百度支付都有巨大优势，因此整体来讲腾讯在连接人和服务上占有上风。

连接工具：微信和公众号、美大、滴滴打车

腾讯的连接工具是超过 6 亿用户的微信，超过 2 亿用户的微信支付，超过 2 亿用户的美团、大众点评，超过 1.5 亿用户的滴滴打车，这些后端应用除了搜狗地图弱于百度地图，其他应用相比百度同类应用具有巨大的优势。因此可以说腾讯基于微信的服务生态相对百度也具有巨大优势。

腾讯优于百度的另一优势在于支付生态，它的意义不仅在于完善腾讯连接人与服务的闭环，更重要的两点是：

（1）在线下开辟了腾讯服务的一条单独服务线，这很可能会成为未来线下支付的重要工具；

（2）在未来将可能逐渐建成腾讯的金融生态，从而威胁阿里的固有优势。

腾讯从入股京东，入股大众点评，投资滴滴打车等一系列资本操作，再整合进微信的整个生态系统，各产品优势相加可以说达到了 1+1 大于 2 的效果，为马化腾“连接一切”的理想奠定了坚实的基础。

连接人与服务的优劣势：

优势：（1）超级 App 微信的统治级地位，（2）基于微信的完整服务生态，（3）线下支付及金融体系的建立。

劣势：（1）搜索技术的弱势，（2）阿里金融体系的威胁。

阿里转型策略：变支付工具为生活服务平台和金融服务系统

相对于腾讯和阿里来说，马云并没有公开强调过连接人与服务的观点，因为相较于腾讯的连接人与人，百度的连接人与信息，阿里的连接人与商品天然更具有服务的属性。

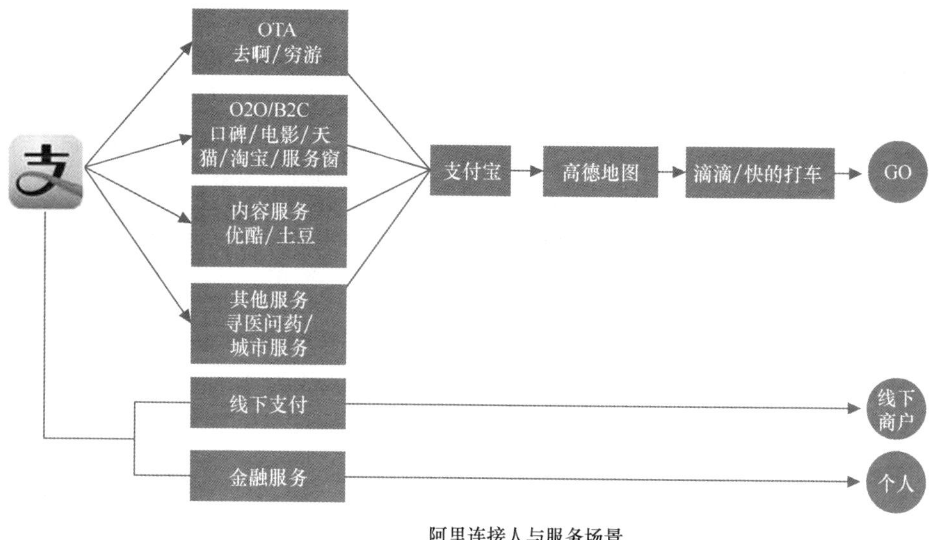

阿里连接人与服务场景

公众号：xunkong2005

在 PC 时代，阿里支付宝 + 电商 + 第三方配送系统的体系，形成了一套线上商品服务的闭环体系。移动互联网时代，阿里理所当然地将这一套体系复制到了移动端。但是简单的复制是远远不够的，因为纯线上电商的思维缺失了线下的服务体验环节（缺失了 O2O），也就缺失了连接人与服务最重要的环节。

一开始，支付宝像 PC 时代一样，被当成支付工具，但随着阿里在面对微信威胁时快速应变力的加强，支付宝逐渐被打造成了平台。支付宝 8.0 发布后，不少人觉得它像微信，除了界面和操作体验的相似之外，它还增加了公众服务平台（即现在的服务窗），实际上那就是对微信的一次借鉴，之后支付宝就头也不回地走上了平台之路，当然这也是它必须要走的一步。看现在的支付宝，有类似于微信公众号的服务窗，有与手机百度生活 + 相近的口碑，也有类似于微信钱包中的电影、打车等生活服务。

支付宝的应用场景与微信相似，但与微信相比算是一个低频应用，在连接服务方面相对腾讯和百度都不占优势，并且大多用户对支付宝的印象停留在支付和金融的属性上，因此其生活服务的概念也还需更长时间的培养。

虽然在 O2O 服务方面不占优势，但支付宝在金融服务上却占据着绝对优势，支付宝基于自己多年来的品牌积累和海量用户数据优势，可以为用户提供理财、金融借贷等一系列替代传统银行的服务。

连接工具：支付宝，商城，蚂蚁聚宝

阿里连接人与服务的核心工具当然是支付宝，支付宝 + 淘宝 + 天猫依然是移动互联网时代大多数用户线上电商的第一选择，除此之外，支付宝平台的 O2O 服务承载着其连接人与服务的核心，但目前来看，其能力是弱于腾讯和百度的。而支付宝 + 蚂蚁聚宝的金融服务系统是阿里最大的优势，这可能缔造另一个千亿级别市值的公司。

在线下支付领域，阿里同样有优势，但其也必须面对挑战，微信支付用两年多的时间做到了支付宝用近 10 年时间才做到的事，微信支付可以说是支付宝最大的威胁，从腾讯和阿里对产品的设计力和推广能力来看，二者都没有明显的软肋，因此在线下支付市场，腾讯和阿里必有一番恶战。

连接人与服务的优劣势：

优势：（1）支付宝的品牌效应，（2）支付宝 + 商城的无可替代性，（3）金融服务生态的支配地位；

劣势：（1）用户对支付宝固有的工具品牌烙印，（2）后端服务和体验生态的不足，（3）微信支付的威胁。

BAT 这三家互联网公司在连接人与服务上各有优劣势，这也使得它们的策略不尽相同，但因为最终的目标都一样（提供最便捷、优质的服务，获取最大量的用户，获得最大化的利润），因此在未来的市场上他们必将形成较长的混战期。其中阿里和腾讯将围绕着支付系统的生活和金融服务厮杀，百度、腾讯和阿里将围绕 O2O 服务进行混战。归根结底，未来一段时间将是手机百度生活 + 体系、腾讯微信银行卡体系和阿里支付宝体系的对决。

扫二维码分享本篇文章

从红包大战，看银行与微信、支付宝的差距

本文作者康宁，发表于2015年2月19日

从2014年的马年春节到2015年的羊年春节，小小手机上的红包大战愈演愈烈。在这场漫长的红包大战中，主角显然是腾讯和阿里这两家互联网公司的王牌产品：微信和支付宝。为什么是这两家互联网公司掀起这场全民话题级的红包浪潮，而不是在金融体系中根基更深的银行？

是银行不如互联网公司有钱任性吗？显然不是，亿元级别的单次宣传费用对于大型银行来说并不是难以负担，在微信和支付宝的红包大战中也有中小银行花费数千万元借势推广，缺钱不是理由。

是银行没有适合红包推广的自有渠道吗？显然也不是，各家银行的手机银行和网上银行都是非常倚重的电子渠道，围绕这些产品的银行开发团队非常巨大，即便缺乏大神级的超级程序员，IT团队和研发能力仍然远远超过一般企业。

是银行不需要标杆性的移动端产品吗？显然更不是，各家银行面向个人客户零售业务已经是喊了多年的转型，十多年前某股份制银行依靠借记卡和信用卡的零售创新一举领先其他中小银行一个身段，直到今天信用卡总发卡量也仅仅少于宇宙行一家而已，相似的弯道超车人人都想重演。

所以答案不是银行不想，而是银行做不到。正是这样优势聚集的银行们，常年来把同为金融机构的基金、保险、信托压得毫无翻身之力，却在互联网公司面前显得异常笨拙，在这场横跨两个春节的红包大战中彻底沦为出钱宣传的金主，在和用户直接联系的红包大战彻底沦为场外替补。

银行与微信支付宝的差距究竟在哪里？其实说是差距也有点不公平，毕竟其他互联网巨头同样拿微信和支付宝这两个王牌产品没辙。可是在微信和支付宝的红包大战过程中，我们又可以显著看到银行不具备的行事方式。这些差距对已经初见端倪的移动金融时代将产生无法忽视的影响，或许红包大战会成为银行不再与用户直接相连的开端。

第一，银行不具备预期之外的产品创新能力。

被马云称为偷袭珍珠港的微信红包，并不是事前就计划好的超级武器，而是一个预期之外的产品创新。在 2014 年微信红包诞生之前，类似的小额转账功能并不稀奇，只是打赏、转账等无法实现微信群红包那样强大的社交功能。微信红包诞生之初是非常粗糙的产品，一个小组根据腾讯公司春节高层领导发利是的传统做出的小功能而已。

这个原本不受重视的功能上线时根本没有配备推广资源，全靠用户自行传播就打开一片移动支付的新天地。到了 2015 年春节，腾讯和阿里的红包都配上大规模推广资源，自然创造出前所未有的全民话题级支付场景。相同的流程在银行等大企业会怎样呢？根本不会有预期之外的创新诞生土壤，手机银行等本来同样可以承载红包功能的个人金融账户和手机 App 只能按照预定轨道缓缓推进，既不能产生预期之外的惊人创新，也无法对已经在运营中证明难以推广的功能进行彻底改造。

第二，银行不具备快速迭代的产品改进能力。

2014 年初的马云哀叹遭遇珍珠港偷袭，银行们又何尝是置身事外呢？整整一年时间过去了，银行们依旧按部就班地缓缓应对 2013 年诞生的余额宝，阿里的支付宝钱包则策划出一场近乎完美的“螳螂捕蝉，黄雀在后”攻防战。支付宝红包刚登场时，虽然增加了一种猜红包金额的玩法，但主推的仍然是拼手气群红包。由于支付宝自己没有微信这样锁定用户社交关系的手机 App，所以借力微信进行推广，等于用支付宝复制出了微信红包，同样可以在微信群里抢，只不过点开红包之时会跳转到支付宝自己的网页。腾讯当然不甘心一个功能完全类似的支付宝红包在自己的微信群里玩得红红火火。果然，在支付宝红包现身不到 12 小时之后，所有用户在微信里已经无法再打开支付宝红包的网页。按理说，微信封杀了支付宝红包的页面，抢红包这个功能就没法玩了，支付宝能做的似乎只剩下抗议微信封杀。

没想到出人意外的戏份在这里上演：支付宝一边抗议封杀，一边祭出早已准备好的预案——“红包口令”，即通过几位数字自动生成的宣传图片分享到微信中，而在微信朋友圈看到数字的用户，只要打开支付宝的 App 输入数字口令就能抢到红包，这让微信封杀“恶意营销”的手段彻底失效，真可谓道高一尺魔高一丈。相比之下，银行们的红包反击仍然停留在简单的抽奖或为双方红包大战提供资金，没有任何一家银行的手机银行有资格参与其中，只能说银行的产品研发能力已经跟不上互联网企业的速度。

第三，银行不具备顺势而为的公关纠错能力。

近年来，不管规模大小，银行都屡屡遭遇各种信用风险，有些是自身服务不够好导致的真问题，也有些是公众被误导的假矛盾。真真假假搀和在一起，银行所处的舆情状况劣势为主，除了老套的正面宣传很难找到有效的公关纠错方法。相比之下，支付宝在遭遇红包差评时的做法可以为所有的银行上一课。

支付宝钱包通过手机游戏发红包之后，由于前期造势过于成功，参与人数众多，拿到的红包却很少，还有很多人拿到价值很低的优惠券。这场突如其来的差评狂潮是当天上午 10 点的红包活动之后开始的，支付宝团队在当天下午两点就给出了解决方案，不仅在下午 4 点开始的抢红包活动中增加 1200 万预算，还用各种卖萌自黑“跪求大家别骂太狠”。只用了短短不到 6 个小时，支付宝就化解了这场突如其来的声誉风险难题。如果银行遇到相同的问题，会怎样呢？且不说 1200 万的预算需要走多长的流程才能审批下来，单是“跪求”的自黑态度就无法做到，也根本没有合适的新媒体渠道与愤怒的用户直接交流。回想近几年银行、银联甚至央行在诸多互联网事件中处于的被动局面，确实有广大用户长期积攒不满的因素，但没有可靠的用户交流渠道和公关纠错能力也是事事被动的主要因素，处于下风真的是一点不冤。

每个银行从业者肯定都对这样一句话非常熟悉：“不做对公业务今天没饭吃，不做零售业务明天没饭吃”。这句话之所以会在大大小小的银行间通用，正是因为银行面临的零售业务转型难题。尽管目前的互联网金融浪潮还没有影响今天吃饭的对公业务，金额不大的移动金融业看起来不会影响明天吃饭的零售业务，可是当银行掌握的用户金融账户以及与用户紧密相连的金融关系被互联网公司切断时，现在的业务安全无法保证明天依然有饭吃。

银行们到底该怎样快速跟上互联网企业的脚步？我们已经有了太多的分析和预测。那些银行严重难以逾越的制度障碍和看不上的互联网奇技淫巧是否真得难以颠覆银行？恐怕只有腾讯和阿里主导的民营银行才能够给出最终答案。

扫二维码分享本篇文章

勿以空想压垮微众银行幼苗

本文作者康宁，发表于 2015 年 1 月 6 日

在总理视察微众银行并见证第一笔贷款后，不出所料，众多关于民营银行的宏大描述和设想纷纷出炉。官方报道中以这样一句话总结微众银行的优势，“该银行既无营业网点，也无营业柜台，更无需财产担保，而是通过人脸识别技术和大数据信用评级发放贷款”。

你从这句话中看出了什么？作为一个金融民工，我看到的是为了凑出一个值得夸耀的创新模式，用彻底对专业金融知识置之不理的态度，硬造出“人脸和大数据放贷款”这样匪夷所思的新闻点。能够理解他们急于看到传统银行业被颠覆的急迫心情，可如果真按这个路数发展下去，想想一年前吹捧微信红包攻无不克、现在扼腕微信红包好牌打坏的捧杀和棒杀，下一个被高高举起狠狠摔下的可能就是微众银行。

十三年前的银行危机

我们生活在一个激烈变革的时代，不甘寂寞的分析人士总在不断向你强调，刚刚发生的那件事是承前启后的重大历史转折。可惜的是，这些转折点很容易扑空。

2002 年初，人民日报海外版刊发了这样一条新闻，《爱立信“倒戈”，中资银行感受“倒春寒”》。当年的爱立信是非常牛的手机厂商，自然也是南京地区的银行重点客户。根据传言，由于国内银行提供的服务满足不了客户需求，爱立信就把贷款一口气还完，去投奔在上海开设网点的美国花旗银行。由此引发的争论一直延续到 2005 年左右，很多内容都是中资银行将在和外资银行的竞争中落于下风。

笔下的棋局与现实中的市场彻底是两码事。围绕南京爱立信倒戈的反思之所以平息，不是因为总结出让人满意的道理，而是因为这种反思越来越像一个笑话。在这十年中，工农中建四大行的市场份额持续下降，众多股份制银行蓬勃发展，外资银行们并没有实现大家担心的逆袭。甚至到了2012年，著名的德意志银行主动关闭了中国境内的个人银行业务。花旗、渣打、汇丰等外资银行的市场份额也始终难成气候。

各位当然可能感觉当年外资银行的竞争力远不如现在的互联网巨头。问题是，当年外资银行手里是很有几把货真价实的刷子能抢走爱立信的，现在的微众银行透露出什么独特的本领呢？

这就又回到那句被广泛引用的总结，“该银行既无营业网点，也无营业柜台，更无需财产担保，而是通过人脸识别技术和大数据信用评级发放贷款”。

人脸和大数据怎么放贷

此条新闻一出，立刻有人吐槽说，这果然是一个看脸的时代，连信用评级都要借助人脸识别技术了，不知道美丽和憨厚哪张脸能换来更多的贷款？人脸识别技术放在这里之所以显得古怪，因为它只是一个客户身份识别技术，和放贷款最核心的信用风险彻底不是同一个层次的东西。把人脸识别放在这里的最大可能，估计是实在找不到其他亮点了。

人脸识别，关系到的热点是微众银行需不需要依赖实体网点。这确实是互联网最强大的地方，以往很多需要面对面才能办理的业务，都可以逐步放到网上去。如果进一步追问，传统银行们把多少业务搬到了网上呢？在和朋友们聊到现代商业银行时，让他们猜测银行电子渠道交易占比这是我非常钟爱的小把戏。大部分朋友会凭直觉猜测20–30%，少数人会咬牙猜到50%。当他们得知真实数据后，都会感到吃惊。因为平时大家看不上眼的这些传统银行，差的电子渠道交易占比也在80%左右，最高的股份制银行两年前就突破90%。当银行作为传统金融机构依靠人力面对面的交易占比都在20%以下，试图100%网络交易的竞争者优势又在哪里呢？

至于大数据信用评级，则更像一块遮羞布。传统银行放贷款的时候，没有大数据这么洋气，通常用的是模型打分。比如你每个月有固定收入，加一分；曾经有信用卡不良记录，减一分；最后根据打分的结果来判断能放多少贷款。银行的做法有很大缺陷，例如很多金融领域之外的数据很难获得，就没法加到打分模型中去。所以银行管贷款的人经常会偷偷查“电表水表”之类，就是为了增加判断借款人的数据来源。

大数据颠覆了打分模型的做法吗？设想一个高大上的互联网金融模式，不妨叫“基于社交关系链的创新型金融大数据”。用人话翻译一下，就是把你的QQ纪录或消费纪录通过模型打分，再根据打分高低判断该给你多少贷款额度。实际上，“无需财产担保的信用评级贷款”，不就是国内已经发行四亿张的信用卡和遍地开花的小额贷款公司嘛，阿里和京东没有银行牌照就已经推出消费信贷对掐，身为银行是不是该更有追求一点？

问题是，身为银行一旦想对实体经济起到影响大局的贡献，贷款余额是绕不过去的指标。小而美只是样本，总量上不去就没资格谈缓解中小企业贷款难。涉及规模时，无抵押的信用贷款模式仍然是最佳选择吗？银行放贷款的硬性标准不是存款能拉多少，而是资本金有多少。无抵押的信用贷款对资本金的消耗更大，微众银行在规模上迅速成长的难度也更大。纵然腾讯千亿美元身家，也填不满银行资本金这个无底洞。

至于万能的大数据能不能代替抵押品，这是肯定不行的。管银行的条条框框除了国内的监管法规，还有全球通行的巴塞尔协议。要想成为举足轻重的银行，必须按苛刻的巴塞尔协议办事，靠互联网思维改造不了次贷危机之后严控金融风险的大趋势。

动听的空想与不动听的务实

在 2007 年前后，大家发现 GDP 这个指标描述的经济增长无法让人满意。这时，有很多人提出了各种美丽的空想去改造 GDP，比如侧重可持续发展的“绿色 GDP”，还有侧重人民生活质量的“幸福 GDP”。相比之下，当时的辽宁省委书记没有选择这些更动听的空想指标，而是用“铁路货运量、用电量和银行贷款量”这三个看起来一点都不创新的指标观察经济增长。这就是后来广为人知的克强指数，用来观察经济增长的效果远远好于中看不中用的“绿色 GDP”和“幸福 GDP”。

这也是腾讯的微众银行以及肯定很快也要亮相的阿里网商银行需要面对的问题。这些民营银行的意义在于，更灵活的民营企业成为银行的发起人后，腾讯和阿里这些中国互联网领域顶尖的企业能够探索的路径多样性，远远超出当年制度最创新但仍然是由中华工商联组建的民生银行。更务实一些吧，腾讯征信和阿里的芝麻信用不也同时在征信领域破冰了吗？可以探索的路径很多，可以突破的领域也很多，只是这些工作未必像互联网圈子的新产品那样让人感觉个个创新又颠覆。如果硬要用动听的空想去给新起航的民营银行打气助力，恐怕只会起到反作用，让忽高忽下的捧杀和棒杀压垮微众银行这样的金融幼苗。

扫二维码分享本篇文章

众筹？哥（阿里）玩的是预售，优等生京东和成绩差的百度……

本文作者零壹研究，发表于2015年11月12日

今年的“双11”如约而至，电商巨头天猫、京东、苏宁卯足了力气，撕逼于前、炫富于后，纷纷展示着自己超记录的销量。其中苏宁在早晨8点宣布其全网销售订单量同比增长372%；天猫11小时50分交易额超571亿，打破去年全天记录；8分钟后，京东宣布其订单也已经达到2014年双11销售订单。

电商大战精彩纷呈，是双11的绝对主战场，但作为另类消费的代表，众筹也没有闲着。在这场全民剁手大趴中，阿里、京东的战火已经烧至众筹频道。

阿里在“双11”活动中专门设置了众筹分会场，“双11”当天推出小米、魅族、荣耀等7款手机产品及一款坚果P2便携影院硬件产品。“小米下一款手机新品”更采用了盲筹模式，不告知任何产品细节，用户支持1000元可在产品发布后获得该手机一台。截至当天16:00该项目已筹到2783万元资金，是目标筹资额的27倍多。

以“城会玩”著称的京东，众筹玩法更加丰富多彩，除了在产品众筹频道推出“筹客大赏”的活动，聚集了11、111、1111元三个档位的众筹项目，还陆续推出了运动、画展、私厨、馨夜等主题。在股权融资方面，则推出了“亿万富翁养成计划”。新注册为京东东家且向小金库打1分钱，可获得小金库2万元体验金的7天收益；老用户成功邀请新用户也有相应的体验金收益。此外，在活动期间，东家投资部分项目还可获得1%的现金返现。

双11战火蔓延至众筹领域，说明经过几年的酝酿和发展，众筹已经开始进入电商和消费者的视野，行业规模处于急剧扩大之中。这其中自然不乏阿里、京东的推波助澜，也离不开各类独立平台的长期耕耘。时至今日，众筹行业百花齐放，已经形成

了不同的流派，上演着一出出精彩纷呈的戏码。

阿里：众筹？哥玩的是预售

阿里是国内最早介入众筹行业的互联网巨头，2013 年“双 12”期间，淘宝就推出了产品众筹业务“淘星愿”，将一些娱乐界的明星集结起来发布项目。后来又衍生出“淘宝众筹”，淘宝的普通卖家也可以申请发起众筹项目。2014 年 3 月底，“淘星愿”与“淘宝众筹”合并成为“淘宝星愿”，项目范围扩展至音乐、公益、书籍等更多类目。2014 年 7 月,“淘宝星愿”再改名为“淘宝众筹”，二度更名后总算有了固定名称。

从淘宝众筹的几度更名可以看出，阿里在发展产品众筹上显得有些纠结。更有意思的是，在淘宝网首页上，淘宝众筹的分类在特色购物一栏，明确反映出阿里更倾向于将产品众筹视为一种商品预售行为，淘宝众筹的制度设计鲜明地体现了这一特色。

例如要在淘宝众筹上发布项目，必须是淘宝卖家，如果不是，则需要先注册成为淘宝卖家。再看看淘宝众筹首页挂出的三个主要特色“全国包邮”、“众筹期间退全款”、“新品尝鲜”。前二者透露出十足的电商气质，唯有“新品尝鲜”要求众筹项目售卖的商品必须是未在其他渠道或平台售卖过的新品。

尽管淘宝表示，淘宝众筹是“创新者和创新产品进入阿里巴巴的一扇大门”，真正用意是筹人、筹智、筹产品，以丰富整个阿里的创新生态。不过至少目前来看，淘宝仍然是在以做电商的思路做众筹。

在股权众筹方面，2015 年 5 月 19 日，蚂蚁金服宣布将筹备上线股权众筹平台“蚂蚁达客”，但至今“难产”。期间，蚂蚁金服斥资入股 36 氪，引起业界诸多遐想。现在，36 氪的私募股权众筹（学名叫互联网非公开股权融资）已经做得有声有色，但是它跟蚂蚁达客到底是什么关系，仍然处于云里雾里。

总的来看，阿里介入众筹的时间较早，在产品众筹上套用电商思路，量大但创新性不足；而在股权众筹上，阿里尚未展现出清晰思路，也许是憋着大招等待监管靴子落地，后期发展并不明朗。

京东后来居上

相比阿里，京东进入众筹领域的时间晚了半年左右，不过却后来居上，不仅在规模上迅速超过阿里，在玩法及布局上也显得丰富和清晰许多。

2014 年 7 月 1 日，京东产品众筹平台正式上线，取名为“凑份子”，在京东的营销攻势下，四个月后京东产品众筹的筹资额就超过了淘宝，跃居行业第一。紧跟热点、精品路线、花样翻新是京东众筹的显著特点。

例如去年双 11 大战时，京东推出了一系列与房地产有关的众筹项目，1 块钱抽房子的设计让京东聚集起了极高的人气。从结果来看，这些项目最后的募集率（实际融资额 / 计划融资额）最低的达到 15 倍，最高的甚至达到上千倍。

今年 7 月，京东又玩起了盲筹，即在众筹成功前，项目方只对产品的理念和情怀等进行宣传，不告知产品的具体样式、价格等情况。最后，该项目也实现了近 8 倍的募集率。

10 月 29 日，京东产品众筹又推出了两种新模式——筹∞（无限筹）和信用众筹。前者的特点是众筹项目没有固定期限，当众筹人数或额度达到一定标准后可以不断循环，优势在于增强用户的参与感并激发其创造力，厂家则能够按需生产；后者则允许用户使用京东白条购买部分众筹产品。

京东众筹的努力在数据上有明显显现，从截至今年 9 月的全部累计募资数据来看，京东产品众筹的募集率达到 7 倍，明显高于淘宝众筹的 5 倍以及苏宁众筹的 2 倍。

除了产品众筹，京东也是几大巨头中在股权众筹上探索最多的一家。今年 3 月 31 日，京东股权众筹（后更名为私募股权融资）上线，初期上线的只是创投板，与一般意义上的风险投资类似，随后引入了小东家的设计，部分项目允许小额投资人参与，投资门槛低至 5 千—1 万元（但也需要满足合格投资人的条件）。

9 月 17 日，京东又推出了消费板股权融资，投资人获得的是对项目企业未来营业收益的分配权，尽管并非真正意义上的股权投资，但这种依托于成熟品牌的融资模式，风险更小，更适合于普通大众投资。因此，也有分析认为这是对未来公募股权众筹的一种预演。（关于消费板股权融资，读者可参看《消费类股权众筹，会成为屌丝逆袭的神器吗》一文的详细分析。）

在众筹的发展上，京东表现出了更为清晰的布局及更多的资源投入，从产品众筹到股权众筹以及相关的配套服务（雏鹰计划、众创学院等），逐步建立起了比较完整生态闭环，正朝着涵盖融资、营销、创业等各种服务的资源整合平台演进。

百度：不要嘲笑我成绩差，其实我很努力

作为三大互联网巨头之一的百度，在众筹上也曾经有着很大的野心，2014 年 3 月，百度百付宝总经理章政华曾表示“百度将打造国内最大的互联网众筹平台”。同年 8 月，百度联合中影集团、中信信托进军影视众筹，9 月推出了影视众筹项目百发有戏，第一期项目对接的电影是《黄金时代》。

百发有戏借助于消费信托，打造了一个极具创新性的众筹产品，用户支持的资金兑换成制片人权益章，可以获得某些消费权益，如果不行使这些权益，则可获得年化

8–16% 的“消费权益补偿”，一举打破了产品众筹不得给予资金回报的潜规则。这种设计巧妙地规避了众筹可能面临的非法集资和非法发行证券等法律风险。项目推出仅仅两分钟意向认购额就达到了 1500 万的筹资目标，最终实际完成 1800 万元，共获得 3301 位投资者的支持，显示出了很高的人气。但可惜的是《黄金时代》票房惨淡，百发有戏项目一蹶不振。

但是一时的打击并未泯灭百度的众筹雄心，蛰伏一年之后，百度消费众筹平台上线，其产品结构沿袭了百发有戏的设计，项目更加倾向于消费品、舞台剧等风险较小的领域。不过单个项目的筹资金额较高，目前展示的 6 个项目（包括即将开始、众筹中、已截止、已成立），目标筹资金额分别为 1800 万元、1000 万元、1 亿元、300 万元、100 万元和 200 万元。

尽管百度有着雄心勃勃的目标，也在努力开拓创新，不过现实情况并不乐观，这可能与其主营业务偏重技术，缺乏金融生长的土壤有关，也与百度在众筹的发展上缺乏足够的资源投入有关，但它在消费众筹方面的努力仍然值得尊重。

巨头阴影下的小平台如何生存

零壹研究院发布的数据显示，2015 年三季度京东（产品）众筹的筹资额达到 31073 万元，淘宝众筹也有 26012 万元，二者的份额分别占到 43.3% 和 36.3%，形成产品众筹领域的双寡头。今年 4 月刚上线的苏宁众筹，第三季度的成功筹款金额也达到 9204 万元，占据 12.8% 的份额。

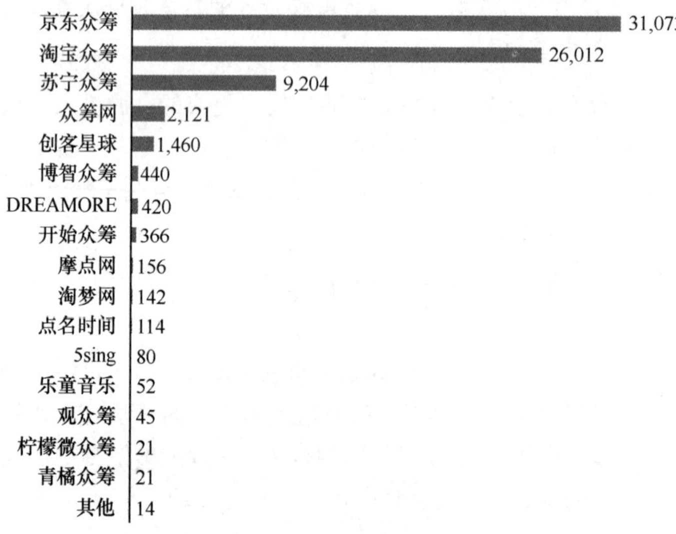

商品众筹平台2015 Q3成功筹款金额对比 单位：万元

这三家门户型众筹平台合计占到 90% 以上的市场份额，其他众多小平台只能“分享”剩下的 10%。电商巨头的涌入，无疑极大地挤压了小平台的生存空间，互联网的规模效应也决定了未来主导产品众筹市场的必然是少数几个占据各种资源优势的大平台。而股权众筹因其更具专业性，可能难于在短期内形成大一统的局面。

据我们观察，众多众筹小平台的发展思路正朝着三个主要方向集中：

一是更具互动性和趣味性的特色平台。例如追梦网（DREAMORE）专注于移动端运营，主打一些可以随时发起、分享、筹款的轻量级项目，兼有结交朋友、赞助打赏、寻找兴趣等互动功能；

二是更加专注某些细分领域的垂直型平台。例如专注于智能硬件的创客星球，借助于自身的媒体优势，为创客提供融资、宣传服务；专注于影视领域淘梦网提供影视的众筹、投资、营销、发行等服务；

三是小众类“调性”平台。把众筹作为消费升级、科技尝鲜、生活解乏的新手段，成为部分“特质”人类的新生活方式入口。例如开始众筹偏好选择那种针尖般戳破一成不变的生活方式的想法来进行服务，形成鲜明特色。

总的来看，互联网巨头在众筹领域发力，形成了不同倾向和特色，已经占据行业的重要地位，不过它们之间的比拼才刚刚开始。相比电子商务乃至其他互联网行业，众筹仍有巨大发展空间，但在巨头的阴影下，小平台的生存将面临一定挑战，更加注重产品创新、人群细分和市场细分是其主要发展方向。在这样的市场格局中，是否会有部分小平台突破重重阻碍，借助于众筹跨越 B2C、C2C 的电商模式，实现大规模、批量化的 C2B（消费者定制）模式，从而成长为新的行业巨头，是一个值得长期观察的事情。

扫二维码分享本篇文章

一张图读懂国内股权众筹平台背后的商业逻辑

本文作者评论尸，发表于 2015 年 7 月 6 日

2013 年的时候，丁辰灵老师写过一篇和本文前半句标题相同的文章，其中丁辰灵老师将天使汇、大家投、创投圈三家老牌股权众筹平台的模式做了一张对比表。

两年过去了，现在创业这么热，政策也在明显地对股权众筹进行鼓励，除了股权众筹平台数量的增加之外，股权众筹平台的模式也发生了变化，最起码丁辰灵那张表里的三个平台的模式，都已经和现在的实际情况对不上了。

但是前两天看到 6 月份还有财经记者写稿的时候引用那张表里的内容，本着帮大家做作业的态度，选了几个我比较知道内幕或有投资人身份的平台做了这张表，顺便给打算做股权众筹的创业者、想要参与股权众筹的投资人和散户做下科普和解释，总之先上表：

国内股权众筹平台模式对比

	京东东家	36Kr	天使汇	原始会	大家投	人人投	筹道	创投圈	聚募
项目定位	TMT项目为主	TMT项目为主	TMT项目为主	TMT项目+传传统行业+实体店	传统行业+TMT行业项目	线下实体连锁店	TMT项目+实体店项目	TMT项目为主	TMT项目+实体连锁店
项目融资时限	60天	30天	30天	31天	无限制	30天	30天	无限制	无限制
项目阶段	天使轮、A轮、B轮	天使轮	种子轮、天使轮、A轮	天使轮、A轮	种子轮、天使轮	种子轮、天使轮、A轮	天使轮、A轮	天使轮、A轮	天使轮
投资人可信认证*1	B1	A2	A2	A2	A3	A3	A3*2	A1	B3
散户参与*3	有	有	无	有	有	有	有	无	有
客户端	无	无	有	无	无	无	无	有	无
线下部分	无	路演，沙龙	路演，公开课，户外广告	路演，创业大赛	路演，沙龙	路演	路演	路演，创业大赛，社交晚宴	无
在线支付闭环	有	有	仅保证金	无	有	有	仅保证金	无	有
平台盈利模式	向创业者收取3%~5%现金	向创业者收取5%现金	向项目收取1%股权	向创业者收 5%现金	向创业者收 5%现金	向创业者收 5%现金	无	跟投	向投资人收取投资收益的10%
或			1%现金+1%Warrant			站岗资金的利息收益			
或			跟投						
是否自有跟投	无	无	有	无	无	无	无	有	无
投资退出方式*4	T1	T1	T1	T1n(C1uC2)nP1	T1	T1	(T1uT2)n(C1uC2)	T1	(C1uC2)nP1
项目信息披露*5	消费品级包装，信息较全	投资品级包装，信息较全	投资品级包装，信息较全	投资品级包装，信息不全	无明显包装，信息较全	无明显包装，信息较全	消费品级包装，信息较全	投资品级包装，信息不全	消费品级包装，信息不全
总结	公募和10M以上融资额首选。投资人议价能力非常低。	媒体资源最丰富，投资人以机构为主，散户为辅助，投资人议价能力较高。	收费方式灵活，投资人质量高，投资人议价水平适中。	传统项目和实体店项目私募首选。	适合传统行业项目	实体店项目首选平台，投资人议价能力比原括会任。	投资人议价能力为0，适合低门槛公募项目。	投资人质量高，投资人议价能力较高。	投资人议价能力为0，适合低门槛公募项目。
	*1投资人资格认证		A1：有资产认证限制，且唯有资产认识。实际操作中审核严格。	A2：有资产认证限制，但可以由其他认证替代。实际操作中审核严格。	A3：无资产认证限制，有实名认证。实际操作中审核严格。	B1：有资产认证限制，且唯有资产认证。但实际操作中无严格审核。	B2：有资产认证限制，但可以由其他认证替代。实际操作中无严格审核。	B3：无资产认证限制，有实名认证。但实际操作中无严格审核。	
	*2筹道平台有投资人认证和合格投资人认证，但未认证的网站注册用户可完整下载项目信息，可能造成项目信息泄露风险。								
	*3散户参与，是指允许以项目本轮融资总额1/10以下的投资额参投项目								
	*4投资退出方式		Ticketl：不承诺退出方式，投资人直接持股任意时间退出	Ticket2：不承诺退出方式，但对赌企业在一定期限内上市、增发或后续轮融资	Cashl：承诺年化现金收益，并返还本金	Cash2：不承诺年化现金收益，但承诺一定时期后的溢价股权回购	Productl：以消费卡、产品的形式进行溢价回报	n=允许在同一项目同时使用多种回报	u=同一项目仅允许使用一种回报模式
	*5项目信息披露可信程度		无包装 >=投资品级包装>消费品级包装	信息披露全>信息披露不全		包装是指由平台对创业项目信息进行优化，亦为投资Pivot。项目在通过中介机构向投资人展示时，一定程度的包装可使项目的亮点更加清晰，是可以允许的行为。本项依据主观判断评价。			
					图片制作者微博：@评论尸微信：ifookit				

下面是针对这个表格的一些解释。

什么是股权众筹?

不说废话和空话，股权众筹其实是把原本的私募投资放到了线上来做的一种形式。就像你在淘宝购物，你买到的是一家公司的股权，而不是这家公司的商品。

股权可以分红，可以转卖，上市后可以直接在二级市场上抛售，当然这些退出方式在每一单购买时都会有协议约定，不是每一笔投资都能用同样的方式退出。

因为目前国家还没有放开公司法针对股东的限制，所以不可能实现真正意义上像你买个智能硬件一样几万个人购买一家公司股权的情况。虽然有些平台放开了公众认购，但最终落实到股东层面还是有数量限制的。

一个基本的股权众筹流程是：

（1）上传项目信息到平台；

（2）配合平台对项目进行包装，在指定的圈子（专业投资人或公众）里对信息进行宣传，吸引投资人来认购；

（3）根据自己的喜好和下一步的发展战略反选投资人，拒绝掉超额认购的部分，与最终确定的投资人进行进一步的沟通；

（4）股权变更（将股权交付给投资人），现金交割（将投资人的钱拿到手里），融资完成；

（5）进行投后管理，维系与投资人之间的关系，持续向股东披露信息。

股权众筹对于创业者来说最大的好处在于：能够提升融资过程中的地位，能反选投资人而不是被投资人像挑白菜一样的扒拉。而股权众筹对于投资人来说最大的好处是：能够更充分地分散风险，参投到好项目。

投资人资格认证意味着什么?

首先就是关于投资人认证的这部分，我将投资人认证分为了 6 个类，1、2、3 三个策略等级和 A、B 两个执行等级。关于每一个等级意味着什么，我已经在表里说得很清楚了。总体投资人质量从高到低是 A>B，1>2>3。在这里稍稍解释一下这么分级的原因和对创业者的理解。

按照去年和今年公布的两版《私募股权众筹融资管理办法（试行）（征求意见稿）》中的规定，参与股权众筹是必须要有资产门槛的：参与股权众筹的投资人（个人）金融资产方面不低于 100 万元，或最近 3 年个人年均收入不低于 30 万元。

然并卵的是目前这只是个征求意见稿，在正式实施之前没有真正的法律效力，可以说有的平台做资产认证是一种自律行为，那么为什么要自律呢？

原因有三点：

（1）天使投资是一种风险非常高的投资行为，投资的失败率在 95% 以上，如果没有庞大的资金进行充分的风险分散，对于普通人来说就是稳赔不赚的投资行为，所以投资人认证门槛是一种对投资人的保护。

（2）为了防止没有天使投资经验的人，在参与天使投资后因为无法退出而干扰经营，所以这也是一种对创业者的保护。

（3）防止在股权众筹的过程中将项目的商业信息暴露给更多不相关的人，避免项目信息泄露。

关于第三点我们可以看到最奇葩的是筹道的平台，虽然该平台有投资人的实名认证，但是在认证之前就允许注册用户下载项目的BP，基本上没有对项目产生任何保护作用。

除了信息泄露之外，选择有过往创业经历和投资经历的投资人，也能够在投资之外给你一些资源帮助，主要是人脉方面的。投资人质量越高，这部分带来的资源就越丰富。

举个简单的例子来说：如果你是一个做互联网金融的，在出让同样股权的基础上，你是愿意让你的一个与创投不相关的朋友投资你100万，还是愿意让马云投你100万。

你是否应该选择公募？

和投资人认证门槛相关的就是，是否允许散户参与，或者说是否是公募了，其实由于我国证券法的限制，现在没有任何平台能够实际意义上的做公募股权众筹。这里判断公募的标准有两个：

（1）是否对项目进行非常细致的包装，并在公开渠道进行大范围宣传；

（2）是否将项目的单轮融资总额切成过于细的小块（比如天使轮项目切成1/15甚至1/20）。

从表格来看坚守私募规则的只有老牌股权众筹平台天使汇和创投圈，但是实际执行过程中，原始会也并没有让过多股东参与到单一项目的融资中。

目前主推公募的是在公众中影响力较大的京东，和此前成功操作WiFi万能钥匙72亿认购额的筹道，从创业者的角度上来说，选择公募会有更大的议价能力，对于与终端消费者更加贴近的项目，也能更快地完成融资。但正如上面所说的，公募所带来的是双向的未知风险，大多数公募平台并没有给散户（跟投人）线下约谈创业者留下空间，不方便创业者反选投资人，容易被竞品、不理性投资人投资，给后续的投后管理和经营带来麻烦。

再简单一点来说，公募获得的投资人就像是公开发行股票带来的散户，正如现在有很多不知道股票运行逻辑的投资者，在遭受股票损失后要求政府或经营者赔偿一样，引入散户跟投人也有可能带来这样的麻烦。

当然，不允许散户进入的私募也有缺点，对于创业者来说，私募面向的主要为专业投资人或投资机构，如项目素质一般很难促成羊群效应迅速完成融资。

- 你的项目比较早期、门槛较低或团队并不忠诚，容易被人抄袭或竞争对手瓦解；
- 你的项目距离公众比较远，比如一个亚文化社区、一个垂直领域 O2O、一个光学识别算法等；
- 本轮融资除现金之外还希望引入投资人的其他资源；
- 不想被复杂的投后管理困扰。

当然，也有比较适合做公募的项目：

- 已经有大量用户，并且预计用户可有效转化为投资人（WiFi 万能钥匙是个典型的例子）；
- 你的项目从专业风险投资人的眼光来看是“烫手山芋”——这一般指实体店这种经营风险高，成长性低但有稳定回报，或豆瓣社区这种人气高但以 10 年计无法变现的项目。

虽然京东在公募上是做得比较好的一个，但是真正让我感到惊讶的是聚募这个平台，对投资人的门槛低得像淘宝购物一样，打款和合同签署也在线上完成，风险大得惊人。

平台盈利模式对创业者和投资人有什么影响？

这个影响很直观了，从表里看大多数股权众筹平台是以收取佣金的形式进行盈利的，这也是几乎所有人第一反应能够想到的模式。但这种模式其实弊病很大，所以老牌的原始会和天使汇都不用这种模式了。

先说收佣金：业界惯例 5% 的佣金听起来不多，但是你算下你要融 500 万就是要拿出 25 万，这个融资成本并不低。而且对于大多数天使轮的初创公司来说，发展最缺的就是钱。无论平台是对创业者还是对投资人收取佣金，投资人作为买方都会把这个成本转移到创业者身上，所以收佣金并不是一个最好的模式，只是一个最简单、最无脑的模式。而且在实际操作中，收取佣金的模式很容易被投资人和创业者私下达成交易后跳单，这也是起步较早的平台都不用这种模式的原因。

然后是跟投模式：跟投模式主要是创投圈和天使汇在做，京东那一栏虽然没有写，是因为我在所有公开的资料中没有看到京东说会跟投，但是其实京东应该是会跟投一些好项目的。跟投模式其实就是把平台自身的盈利模式和创业者、投资人的立场绑在一起——因为平台本身也成为了项目的投资人之一，只有项目好好继续发展下去，最终上市或变现，平台才有可能在后续中盈利。天使汇那个收 1% 股权的盈利模式和跟投模式是一样的，也是以股权代佣金的形式，对于早期项目是非常实惠的。

再之后就是奇葩的：人人投的资金站岗模式我真是惊呆了，生生地造出了一个投资界的支付宝盈利模式。简单来说，就是散户在投了一家人人投的实体店铺之后，现金不会直接交割到店铺的手里，而是按照事前的约定，由人人投代为监管资金，分批次划拨给创业者。这意味着整个人人投平台上有多少成功项目，人人投平台就会手握多少站岗资金，然后人人投会拿这些站岗资金来做一些稳健型货币理财用于支撑平台。

表面看上去这种模式对投资人和创业者都不错，其实对创业者非常不公平。因为有些创业项目会在很短的时间内估值上涨很快，有些项目天使轮后 3 个月就启动 Pre-A 轮融资，所以分期给款什么的根本是要流氓。不过，人人投主要以实体店铺众筹为主，这样高速增长的可能性不大，所以这种模式也不太可能被复制到其他平台。

嗯，再然后就是自己融了特别多钱的筹道，在新闻稿里宣称自己从 2015 年到 2016 年一年时间不收任何费用和股权，这个可以视为正在打市场不暴露盈利模式。

投资退出方式意味着什么？

虽然大多数人看起来，T1 不承诺任何收益的股权投资是最不靠谱的，但这是最传统、最成熟，也是目前最没有法律争议的退出方式。

既不会导致投资人因为没有获得预期收益而过分干扰企业经营，投资人也可以在没有直观现金兑现承诺的情况下，理性地判断项目本身，而不是简单地将任何创业项目理解成自己买了一款理财产品。

T2 承诺企业在 x 年内 IPO 的模式会有两种问题：

- 企业通过协议代持方式，将众筹股东的股权放在一个自然人手里，在上市后按照当年的协议价格将上市后股份割让给股东。但，实际情况是我国证监会有明确规定，这种协议在 IPO 过程中是无效的，企业方可随意撕毁代持协议无需承担法律责任；
- 企业通过成立有限合伙公司的形式，让所有众筹股东成为一个独立有限合伙企业股东，然后再用这个有限合伙企业的钱收购自己实际公司的股份，让实际公司的股东中仅出现一个企业法人，也就是一般股权众筹的模式。但，在我国 A 股上市的过程中，会对企业股东进行穿透审查，即统计上市企业的每一个企业法人的自然人股东之和来计算其是否违反 200 人股东限制。

WiFi 万能钥匙走的是第二种，其 IPO 承诺很可能无法如实兑现，所以在 WiFi 万能钥匙的案例中众筹方给出的另一条路是：若交割 5 年届满项目未能上市，投资人可按实际投资额年复利 5% 的回报方式退出——也就是 C1 的退出方式。

但是其实 C1、C2 和 P1 的回报方式都涉嫌非法集资，只不过现在股权众筹正式的法律法规还没有下来，有关部门对这些方式都睁一只眼闭一只眼。

风险自辩吧，但只有一点是可以确定的：不论创业企业在众筹过程中承诺投资人什么，只要企业倒闭了是没有人为这个承诺买单的，股权众筹平台是绝对不会负责的。

而创业企业的倒闭成本真的特别低，千万别以为投了 C1、C2 型回报的股权众筹就像买了货币基金一样稳定。

总结

股权众筹是一种全新的融资方式和融资渠道，它很大程度上降低了创业企业的融资成本，提高了融资效率。尤其是私募股权众筹、公募股权众筹、新五板和二级市场之间会形成一个完整的融资链条，未来股权众筹可能会是早期初创企业融资的主要渠道。

但是在国家还没有正式规范这个市场之前，很多平台的玩法都是在一步一步地摸着走，所以并没有一个定性的结论哪家平台好哪家平台不好。

你要问什么项目不适合股权众筹，或者什么人不适合参投股权众筹的话，我觉得只能这么说：看不懂这篇文章的，不要众筹，也不要参投。

扫二维码分享本篇文章

电商、银行、消费金融公司、P2P 平台、分期网站……消费金融还缺什么

本文作者零壹研究，发表于 2015 年 12 月 1 日

11 月 23 日，国务院印发《关于积极发挥新消费引领作用加快培育形成新供给新动力的指导意见》再次提出，支持发展消费信贷，鼓励符合条件的市场主体成立消费金融公司，将消费金融公司试点范围推广至全国。

在出口、投资两大动力熄火，经济增长持续放缓的背景下，刺激消费成为稳增长的主要内容之一，远未充分发展的消费金融则是重要抓手。

央行公布的数据显示，截至今年 10 月底，我国住户消费性贷款余额达 18.2 万亿，在全部贷款中占比为 19.6%，较去年底提高 0.8 个百分点。实际上，新千年以来，除个别年份外，消费信贷的比重一直在持续上升。不过与欧美发达国家 50% 左右的比例相比，目前我国消费信贷的比重仍然明显偏低，未来消费金融有着巨大的发展空间，特别是还远未充分发展的信用消费金融领域。

各方力量抢食消费金融市场蛋糕

面对规模和潜力都如此庞大的市场，电商、银行、消费金融公司、P2P 平台、分期网站各方力量热潮涌动。

“双 11”当日，京东白条用户同比增长 800%，占商城交易额比例同比增长 500%。其中，白条客单价达 800 元，白条分期客单价达 1500 元。首次参与双 11 的蚂蚁花呗，在前半小时交易额就达到了 45 亿，全天交易总笔数 6048 万笔，占支付宝整体交易 8.5%。而苏宁的“任性付”环比“苏宁 818 购物节”增长 576%，任性付分期消费金额增长 836%。

电商消费金融产品借力“双 11”着实火了一把，传统金融机构也在积极布局。例如：

- 中信银行早在 2013 年就开始在原先零售业务部的基础上，逐步将信用卡、消费金融部、小企业部、财富管理部纳入大零售板块，全力推进消费金融业务；
- 今年 3 月，平安宣布将旗下多个相关业务，整合成一个统一的“平安普惠金融”业务集群大力发展“普惠金融”，并立志于打造“中国最大的消费金融服务提供商之一”；
- 6 月 18 日，工行个人信用消费金融中心挂牌成立，这个新成立的一级部门，将整合工行全行的个人信用消费贷款业务，全面发展无抵押、无担保、纯信用、全线上的消费信贷业务。

作为专业正规军的消费金融公司也相继成立，11 月 20 日，第 11 家获批的“中邮消费金融公司”在广州正式揭牌成立，今年以来已经成立了 5 家消费金融公司。

此外，数量众多的 P2P 平台、分期类网站等也在进入这个市场。例如拍拍贷于 2013 年 3 月推出网购达人标，为有信用的经常网购的用户提供专属的小额信贷。人人贷的小额信贷产品“工薪贷”，主要针对月收入在 2000 以上的年龄在 22—55 周岁的正式员工，其借款用途多为装修、结婚、买房、买车、教育（进修、出国留学）、其他消费等。

众多的消费分期平台更是遍布于大学生、蓝领、租房、装修、旅游、教育等各个人群和领域。包括火爆一时的分期乐、趣分期，声名鹊起的“买单侠”，等等。事实上，仅在大学生分期消费领域，目前的业务规模已经达到数百亿元。

目前的消费金融填补的是个人信用空白市场

消费金融市场异常热闹的背后是一个巨大的空白信用市场。信用卡是目前我国最大的信用消费业务，但截至 2014 年底，我国信用卡发卡量只有 4.55 亿张。根据银协发布的 2014 年度《中国信用卡产业发展蓝皮书》，过去一年，信用卡活卡率仅为 58.7%，这意味着实际用卡人数更少，加之一人多卡的情况较为普遍，乐观估计，全国实际使用信用卡的人群也就在 1~2 亿之间。央行的征信记录也可以说明这一问题，截至 9 月末，央行征信系统已经收录 8.7 亿自然人，其中有信贷记录的为 3.7 亿人，可形成个人征信报告、得出个人信用评分的仅有 2.75 亿人。

以上数据说明，我国的个人信用体系非常不健全，绝大部分人群事实上缺乏信用记录。从这个角度看待目前熙熙攘攘的消费金融市场，可以发现传统银行无非凭借资金、客户等各方面的资源优势，欲继续占据市场主体地位；电商平台则利用庞大的网络用户流量及数据，迅速成为线上消费金融的领头羊；初创型的平台则更多以某个垂直领域为入口切入这个市场。消费金融的服务对象大部分都是缺乏信用记录的人群，以赊购、分期付款等方式为其提供类似于信用卡的服务。

但这种业务模式和逻辑与单纯的个人信贷并没有根本性的区别，创新也仅限于让更多人享受到了金融服务，并且通过互联网提高了其便利性，本质上仍然是一种比较粗放的数量扩张模式。特别是在风险定价这个核心要素上，基本都是基于消费者个人的综合信用评估来提供服务，更多考虑的是借款人的还款能力，并未结合不同的消费场景提供更加精细化的金融定价服务。

消费金融还缺什么？

狭义的消费金融简单来说就是为消费者提供消费贷款服务。与生产和经营性贷款不同的是，消费贷款具有更加丰富多样的场景，不同人消费不同的商品和服务，可能有着完全不同的诉求，这就决定了不同消费场景具有各自独特的风险特性。举个简单例子，消费者攒钱办婚礼和去旅游，一旦发生意外事件导致收入下降，消费者更可能牺牲掉旅游消费而选择办婚礼，这就意味着相对于旅游，婚礼消费的风险更低。

这就构成了消费金融区别于其他金融服务的重要特征，并且也是消费金融进行精细化风险定价创新的关键所在。由于精确了解用户借款所购买的商品和服务，并可根据这些商品和服务的特点（包括用户消费的迫切程度、商品和服务的使用周期等）实施更加有效的风控措施、追偿手段，用户的还款意愿和违约成本与其所购买的商品、服务紧密相连，因此其实际借款利率应与消费内容存在一定的关联关系。

目前的消费金融，特别是消费信贷业务很少反映这一特性。无论是央行的征信系统，还是电商平台的大数据征信，重点都是描述消费者个人的综合信用特征，然后根据这些特征给予消费者不同的信用额度，不同人的借款利率普遍是相同的，即使稍有差异，总体上也比较粗放，精细化程度远远不够。

评估一个人的信用风险，可以分为两个维度：还款能力和还款意愿。还款能力与一个人的收入、资产等情况相关，只要能获得借贷者足够的信息，例如他的收入、支出、当前的负债情况等，评估起来并不困难。但还款意愿就很模糊，较难量化，它更多取决于违约成本的大小，即如果借钱不还的话，借款人会受到怎样的“惩罚”，既包括金钱、物质上的“硬惩罚”，也包括精神上、社会关系上以及未来行为上的“软惩罚”。

例如目前蚂蚁信用系统记录了相关个人的信用历史，如果借款人产生不良信用行为就会影响以后再享受蚂蚁提供的其他金融服务。这实际上是通过信用约束，增加借款人的违约成本从而提高其还款意愿。不良信用记录对借款人未来生活影响越大，这种模式自然就越有效。但对于没有接入该系统的违约行为就几乎就不会产生任何影响。并且这种信用违约成本只能降低整体的违约概率，而无法进行差异化的控制。

如何根据消费场景进行精细化定价?

这个时候，消费场景的特性就能够派上用场了。在前面提到的例子中，婚礼消费违约的风险之所以低于旅游消费，本质上在于消费者面临两种场景的选择时所承担的违约成本不同，不办婚礼，天都会塌下来，而不去旅游，无非是少发几次朋友圈而已。它背后的因素实际上是需求弹性，越是刚需的东西，得不到或者失去后受到的惩罚就越高，因此违约的可能性就越低。

由此，可以得出第一个结论，需求弹性越小（越刚需）的消费品，一般对应着越高的违约成本，针对这类消费品提供信贷服务，其风险就越容易控制。理论上，这类借款的利率就应该低于需求弹性大（不那么刚需）的消费品。

当然，这个结论还不完善，如果消费者的还款时间是在婚礼和旅游已经完成之后，那么消费本身对借款人产生的约束作用已经消失，借款人不还款的违约成本只是被光头大哥骚扰和不良的信用记录而已，不会受到“硬惩罚”。要对违约施加“硬惩罚”（不还钱就让你消费不成），我们还必须考虑消费周期。

仍以婚礼和旅游为例，旅游的周期都很短，想让消费者在旅游之前把钱都还回来，“威胁”消费者如果不还钱就让他游不成是不现实的。但是婚礼的周期普遍旷日持久，从付款到选酒店，从拍婚纱到办酒席，从收份子钱到晒视频，一方面存在着边消费边付款的空间，另一方面也存在着大量进行风险控制、提高违约成本的环节和抓手。因此，婚礼分期消费的理论违约风险更低。

由此可以得到第二个结论，消费周期越长，越有利于进行精细化定价。其原理是消费价值分布在消费周期中的不同时点，借款人的违约硬成本取决于剩余周期中的未消费价值。特别是当消费价值越集中于消费周期的后端或者前后的消费价值联系越紧密（就是后面的东西得不到，前面的东西得了也白得），其违约成本就越大。这其中的关键在于消费信贷产品的合理设计，以及与消费品供应商联合施加的风险控制。

以整形美容为例，前期的手术属于消费周期的一部分，但后期的康复护理同样至关重要，如果缺乏后期的康复护理，即使前期已经实现的消费价值也可能失去意义。

联合以上两个结论可以得出：在其他条件相同的情况下，消费品的需求弹性越小、消费周期越长、剩余消费价值越集中于时间段的后端，消费信贷的风险就越小，其风险溢价就应该更低。依据这个原则，不同的消费场景完全可以进行不同的风险定价。

当然，需求弹性和消费周期只是消费场景的两个维度，实际消费场景的复杂程度远不止于此，进一步分析消费金融的精细化定价还有许多工作，我们在此只是分析了其中部分维度，提供一些供参考的思路。可以预见的是，随着消费金融市场的不断发展，提供精细化、个性化的服务将越来越成为一种趋势，这对于尚不具备资源优势的小平台来说可能具备重要意义。

目前一些垂直消费金融领域已经出现了一些精细化定价的案例。例如有装修分期平台，通过对接银行与装修公司，能够为消费者提供年利率低至3.58%纯信用分期贷款，这一利率甚至比住房抵押贷款还低。装修的信贷利率之所以能如此低，和装修的需求弹性小（只要买房特别是首套房，必然需要装修）是相关的。该平台同时要求借款人社保在缴且连续一年以上，并且有稳定的收入和良好的信用记录等。分期平台与装修公司合作赚取获客返佣也可能是低利率的原因。

另外，一些职业培训项目甚至推出了零手续费的分期服务。学员可以从消费金融公司借款并在两年的学期内分期偿还。这一场景中提供金融服务的优势是消费周期长，可以和还款周期进行地完全的重合，从而很好地进行风控。当然，零手续费并不是真的不要钱，可能是培训机构出让一部分学费作为获客成本支付给消费金融公司。如果学员中途违约，培训机构也可以将尚未实际产生的学费退还给消费金融公司。

消费金融有望成为弯道超车的真正起点

我国的消费金融，尤其是互联网消费金融存在巨大的发展空间，源于以下三个既定趋势：

（1）消费正日益取代投资和出口成为我国经济发展的驱动力，消费规模将在未来长时间内维持高速增长；

（2）消费由线下向线上的迁移仍处于上半场，庞大的消费市场仍在源源不断地转向线上，互联网消费仍蕴含着巨大的潜力；

（3）我国经济明显地处于“金融化”阶段，金融行业增加值在发达省份国民经济中的比重显著上升。

以上三个趋势决定着我国互联网消费金融的高速发展不仅仅局限于当下，必然长期维持。宏观、微观环境都给消费金融的施展提供了巨大的战略纵深空间。考虑到国内在互联网消费方面几乎与发达国家位于同一起点，而消费金融远远落后于后者，这事实上意味着消费金融能够成为我国金融行业弯道超车的一个真正起点。

如同国内电子商务的大爆发催生了具有国际竞争力的创新企业，并开始在大数据、云计算等基础设施方面占据有利位置。我们认为：消费金融的爆发同样有可能使得我们在企业体量、运作方式方面获得长足发展，并推进风险定价、风险管理方面理论与实践上的实质性创新，为互联网改变金融做出实际贡献。

扫二维码分享本篇文章

农业是伴随人类发展历史最长久的产业，然而在现代社会转型中，被工业、服务业所盖过风头。如今，（移动）互联网已经加速了在中国农村的渗透，一个超过6亿人的农村市场正在被BAT以及互联网创业公司分食。

农村互联网概念开始成为业界讨论话题，当属2013年底京东、淘宝等电商在农村“刷墙”。

然而，到了2015年，“互联网＋农村”的主题已经开始在农业电商、农村互联网金融、农村移动产品、农业互联网等细分领域开花，以后者为例，佳沃、云农场、一亩田等一批代表性企业站在了风口。

我们选取了新希望集团副董事长王航的观察见解，他给予我们对农村、农业、农民在宏观层面的新认知。

接着，我们又以一份“互联网＋农业”的行业报告（简版）系统地看到互联网农业的发展现状与新机会。互联网巨头在农村做了什么战略布局？我们选取了以“京东农村电商VS阿里农村电商”做对比。更有创业者在工厂“卧底”4个月，深度调研农民工人群的用户消费行为后给出的报告。

现代农业除了科技感，还面临“四个新时代”

本文节选自新希望集团副董事长、厚生资本创始合伙人王航在虎嗅农业互联网沙龙上的发言，原文于 2015 年 12 月 1 日发表

现代农业进入“四个新时代”

从散户时代到农场时代

中国的农业环境里面，“四个新时代”已经来临了，即农场时代、品质时代、协同时代和数据时代。其中第一个时代的意义最大。

新希望在六七年前饲料的生产大概 1000 万吨，有三百多万个用户；现在是 1700 万吨，大概只有 20 万用户了，说明什么？说明农业生产单位的平均规模快速扩张，已经以农场的形式去呈现了。

现在的农场和过去的散户，有很大的变化。过去我们只能卖饲料，我们不能够提供别的服务给他，因为生产单位太小，我去服务他，单位成本太高。过去老说商业银行到农村去，要服务农民，不可能的，因为单位服务成本太高，个体服务风险太高，双高降不下来。

在今天，随着农场规模的扩大，单位服务成本就降下来了，同时农场扩大以后，农场就开始为一些过去他不愿或不能买单的东西买单了，要为技术服务买单，为金融服务买单，为物流服务买单了，这种根本性、关键性的变化正在中国出现。除了相当时间以来不断拉长的农产品价格下调周期的持续打击因素以外，最重要的还是人口结构的变化及城市化，年轻人都向城市里面转移，越来越少的年轻人愿意留在农

村务农，促使土地逐步集中，生产逐步集中。这是一个重要的标志。

数量时代向品质时代转变

现代农业第二个变化，我们叫数量时代向品质时代转变。什么叫数量时代？过去我们很紧张，老说把中国人的饭碗捧在中国人自己的手里，总讲粮食安全，总讲口粮安全，实际上我们的口粮人均 400 多公斤，在全球比起来不低的。从 2004 年到 2014 年，我们粮食增产 43%，而人口只增长了 5.3%。我们总是担心粮食不够，农业部每年把粮食增产作为它的 KPI，每年有大量农药化肥的投放，每年过量的收储，每年就是粮食价格的低迷。而现在环境变了，很多产业都过剩了，这个时候的机会在消费升级，而不是简单的数量需求带给我们的红利。消费升级围绕着农业，意味着消费者想吃到更安全、更健康、更美味、更方便的东西，对粮食安全的过度担心引发了食品安全的空间不足，要从这个角度去看农业的变化。

博弈时代到协同时代

第三个时代，我说叫博弈时代到协同时代。这个必须感谢我们很多互联网人加入到我们的行业，过去我们城乡绝对隔离，信息完全断绝，有大量所谓鸡贩子、猪贩子在中间，但是他们也很辛苦，这边要注水欺骗消费者，那边要欺骗农民，使得城乡之间很多信息是不对称，是博弈，造成的结果就是每年价格波动过大，农民不能够实现均衡、稳定的生产。但是今天有很多技术，把这个信息不对称给打破，所以我们可以做很多协同。真正的现代渠道是能使上游协同起来的渠道。

从概念时代到数据时代

第四个变化就是从过去的概念时代真正到一个数据时代。我们看美国的农业部，其实它不是一个我们印象中的政府部门，它是一个全球农业数据公司，它向全球农业的生产者和农业利益相关者提供数据，天气数据、土壤的数据、播种量的数据、收成的数据，让大家控制好自己的生产计划。我们的农业部还是一个资源的配置者，我们发补贴，做五年规划，规划的很多没有基础，因为微观上的数据上不去。过去我们讲概念，今天我们要讲真正数据的东西。

今天在微观上我们互联网农业被资本所逼，说了很多让大家担心的甚至不着边际的话，为什么？因为不能挣钱，只能挣一些数据给大家看看，快速地跑马圈地，大家都是这个游戏规则，烧啊，烧啊，但是在烧完以后的灰烬里面，必须争取有一些数据沉淀下来。

大家还是开始发现，有一些数据是真正有意思的，所以数据时代我们抓什么东西？我个人认为，在我讲的这几个时代背景下，农业的发展的核心是效率、价格和可持续。

新农业时代的“三个核心”

我认为农业发展的三个核心：第一个核心是效率，第二个核心是价值，第三个核心是可持续。

提高效率就是要减少浪费。在农村，影响农业效率最大的问题是浪费，没有一个好的、精准的生产计划，生产蒙着来。我们农产品到餐桌上，有人统计浪费15%，在餐桌以前我感觉要浪费30%，时间、空间的调整要浪费，时间的持续要浪费，一个农产品，你是今天卖掉还是后天卖掉，这里面就是个浪费。

现在说得很多的农超对接，这里面听起来很简单，但是你想一个超市，它不会到处去采购，它不会去向一百个农场采购，这样的买手风险很难控制，过去讲农批市场没用，但是我们看全球一些先进国家，农批市场还在，农批市场要发挥几个作用。

第一个作用是发现价格，比较价格。没有农批市场怎么对产品进行定价？现在对农产品定价，线上找不到一个好东西定价，都是看线下，所以新发地摆在这儿，线上的企业依靠新发地做定价。

第二个作用，农产品在物流上一定要有一个整合采购中心叫一站购起的地方，采购者不会买一个黄瓜跑这边，买个茄子跑那边。过去做终端零售的时候就吃过这个亏，我们总觉得卖的东西好大家自然会来，但是消费者不会这么麻烦东逛西逛，后来发现卖肉的店有一个水果店在我旁边摆了以后，肉店生意就起来了，这就是为什么要扎堆。但是要扎堆，也要优秀的企业来扎堆。

第三个作用，农批市场是一个共配中心。终端的配送、一对一的配送看上去满足了C端的需求，实际上从社会价值来讲，是潜在的社会价值的浪费，多余的汽油、多余的能耗、多余的电梯运行。而餐饮企业更麻烦，不可能一个门店每半个小时来个车给它送一个东西，一定要有一个共配中心。

第四个作用，作为一个农批市场实际上是把供应链里面很多成本费用、发生的位置进行了调节。我不知道大家有没有注意观察一个小小的动作，你们去看很多农批市场，有一个动作叫切莴笋，削莴笋皮，请问大家这个莴笋皮在哪里削是最好的？是在农民生产出来削最好，还是在超市里面削还好，或是在居民家里面削最好？最后大家发现农批市场削最好，综合下来成本费用最低，整个供应链最优化。

所以我是觉得对我们传统一些供应链的东西还是要深度认识，核心里面不是谁替代谁，而是考虑一个效率，怎么减少浪费的问题。

提高价值在于提高消费者的信心。我们中国经济发展了几十年以后，中产阶级人口增长到比较庞大的数量级，要增加消费者的信心，讲可追溯，等等。但是可追溯我们要思考品牌是建立在产地上，建立在产品上，还是建立在渠道上？用什么样的品牌来引导消费者的信心，每个品牌应该怎么建设，怎么保证。我们有很多做农村电商的，坦率来讲叫始乱终弃，一开始就快速地跑马圈地，没有真正去做一个消费者信心能够扎得住的东西。大家在城市里面讲的很好很漂亮，一到农村两眼一黑，我要找谁给我这个东西，这个时候跳出几个年轻人保证可以供给，过两天几个年轻人就不在了。

所以这个价值，就是怎么能够落下来，要做到一定的规模的话，就必须和真正现代的农业改造结合起来。

可持续就是要实现精准生产。对农业的影响我们讲化肥农药，主要的农资品过量投放，或者假的农资品的投放，使得我们农业可持续受到影响。我们如果能在生产上做到精准生产，通过精准的生产能够使得农资投放品达到真正适度，而不是化肥消费越多越好，是农资品恰到好处的消费。

新农业时代，农场管理的复杂度提高了

大家都在红海里面找蓝海的时候，奥科美董事长蓝海让我在奥科美的身上体会到很多。奥科美过去是做农村物联网的一些内容，把农场的温度、湿度、酸碱度这些指标收集起来，用探头把这些物理关系进行远程观察，后面把一些技术添加进来，病虫害的防治技术、监测技术等，这些技术很重要。只要把病虫害的动向预测好，农资农药的投放才能够恰到好处，不浪费，有效果。

后来就发现，农场时代到来以后农场管理的复杂度就提高了，为什么？下游变了，下游会要求我在你的农场是不是也能够一站购齐，所以农场经营的品种从过去的两三种一下增加到四五十种，就算它不经营这么多品种，也必须和周围的农场联合共同来建设，制定生产计划，而我们的农场又没有这种 IT 基础，恰到好处，我们的这个叫云技术，正好为这些农民服务。

深耕在农业，研究农业的各种生产方式、生产形态，为各种农业形态提供了一个很精准的从排产计划开始的管理系统，到一个采收计划。而这些计划又和下游的一些农产品采购和需求，包括一些电商也好，超市也好，结合起来，用这种需求来拉动农民做计划，让农民通过一个系统的支持精准地去执行这个计划。这个模式我觉得是中国农场未来发展的一个新的未来，而这个过程里面，实际上也增强了消费者的信心。

依赖奥科美可以实现精准农资的采购和使用，精细生产计划和生产协同以及精准的销售和品牌塑造。

扫二维码分享本篇文章

“互联网 + 农业”报告：一个近 10 万亿规模的市场，正被这些公司分食

本文作者 irischerub，原文发表于 2015 年 7 月 16 日

互联网 + 农业电商平台是利用大数据、云平台、物联网等互联网技术，整合金融、物流等各类社会资源，实现农业产业链去中间化，提升生产流通效率的新型农业平台。2015 年，中央一号文件指出：“大力支持电商、物流、商贸、金融等企业参与涉农电子商务平台建设，开展电子商务进农村综合示范”。早在政府倡导前，一贯先行的互联网行业几年前便开始有所行动，如今互联网 + 农业的部分领域甚至已是一片红海。

当我们希望用互联网思维优化或重新定义一个广阔的传统行业时，不得不俯瞰完整的产业链结构、了解每种参与者所承担的职能及其成本利润构成情况，如果互联网平台不能提供超越现有经销商们的服务，那么更多的发展可能就要靠粗暴的刷单了。

农业产业链基本结构

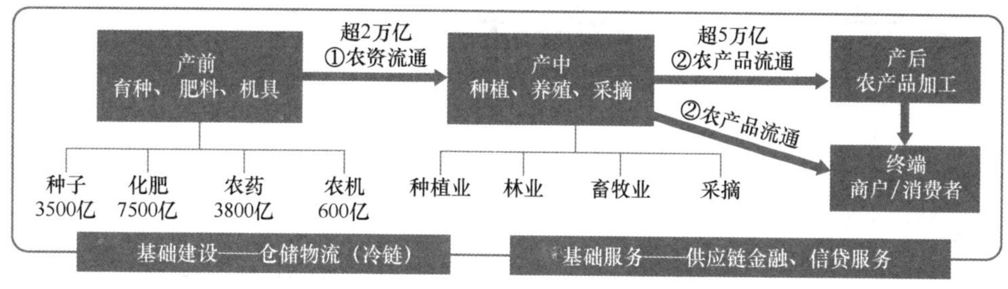

目前 B2B 农业互联网平台主要有三类。

1. B2B 农资电商平台

农用物资行业整体处于上升期，农资产品主要分为种子（市场空间约 3500 亿元）、化肥（7500 亿元）、农药（3800 亿元）、农机具（6000 亿元）四大品类，这类农资电商平台试图为农户带来更低价的农资产品，去掉农资贸易过程中的县级、村级经销商。

2. B2B 农产品电商平台

2013 年，我国农产品交易市场规模超过 5 万亿元，整个交易过程中，仓储物流、金融服务仍然非常薄弱，且存在着严重的价格不透明问题，互联网平台试图解决这些问题，让农产品更快更直接的到达有真正采购需求的商户手中。

3. B2B 食材配送平台

2014 年，餐饮业年营收超过 3 万亿元，食材采购规模达到 8000 亿元。中小餐厅有诸多痛点，采购量小无法获得议价权、采购人力支出及可能发生的灰色收入支出、采购菜品质量无法保证等。互联网平台积极自建仓储物流体系，希望可以更高效更低成本解决餐厅食材采购系列问题。

农资产品贸易现状

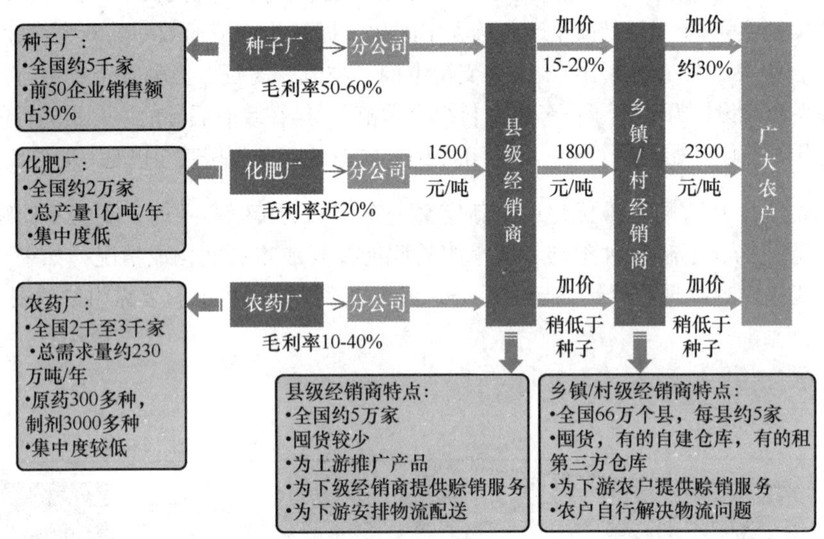

1. 农资电商市场环境特点

- 农户情况：农户的入网率比较低，对辅助上网有较强烈的需求，同村人之间多相互熟识，抱团现象多；
- 商品风险：种子、农药类商品有一定风险，如代售假种子，赔款概率基本 100%，农药也有相似情况；
- 仓储物流：基础建设非常不完善，农村最后一公里物流缺失，多靠农户自行解决货运问题；

- 赊销需求：乡镇级经销商往往会为农户提供赊销服务，依靠熟人关系来维持还款，农资电商平台初期难以提供赊销服务，经销商仍具有竞争优势；
- 信贷需求：国家对农业贷款大力支持，且农户融资需求非常强烈，但是农村家庭正常信贷获批率只为27.6%，远低于40.5%的全国平均水平。农户贷款违约风险较高，即使用土地、房屋抵押，也难以催收。

2. 更多B2B农资电商平台（见下图）

平台	品类	成立时间	团队&融资	模式	运营数据
田头批	种苗、农产品	2005年初上海成立	高老庄团队	研、产、供、销、孵化为一体的现代农业电子商务平台。自身有农业研发能力（如：拇指西瓜），特点有特优种植、自产自销	26亩基地。一个合作联社一年的经营品种在80—90个，都是新奇特品种。26家合作社。预计今年合作联社的销售额同比翻番，达到近千万元
龙灯电商	农药	2014.4.18平台上线	克胜集团	面向大农户、合作社提供会员制服务，提供大规格大包装产品	—
农一网	农药	2014.11.1平台上线	辉丰股份、中国农药协会投资组建	B2B2C 在农村建立信息化服务站（县级工作站+乡镇服务专员+村级代购员）	2015年2月上线农药企业40余家，签约工作站700余家、村级代购员4000多人、注册会员超过10万。Q1流水约3500万元。日单超100万元
植品汇	农药	2015.5.15平台上线	《农资与市场》杂志与4家涉农企业共建：由九鼎投资投资	农资众筹平台，整合下游农户需求统一向上游定制产品获得议价权：并为农业大户提供植保服务、代打农业服务	截止至5月25日，已有727个客户购买
点豆	化肥种子农药农机农副产品	2015.5.22上线	—	“一村一站”。农村商品输入、农村商品输出、农村物流、农村金融等农业产业链的整合	

3. 上市公司们的互联网+农业布局（见下图）

公司	主营	互联网+农业布局
阿里	—	拟以100亿建设一村一淘宝
京东、苏宁电商、乐视等互联网巨头也纷纷布局互联网农业		
大北农	饲料、种子	农信云、农信商城、农信金融及智农通
新希望	饲料	发布“希望金融”（农业金融），2015年4月上线，日交易额超200万元
金正大	缓控释肥	计划以自有20亿构架农资商城
农产品	大宗农产品交易农产品	已初步构建全国性农产品交易及物流服务平台
和邦股份	化工产品、肥料	计拟斥资2亿元，建电商平台，提供农技指导、农产引导、金融和保险
云天化	化工	建立整合产品、渠道、农户、农化服务的化肥综合解决方案提供商
芭田股份	化肥	收购金禾天成获得种植大数据
鲁西化工	复合肥、尿素	建立线上鲁西商城
人和商业	商圈运营	收购农产品市场运营商寿光地利，打造农产品电子商务交易平台
联想控股	投资	2013年推出佳沃品牌强势务农，2015年千万美元战略投资“农云衣场”
恒大	地产综合	2014年投资近70亿打造恒大粮油、恒大乳业、恒大畜牧
金新农、雏鹰农牧、唐人神等均开展了互联网业务		

农产品贸易现状

2013 年，我国农产品交易额超过 5 万亿元。2014 年，餐饮业年营收超过 3 万亿元，食材采购规模达 8000 亿元。

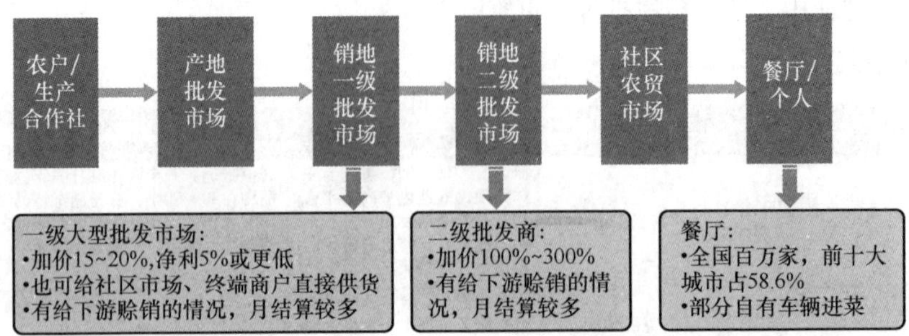

1. B2B 农产品电商市场环境特点

■ 商户：农产品贸易环节的各类基地中，70% 为个体户，30% 为小企业。由于每笔农产品价格根据不同种类、采购量、合作关系等综合定价，导致各个交易环节价格都非常不透明；

■ 物流：冷链基础设施不完善，整体贸易过程中菜品损耗成本达 20~30%。五千平米仓库每年租金约 150 万元，多数商户有自有车辆用于进 / 送货，一辆金杯所能载货为 10–15 家餐厅的需求量，一车货值在五千到一万元之间；

■ 金融：一级、二级经销市场都可对下游提供赊销服务，周期月结为主，目前互联网平台基本不提供类似服务。产地经纪人 90% 有 10~50 万元季节性融资需求，销区经 销商 70% 有 50~200 万元季节性融资需求，国家对农业商户放贷政策非常积极，但由于缺乏房产作为抵押，无法达到银行授信准入条件，经销商基本缺乏金融 机构支持。

2. B2B 食材供应平台现状及特点

B2B 类食材供应平台主要针对下游餐厅提供配货服务，通过为多家餐厅集中采购来获得议价权，并提供物流服务，从而为下游降低成本。知名平台有美菜、链农、大厨网、小农女、优配良品、菜筐子、饭店联盟等，竞争非常激烈，刷单现象严重。

■ 商品特点：价格非常不透明，食材质量难以把控；

■ 餐厅特点：中小餐厅采购量小，无议价优势；采购消耗人力、车辆成本；人员构成情况不同，多有采购获取回扣情况，信息化程度低，固有采购方式较难被打破；

■ 传统配送：夫妻店为主，自有货车，每天可服务 7~8 家餐厅，月毛利 1~3 万元，为餐厅提供赊销服务；

- 解决方案：B2B 食材配送平台解决方案相似度较高。每日 12 点前汇总 1000 家餐厅上千种 SKU 订单→平台采购员在经销商处采购→送至分拣中心（常为 5000 平仓库）→凌晨 4 至 6 点 200 名分拨人员（平均薪资 3500~5000 元 / 月）分拨→打包装车→早高峰前送至各餐厅；
- 仓储物流：为 1000 家餐厅配货，需要一个 5000 平米仓库（租金 150 万元 / 年）用于分拨，一辆金杯可载 10~15 家货，每车货值 5000 元 ~1 万元；
- 退换货：如餐厅退换货，则平台帮就近补货，服务好餐厅流失率可降低到 5% 以内；
- 赊销服务：B2B 食材配送平台暂未向餐厅提供赊销服务，传统部分经销商提供赊销服务。

3. B2B 食材配送品牌

平台	成立时间	团队&融资	模式&运营数据
鲜供社	2014.1	2015.3天使数百万RMB创业工场、晨兴创投；	截止2015.3团队共约30人
饭店联盟	2014.8	2014.12天使千万RMB中路资本；	B2B食材配送，自建直采团队、专业配送团队
菜筐子	2014.12	海口市团队	B2B食材供应链交易平台，整合合数千家农产品供应商和大中型餐饮企业
优配良品	2015.3	创始人史庆东曾就职阿里；2015.4天使1千万元；	B2B食材配送，产地直供、自建物流

国外农业电商借鉴

欧美信息化技术成熟较早，20 世纪末互联网覆盖率就接近 40%。其中美国、英国、日韩农业电商较为成熟，基本走向资讯服务和交易平台两个方向，垂直类容易在市场竞争中占据有利地位。

1. 美国农业电商概况

美国农民在网上主要活动是信息收集、财务管理、网上采购和农产品销售等。2000 年，美国农场的网上交易额为 6.65 亿美元，占农场全部交易额的 0.33%。其中网上购买额为 3.78 亿美元，购买的主要产品是机械设备，农业生产资料和饲料等，特别是生产资料的网上购买量已占总购买量的 35% ；网上销售额 2.87 亿美元，其中 66% 为畜产品，34% 为农产品。

2007 年美国农业普查显示，全美从事 CSA（Community Supported Agriculture 社区支持农业项目）业务的农场约 1.25 万个，占农场总数的 0.5% 。仅美国一家农业电商

Local Harvest 的数据库中支持 CSA 的农场就超过 2500 家，2008 年新增 557 家，如今已经遍布全美各地。可见社区化运营模式是被市场选择的方式。

美国农业电商平台（见下图）

机构	主营	简介
frambid	农场交易竞价	注册用近10万，其中10%是美国以外的用户
theseam	农产品：棉花交易	在线磋商及交易。该市场分国内和国际交易两部分。
dairy	农产品：食品、奶类、运输	2015年4月上线，日交易额超200万元
iTradeNetwork	农产品：易腐烂类	服务包括价格信息、合同和回扣管理、运输
Farm-AG-Loans	农业金融	网上农业贷款
Farm Machinery Locator	农机	农机销售
Used Horse Trailers	农机	农厂设备销售
Agriculture Products	农产品和材料	农产品、相关建材、围栏
Advanced Nutrients	肥料	营养素、肥料

2. 英国农业电商概况

- 农场在线是英国最早成立的 B2B 模式电子商务网站，也是欧洲比较著名的农业电子商务网站。服务较全面，有金融、农产品农机交易、资讯、天气等；
- www.farms.com 是综合性站点，提供拍卖、信息和服务等；
- www.ocado.com 英国最大农产品电商（宗旨是网上下单食物直接到餐桌）；
- 英国农业电商平台还有 www.Foodtrader.com、www.DirectAg.com、www.Agribuys.com 等。

3. 日本农业电商概况

2000 年，日本政府制定农业信息化战略，推动农产品流通，制定了通用的农产品订货，发送，结算标准，并对批发市场的电子交易系统进行了改造。日本农业协同组合网站还负责介绍农产品生产技术和市场行情。

形成了大型综合网上交易市场、农产品电子交易所、专门的农产品网上商店，综合性网上超市几类农业电商形式，其中专门的农产品网点颇具竞争力，因其直接连接交易双方，保证新鲜且降低中间环节产生的费用。

4. 韩国农业电商概况

2004 年有 5 个一定规模的农业电商。韩国农林水产信息中心免费为农民培训电商技能，几年后韩国农户主页达 8000 多个，农民在主页上发布自己的产品信息，与需求方直接洽谈，通过网络渠道增收 18%。

2006 年农业电子商务交易额达到 20 亿韩元，2008 年韩国农水产品及饮料的网上成交额达 15020 亿韩元，占所有产品网上交易额的 8.3%。韩国农水产品电子交易所是韩国政府 2009 年上线的 B2B 平台，也是目前韩国交易量最大的农产品 B2B 平台。

Kgfarm 是目前韩国最知名的 B2C 农业电商之一。消费者可以通过这个网站获取农水产品消息，进行交易。和韩国主要 B2C 农业电商一样，都会在大型综合电商网上开设店面。值得一提的是 Kgfarm 起初有三种运营模式：政府运营，政府委托公共机构运营，民营。结果是第一种 100% 失败，第二种效果也并不好。原因主要是政府经验不足以应变，而民众掌握着最深厚的农业、电商技术和运营经验。

小结

比较国内外农业电商可以发现，农业电商发展的重要因素有：国家政策、网络环境、产品质量、服务水平（物流 + 金融）、价值分配等。而发展起来的农业电商要想站住脚跟，必须掌握农业相关经验不能脱离实际，也需要有清晰的市场定位和灵活应变市场能力。总之，只有对产业链起到良性作用的变革才会被市场选择。

扫二维码分享本篇文章

京东农村电商VS阿里农村电商，刘强东与马云谁更接地气

本文作者李清乐，原文发表于2015年10月22日

今年4月，刘强东带着京东集团副总裁级别以上的数十位高管，奔赴河北省固安县调研农村电商市场，并在固安县野场村召开了现场研讨会。会议后公布了京东农村电商的“3F战略”：工业品进农村战略（Factory to Country）；农村金融战略（Finance to Country）；生鲜电商战略（Farm to Table）。

高大上的“3F战略”需要接地气的解读，可归结为：工业品进村战略——家电、3C数码等相关产品卖到农村去；农村金融战略——在围绕农村、农民开展信贷、支付、理财、众筹等互联网金融业务；生鲜电商战略——用“农产品进城”更为贴切。

阿里在农村电商布局要早于京东，在2003年淘宝诞生后，在江浙、广东一代形成的乡镇淘宝创业聚集地——淘宝村。2012年，淘宝网与遂昌县人民政府签订中国首个淘宝与县级政府战略合作协议，而后衍生出“遂昌模式”。2014年10月，阿里宣布启动“千县万村计划”。10月，国务院总理李克强主持召开国务院常务会议，部署加快发展农村电商消息放出后，阿里又抛出了“智慧农村”的概念。

尽管刘强东与马云农村电商在执行方案上有所不同，但都是围绕工业品（网货）下乡、农产品进城及农村金融三大方向展开的。他们二位在农村电商战略上谁更接地气？

工业品（网货）下乡：京东帮“杠”上了村淘合伙人

根据第六次全国人口普查，我国农村人口约6.74亿人，占总人口数的50.3%。过去10年，国内电商都集中深耕城市消费市场，一方面符合网民以城市人口为主的分布规律，另一方面城市居民能更快地接受网购。但现在京东、阿里都面临一二线城市用户增长饱和局面，自然都盯上了农村消费市场。

电商渗透农村消费市场，所有电商都面临农村网购习惯未形成，（支付、物流）基础服务不健全等问题，在农村取得信任是京东、阿里要攻克的首要难题。

年初，京东打着“一县一中心”口号开始在全国建立自营“县级服务中心”后，为了家电渠道顺利下沉，又开设了“京东帮服务店”，与当地商户合作为主。合作商户除了要有实体店，具备大家电营销、配送、安装外，还要支付2—5万元保证金，其收入主要来自京东订单配送服务费，“京东帮”合作商户可以在当地通过路演、大篷车等方式给京东做地推，京东会支付一部分市场推广费用。另一方面，京东在乡间地头招募（兼职）推广员，按照最少一人服务一村标准进行，推广员可帮住农民进行京东代购赚取2%的服务佣金。推广员是由京东在当地的直营服务中心（配送站）进行统筹。

虎嗅在仁寿县“京东帮”考察实图

2014年10月，阿里宣布启动“千县万村”计划，即未来3—5年内投资100亿元，建立1000个县级服务中心和10万个村级服务站，覆盖全国1/3的县及1/6的农村地区。阿里的农村淘宝县级服务中心，与京东帮相近，根据阿里公布的数据显示，其目前已经对接了全国27个省，在全国5870个村设立了农村淘宝店。

对应京东乡村推广员，阿里同职能人员有个更响亮的称呼“村淘合伙人”，优先考虑能全职做淘宝“宝贝”代购、服务推销的当地人，从其招募广告中可以看到阿里更倾向招募村官、回乡大学生。据说，这部分兼职人员平均月收入（5% 佣金 + 政府补贴）能达到 2000 元，而 5000 元以上的合伙人比率接近 10%。

农产品进城：京东拿不出阿里“逐昌模式”的样板

京东与阿里在农产品进城，产品线上化方面路径一致，都是在（京东、天猫）官网主推“地方特产馆”频道，而在后端农产品供应链塑造方式上略有不同。

京东是与当地政府扶持的产业园区中电商综合服务平台（代运营公司）以及农村生产合作社搭建地方特产馆，当地电商综合服务平台按照京东品类规划、国家农产品质检标准进行从合作社（农民）手中筛选农产品，同时负责该农产品的线上运营。

京东物流则负责将农产品统入仓及配送。线上促销方面，京东以地方特色农产品造节“京东仁寿枇杷节”、“广东荔枝节”。据京东官方透露，目前京东地方特产馆，数量超过 400 家。

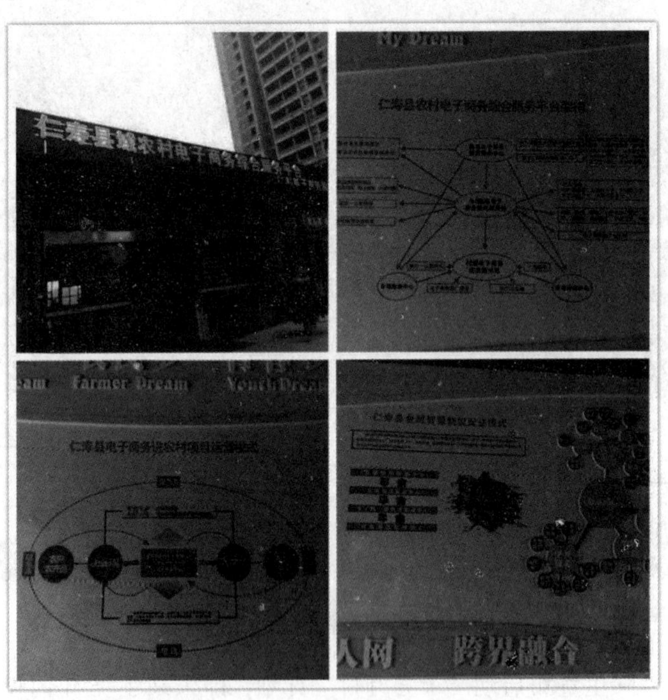

虎嗅在“京东仁寿特产馆”考察实图

农产品进城，阿里从“淘宝村”模式向“逐昌模式”倾斜。10 年前，马云鼓励淘宝创业，为此还在每年评选全国十大淘宝村榜单，的确在江浙、广东及福建等地区出现了一批淘宝村，他们不局限农产品，更多是围绕当地制造业在服饰、鞋帽、工艺品等领域扎堆。阿里会在当地安排淘宝讲师对村民上课，但现实是淘宝村也陷入了经营危机。

从粗放式转向集约式，阿里重点打造了“逐昌模式”案例：推动建立了一套“政府+农户+合作社+网店协会+淘宝网”的合作机制。

在《遂昌模式研究报告》中指出，2010年3月，在遂昌县委、县政府的引导下，遂昌网店协会成立，阿里以帮扶网商成长、整合供应商资源、规范服务市场和价格的非盈利组织串联起了农村电子商务的各个环节。

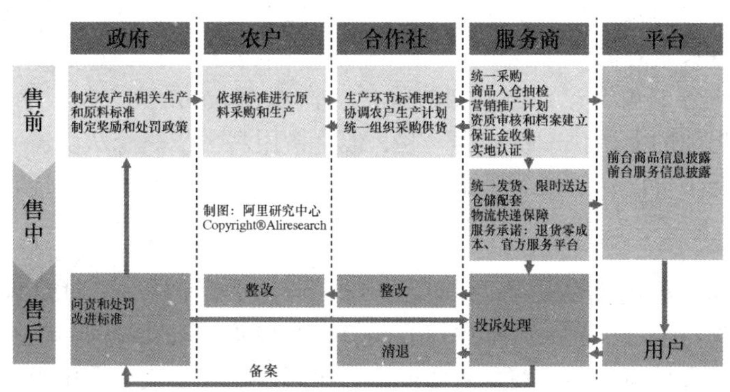

上图引用自《遂昌模式研究报告》

2013年1月淘宝网遂昌馆上线，汇集了烤薯、竹炭花生、即食笋、菊米等遂昌本土美食，还包含当地景点门票、酒店等旅游产品。它的诞生宣告了以农特产品为特色、多品类协同发展的县域电子商务初步形成，也成就了“遂昌现象”。

为保证遂昌馆的运营，遂昌还配套了相应的资金与政策，建设了3000平米的配送中心，投资300万元建设遂昌农产品检测中心，以保证食品安全。

农村金融：京农贷在蚂蚁小贷面前得瑟了一把

京东与阿里必然错失农村金融这块蛋糕，依托电商渠道下沉，农村既是消费市场又是生产源头，根据买卖市场发育进程，与农民对互联网接受程度的推进，虎嗅认为阿里与京东金融都会遵循供应链金融、理财、消费金融再到保险的发展路径。

目前，双方都还集中力度在供应链金融之上——农村贷款。虽然在农村有当地的信用合作社、农业银行，但农民的贷款需求仍未被满足。一方面是贷款额受限，另一方面贷款流程长，商业银行对农民的服务质量不好。除了京东金融、（阿里）蚂蚁金服现有的金融服务向农民开放外，针对性农村地区的金融产品，这次京东领先了一步。

今年9月中旬，京东正式推出了农村信贷产品“京农贷”，与之捆绑的是京东农资电商。据京东官方介绍，京农贷用户贷款只能用于购买农业生产资料，不同贷款用途设置的贷款金额不同，农民最高能贷款30万元，目前贷款期限为9个月，月利率在0.7%—1%之间。

该产品当前还在山东先锋、四川仁寿两地试点，农民贷款是向当地京东合作企业提出申请，与京东合作的当地企业方，要求为农产品生加工企业，这类企业收购农民的农作物，所以农民向这些企业提出贷款申请后，这些企业负责资质审核并做担保，京东终审后发放贷款。

仁寿县福仁缘公司就是京东合作“京农贷”的地方企业，主推产品是枇杷汁与枇杷原浆，其董事长李志高告诉虎嗅，自己愿意冒风险给农民做担保，除了在当地得个好名声，在生意的角度，自己也能受益。他举例，过去是从二贩子手里收购枇杷，现在用贷款将他的上游供应链捆绑一起，他直接用高于二贩子从农民手中收购枇杷的价格，而低于自己从二贩子手中购买的价格收购枇杷，农民可以增收，去掉了中间环节——二贩子，货源又得以稳定，双方受益。

京农贷，捆绑京东农资的模式，在一定程度上适合于农业大县，能规模化生产的农村。同类型农村金融产品还有联想控股成员企业翼龙贷，虎嗅询问过蚂蚁金服的员工，其农村金融具体产品或在今年底推出，而当前蚂蚁小贷也适用于三农事业，但不具备针对性。

京东农村电商战略 VS 阿里农村电商战略

过去一年，我们听闻京东、阿里在农村抢着“刷墙”，即所谓的“渠道下沉”。如今，刘强东宣布了京东农村电商的“3F战略”，马云也在自己亲笔写下的致股东信中，明确指出农村电商会是阿里未来三大战略之一。

总结来看，马云选择了高举高打的农村电商战略，阿里先与当地市、省政府签署战略合作书，在名义及资金补贴方面都得到支持后，打造模范县。京东上市，刘强东的农村电商战略想高调也高调不起来，所以选择以家电、物流直配去撬动农村市场，县级自营服务中心做出样板后，也开始高调与政府签署合作协议。家电物流方面，阿里则投资海尔日日顺来啃农村市场这块“硬骨头”。

我们能够预见，阿里与京东未来会在人口大省、农业大省进行农业电商的战略资源抢夺，当前欠缺的是当地慈善事业的相伴。

此外，我们也要看到农村商业形态也在发生转变，传统线下生意正变得难做。

仁寿京东帮“帮主”代志勇是当地一名电器经销商，从事该行业已经20余年。他表示，过去拿到一些不知名的三线家电在农村销路很好，现在农村消费也讲究品牌了，小店过去的好日子已经一去不复返，同行们的店面正在缩减。意识到电商是主流而选择做京东的县级服务商代理，自己店的 5 人、5 车主要经营着做京东大家电配送服务，目前勉强维持店面正常运营。代志勇赌的是未来能靠京东赚钱。

当然，也有借势电商势力而做地域电商的农民。虎嗅在仁寿县遇到一位名叫何跃的京东兼职推广员，他本人在当地已经开有 7 家手机（维修、出售）店，年利就有 50 万左右。他做京东的推广员并不是在乎赚那 2% 的佣金，而是借助京东的品牌背书，给京东拉新的同时，把用户导向自己的代购 App“活跃网购”上来，令人惊讶的是，这位普通话都说不清楚的“土老板”，正在招募自己的技术团队，试图做开创电商新事业。

所以，在我们看着京东与阿里在农村厮杀，而刘强东与马云相约在“希望的田野上”。农村“大有作为”，不是与你我无关。

扫二维码分享本篇文章

工厂卧底，深度调查，“杀马特”级农民工 App 机会何在

本文作者姜十一，原文发表于 2015 年 10 月 5 日

本文是我最近 4 个月在工厂“卧底”的调查总结，算不上条理，希望记录的各种散点，能给这个方向创业的朋友一点点启示。

农民工产品现状和总结

作为一个完全不懂手游的“产品狗”来说，做点线下接地气的活一直是我所愿。当时看农民工有点自以为是的需求方法论：

（1）人群集中；（2）年轻好奇；（3）收入不低，至少在逐年增高；（4）都持有智能机；（5）交互陌生、有社交需求。因此，个人觉得从社交切入应该有的做，虽然也知道社交离钱很远也难做。

但后来的打工生活一条条地把预想的击破，最终回到我曾经最坚信的两个产品信条：（1）产品经理做产品，你必须是跟用户一样所想所知，一定要成为最懂行的人；（2）需求从用户中来，不是从方法论中来。即便引领新需求，也是要吃透旧需求。

能算上陌生人社交的 App 非常多，抱抱、探探、偶然、领爱、美丽约、初见等，但产品同质化很强，并非针对农民工用户群。有所针对的算是闰土、橄榄公社、赶集网（App 里有个版块主叫“乡聚”）、工猫。纯社交出发的只有闰土，老乡语音社交，基本停止更新了。其他以强大的线下劳务中介资源支撑做招聘方向，还在迭代中。大家早两三年听过的买卖宝，也都销声匿迹了。

有个其实显而易见的道理说明新生代农民工群体重要的生活工作特点，就是其实在马斯洛需求的比较下层，这点想通了，很多行为、产品点都可以想明白。结论是在纯线上 App 或者纯社交方面，这个群体很难有作为。

农民工的“杀马特”现象

我个人将农民工定义为：持有农村户籍，离开农村原籍地、在各大中小城市从事中低端的以劳动力支出为主的第二第三产业人群。按照国家统计局的数据统计，当前我国农民工人群超过了 3 亿人，其中 85 后、90 后已成为非建筑行业的主要人群，总计超过约 1.2 亿人。

常看到新闻，说某个农民工保安经过苦读考上研究生等。这样的例子，一定发生在北上广深这些大城市。有个很重要的差别，在一二线城市中，本土居民生活为主、农民工服务为辅，农民工兄弟基本从事第三产业服务业，各种服务业工种很分散。想想清华大学保安跟学生一个年龄，也许高考就差几分便是命运之差；高端物业保洁员分分钟见拿着 iPhone 读英语的业主进出；这种生活状态下，他们非常容易被城市影响。

相反，昆山、太仓、晋江、石狮、东莞、江门……这些城市农民工占主要人群（如晋江总共近 200 万人，农民工超过 120 万），在这些制造业集中的四五线城市中，他们的工种集中在普工、车工、前整、后整、质检等，在吃喝用度审美消费上，他们自成体系（这也是为什么一二线城市很少有杀马特，却遍布制造业城市工厂），土著居民反而通过出租、交通等为农民工们提供服务。所以，我的关注点主要在后者制造业人群，85 后及 90 后为主。

农民工常用 App

从北到南，85% 的人都有 QQ，70%–80% 有微信，50%–60% 用 360 手机助手，且常用一键查杀清理。

近 100% 人会有视频音乐类 App，视频类中很奇怪爱奇艺能超过 70%；优土、搜狐、腾讯视频等占有剩下的。在主要 App 被鹅厂占有下，腾讯视频比例挺低的。音乐类超 75% 是酷狗音乐，其他天天动听、网易云音乐等分占，未见一例豆瓣 FM。

60% 左右淘宝，且多见于坐办公室女生（工厂里，办公楼里的女文员和普工虽然工资接近，但是前者天然优越些），但支付宝不到 30%，使用率很低。

应用商店多数超过 2 个，但常更新的不会超过 10%。一来没用，原版本 App 已经够用；二来怕浪费流量或者更新中被偷流量等。整个 App 的使用，并没有我们想象的那么频繁。

低于 5%—15% 的但是见过有人用的还有大姨吗、美丽说、蘑菇街、9.9 包邮、楚楚街、穿衣助手、百度地图等。女生中 30%–40% 会有美图秀秀。

游戏类没见过一个 MMORPG 的，天天消消乐之类的居主流。

有一个从南到北 100% 都装的 App，仅此一个——WiFi 万能钥匙。晋江东石厂区分散，工人为了蹭网，往往半夜还待在办公楼附近。

App 装多少个，使用习惯都因流量、时间、需求等相对固定，其他的 App 很少打开。自己再刷 root 的很少。

超过 50% 的人会同时有 QQ 和 QQ 空间，空间是“浏览朋友生活状况”的主要地方，但我观察更多是习惯，呆久了逐渐都过渡到微信朋友圈了。发帖的并不多，主要是滚屏看别人，点赞发表情而已。

QQ 进入空间的话，“附近的人”、部落等功能一概不看，直接进入。几乎 100% 都用过“附近的人”，但是当前失望的、不再用的超过 95%。

农民工的“移动社交”形态

腾讯之前发布微信使用报告，说 90 后人群微信使用率很低。这种情况在我高中的妹妹那里适用，因为社交人群是全班人，全班人都不用微信，我妹也可以不用。这种情况在农民工 90 后中不适用。农民工孤身一人到大城市进厂打工，他 / 她可以谁都不认识埋头苦作，一天之内一定会认识工位前后的两三人，因为有协作关系。

一周内一定认全一组的人（组是一般工厂最小单位，排班、第一步验收等都是组长来，一组大约十来人），因为有早晚点名，流程作业一组是一个单位。组长都在用微信通知事情，你不可能不用微信，只是频率问题。微信定义了语音交流，逐渐大家都会习惯使用。

我们之前都以为背井离乡自然会想找老乡，还因此看过赶集的“乡聚”，南都人做的“闰土”等，虽然从产品形态上一看就觉得会死，但老乡社交的确值得去观察。结果是“老乡”这个标签是很弱化的。多数农民工存续较久的朋友大约 2—4 人不等。不限于同组、同宿舍、老乡会等。最初交友是工位前后 2—3 人，熟络之后是同组，然后 2—3 人会拉老乡或朋友的朋友一起聚餐，逐渐剥离出 2—4 人左右。为何这个数量？因为聚餐都不是 AA 制的，轮流做东吧。

如果维系超过 4 人的关系，那么每月就要聚餐多次。聚餐消费女生会超过 50 元 / 次，男生一般 70 元 / 次，每周一次（以 2—4 个朋友计），一月就要 200—300 元，这还是最保守估计。如果维系朋友过多，费用过多。现实点的问题是，其实朋友都过得一样，多了并不能带来什么本质的工作生活改变，只是吃吃喝喝吹牛而已。能保证两三人好友可以一起购物、吃饭、聊天就是朋友群的常态了。

关于异性社交。CCTV7 有个农民工相亲节目，正经配对恋爱结婚那种，据说排队到了 3 年后了。然而农民工中一直有个难解的矛盾，由于老家穷风俗旧娶妻贵，外出打工都想找个近乡甚至老乡回去结婚过活。男普工都想找个女普工，但女普工都不想找男普工，一定要找个男组长以上的级别的，这是长期的矛盾，难以通过软件弥合。

做这个群体的社交需要区分：（1）通过社交打发无聊；（2）交泛泛的朋友；（3）正经交友，注意这三个是完全不同的需求。

实际情况第一点最多，可被软件替代性也多。我在东莞试验用抱抱发乱码，很快就有 17 个抱抱（点赞），但是真正能约见的一个都没。

商业业态、生活场景、消费习惯

从北到南，制造业农民工厂区主要店铺（有门面的店铺，其实还有大量的流动铺）有几种：（1）大排档、快餐馆；（2）医院、药店；（3）理发店；（4）便利店小卖部；（5）奶茶冰沙冷饮店；（6）手机店。

餐馆的类型非常接近，更新率很低。之前看到数据，上海餐饮店铺更新率 15% 左右，但是询问东莞昆山，估计不会到 3%。大城市会因为服务、地段等淘汰饭店，但厂区只要卡住了位置，饭店基本不会死。有门面的主要是烤鱼等大排档、川菜湘菜，穿插一些沙县小吃、黄焖鸡等。饭点时路边摊的样式就非常多了，不胜枚举。你发现最终留下的都是重口味店铺，食材不新鲜糊上一层酱吃不出来的那种。原因还是消费价格。

厂里其实都有食堂，多数管住不管吃，食堂也收费，相对便宜，但是质量较差，老员工基本不在食堂吃。东莞 28 个镇，去了 6 个，主要在长安。离开镇中心的大润发、万科地产等，两三公里外就都是电摩天下，是点评、美团没有进入的地方，最多有些 KTV 打折券，餐饮类几乎没有。

重点要说手机店。上述主流门店中，手机店是消费价格最高的店铺，分布密集程度难以想象。东石镇是晋江最偏的镇，繁华街道也就两公里长。我数过，四五百米内有 26 家手机店，那种一个玻璃柜台的不算，都是两三间门面的小卖场，非常壮观。从昆山到东莞皆是如此。

我问过不少投资人朋友，几乎无人能说出农民工手机品牌持有情况，大多都以为小米最多。其实从北到南几乎一样，第一档其实是 VIVO、OPPO，这一档遥遥领先几乎可以等于后面几档的总和，我见的手机店几乎都是气球拱门易拉宝全部这俩种布局，线下渠道非常牛逼。

第 1.5 档勉强可以算上魅族，与 VIVO、OPPO 一起。第二档不是三星，是华为、联想、金立、中兴甚至朵唯等国产牌，量不算少。第三档迅速减少，基本是三星。第四档是小米和苹果，小米也以红米为主。后来合伙人点醒，vivo、oppo 牛，是因为价格不透明，线下渠道返利大，小米苹果则是价格单一了。

主流手机 4.3—5 寸大屏，价格在 1400—2000 元为主。主要宣传大屏、高像素、自拍、外观、自带软件等功能。有分期贷款，常见佰仟金融。一台 1700 元左右的手机，12 期还下来，多还 300—350 元左右。

农民工产品的需求分析

在我看来，第一需求是优惠折扣、便宜过日子，保持基本生活质量情况下，怎么便宜怎么来。这方面的需求遥遥领先。第二需求可以算是泛社交，这个需求已经远较第一需求低很多了。第三需求可以算是学习，第四需求可以算是保障知识，包括维权啊、医保社保、生活常识之类的。

说到学习，有点矛盾。去打工其实就是没有继续读书下去的选择，因此即便学习，也都没有规划性。女孩子看韩剧想学韩语。东莞街区不少培训班，百来块学五笔打字，就是给你个金山词霸随便学；几百块学 Office 办公软件，一两千学淘宝天猫开店。学的人很少。

不同年龄的农民工对未来规划不同。刚来两三年的年轻人，还保持在有点热情，面对到组长主管的晋升的阶段，消费随意。平常也喜欢三五好友买旱冰鞋玩、改造电摩酷炫，等等。

但五年以上，到了熟练工组长之类的，则明显开始有所规划未来。女的一般不愿嫁回老家，希望留在本城市。男的则开始有固定女朋友往结婚考虑，除了晋升外，考虑回老家开小店做小生意等。

后记

个人不太看好在制造业集中厂区做蓝领 / 灰领招聘这个细分方向。

一来这个方向上跑得快的，多是原来就是线下劳务中介出身，对企业端比较有把握。二来，熟练工自有了制造业以来就有所短缺，当前经济状况下，工厂倒闭外，剩下的工厂招普工并不困难。

扫二维码分享本篇文章

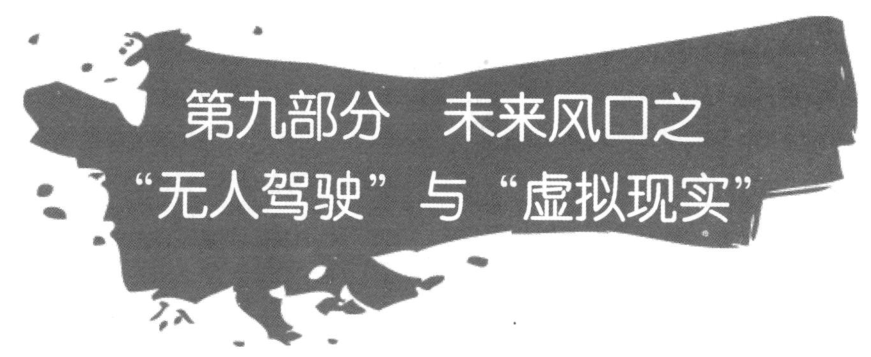

第九部分　未来风口之“无人驾驶”与“虚拟现实”

逢科技趋势，必提人工智能。但是人工智能终究是一个太宽泛的概念，这种技术思想有诸多的实现手段和表现形式。2015 年，汽车领域掀起了一阵“无人驾驶”风潮，以 Google 和特斯拉为代表的科技公司，率先将计算机智能技术，大胆地应用到传统的汽车行业中。“无人驾驶”技术让人工智能逐渐渗透进了人类的交通出行。

以 Facebook 收购 Oculus 为时间节点，虚拟现实（VR）技术掀起了新的一页。科技行业各式各样的消费电子公司都在纷纷进入这个看似崭新的领域，希望能够赶上新一波潮流，尽管虚拟现实技术像它的名字一样，带给人无限的想象力，但现实却是，VR 领域的内容乏善可陈。此外，真正能够满足市场需求的 VR 设备，可能还需要再等一段时间，才能到来。

尽管 VR 技术的应用前景广阔已经是业界的共识，但是距离这项技术成熟并大规模推广的那一天，仍旧很远。

遗憾的是，关于这两个趋势的大部分文章，来自于国外网站，由于版权所限，我们不能将它们选入此精选集，所以象征性地选两篇文章来做代表。更多这方面的进展与深入报道，请登录虎嗅搜索！

通往无人驾驶汽车的两条道路

本文作者 Eastland，原文发表于 2015 年 2 月 26 日

谷歌在无人驾驶汽车领域打拼多年之后，苹果将要染指的风声甚嚣尘上（注：苹果的造车计划既不明确也未经证实。一些媒体称苹果将开发与特斯拉相似的产品，另一些说是无人驾驶汽车）。为了绕开不熟悉的发动机、变速箱技术，IT 巨头的突破口多半是电动车，于是在 A 股市场电动车概念莫名其妙地火了一把。春节前几天，与电动车沾边儿、不沾边的个股迎来一轮疯长：比亚迪收复 12 月暴跌失地、市值超 1250 亿；八字没一撇的乐视比苹果还牛：号称要造“超级汽车”，市值虚高到 700 亿。

在自动驾驶方面民航甩汽车几条长安街，但无人驾驶航班至今仍然是愿景。向民航借鉴、学习已久的汽车行业，多项智能辅助驾驶技术早已投入商用。随着驾驶员的任务一个一个地被取代，无人驾驶汽车终将水到渠成。直接推出无人驾驶汽车，则要曲折得多。至于从播放音视频、查询违章、预约保养出发，搞什么一云多屏、妄称什么“生态”的概念玩家，永远到达不了彼岸。

无人驾驶航班仍是愿景

不少影视作品中有这样的镜头：飞机达到一定高度开始平飞，驾驶员开启自动驾驶系统，悠闲地在驾驶舱内喝咖啡聊天。这不是虚构，自动驾驶仪可以使飞机自动按设定的姿态、航向、高度和马赫数飞行。自动驾驶系统减轻了飞行员的负担，更重要的是提高了飞行的安全性。因为机器可以瞬间进行几百万次计算、可以耳听 60 路、眼观 80 方，而且不疲劳、不头晕、不眼花。如今波音、空客先进机型所配备的飞行控制系统，基本可以胜任从起飞机到着陆的整个飞行过程，无限接近于无人驾驶。

飞行员是稀缺人才，先天素质、后天培养缺一不可，人难招、工资高、还闹罢工。无人驾驶或远程遥控是航空公司老板的梦想，但全世界没有一家敢推出无人驾驶航班。而且，多数业内专家认为无人驾驶航还要经过一代甚至几代人的努力才能变成现实。

无人机倒不少，但“无人”指的是机上无驾驶员、无乘客，多数情况下地面上还要由地面人员远程操控。国际民航组织（ICAO）要求，航空器中必须有一名远程飞行员手动干预，否则不允许在公用空域中飞行。据称无人机的损失率高于30%，幸亏无人。

抛开技术上的原因，无人驾驶航班存在伦理上的软肋：没有人用生命对航班的安全负责。几乎所有人都听到过机长拯救飞机脱离灾难的传奇故事，如2009年一架空客A320客机因遭遇鸟击而致使飞机引擎出现故障，机长成功迫降哈德逊河。其实，飞行员因失误造成空难的例子更多。但无论如何，驾驶员本人在飞机上，拯救或伤害的生命包括自己的，有“杀人偿命、立即执行”的意味。只有生命可以抵偿生命。（注：为什么不给民航机长装弹射逃生座椅呢？早期的民航飞机曾配备降落伞，不负责任的机长会在发生故障时独自逃生。）

再想想地铁，没有任何技术因素可以阻碍无人驾驶，许多情况下甚至配了两个司机！因为没有人敢把生命完全交给机器，不论地铁公司还是乘客。

汽车智能辅助驾驶

随着电子技术的突飞猛进，汽车企业研发出许多智能辅助驾驶功能。把它们汇总起来，已经有了无人驾驶的雏形。在此仅例举几项最常见，不久将成为标配的技术。

1. 定速巡航系统（Cruise Control System）

采用CCS技术，司机不用踩油门踏板，就可自动保持车速。在高速公路长距离行车时，可以减轻疲劳及不必要的车速变化，既然安全又省油。中档以上汽车很多都装备了CCS，并开始向低端扩散。

2. 自适应巡航控制（Adaptive Cruise Control）

ACC技术是在CCS上发展起来的。在车辆行驶过程中，用雷达持续扫描前方道路，当发现与前车距离快速缩短时，ACC将自动介入，使刹车、防抱死、发动机、变速箱等协调动作。先在不影响舒适度的情况下减少发动机功率输出，再进行适当制动。恢复到安全距离后，ACC将控制车辆按设定速度继续行驶。

奔驰、宝马、沃尔沃、雷克萨斯等众多品牌都可以选装ACC。与CCS相比，ACC不仅让司机在高速上更省力，在拥堵的城市街道也可以大显身手。

3. 车道偏移警示系统 LDWS（Lane Assit）

该系统通过车载摄影机监控两边的车道线，发现在未打转向灯的情况下，车辆有跨越车道线的动作，则判定驾驶者无意识偏离。系统将通过震动方向盘来警告驾驶者，更先进些的会自动地让车辆保持在原车道内。说白了，就是不打转向别想并道。

早在 2000 年，奔驰就在卡车上使用了这种系统，现已成为欧系卡车标配。2009 年，美国国家公路交通安全局开始考虑是否需要强制加装。国产大众 CC 也有了这个功能。

如果能在公路转弯时保持车道，加上前面讲的 ACC，已经相当接近自动驾驶了。

4. 自动泊车（Parking Assist）

自动泊车不但对于新手和女性车主有用，在车身越来越宽大，车位越来越难找的情况下，自动泊车成为很实用的功能，某款德系旅行车在电视上打的广告就是以此为卖点。

未来自动泊车系统不仅要将车辆停进车位，还要判断小猫小狗、婴儿等有生命的移动障碍。

奥迪是驾驶辅助技术的集大成者，新一代系统在 0 至 250 公里时速范围内发挥功效，包括车道车距保持、躲避盲区行人、瞬间紧急制动、自动泊车、红外夜视、探测路边限速标志等。

稍有驾车经验的人都会在瞬间判断自己更需要的是车距、车道保持还是“一云多屏”。

通往无人驾驶的两条道路

交通工具的无人驾驶是未来的大趋势，通往无人驾驶汽车的路有两条。

一条是谷歌、苹果的“一步到位”方案：用手机操作两下，汽车象小狗一样跑到门口，坐上去说“放段音乐”……汽车就是驮你到目的地的轮式机器人，没有方向盘、没有加速踏板也没有刹车。

另一条是持续强化辅助驾驶的渐进式方案（即增量开发模式）。当司机有精力在“驾车”之余看视频、抢红包时，如果愿意可以全程不干预汽车预行驶，不就是无人驾驶吗？这也是民航飞机的无人驾驶之路。

第一条路是 IT 巨头的豪赌，放眼世界也只有谷歌、苹果等寥寥数家有这个本钱。谷歌曾经表示其无人驾驶汽车将在 2017 年上路，但此后再也没有提及上市日期。谷歌用于测试的无人驾驶车累计行驶了 100 万公里，不及全世界传统汽车 1 秒种行驶里程。没人知道，未来有多少坑，要多少个谷歌才能填满。

第二条路的可行性非常高，每项技术都可独立形成研发、配备高档车、向低档车扩散的闭环。传统汽车厂商，可以一边名利双收（赢得口牌、增加销量、赚取利润），一边积少成多地逼近无人驾驶这个目标。

中国每年因交通事故丧生的人数超过10万，而90%的交通意外是由人为错误造成的。智能辅助系统可以挽救无数生命财产，需求是“半刚性的”，只要价格能接受就会选用，只要技术成熟政府就会强制加装。而技术进步、成本下降、汽车消费观念的变化，都有利于辅助驾驶系统的普及，在每年销的2000多万新车中的份额会越来越大。过不了几年，二十几万甚至十几万的车，都将有一堆这样的功能。量变可以引起质变，无人驾驶将在不知不觉中成为实现。

两条道路不是截然分开的，IT巨头与汽车厂商会有这样那样的合作，但却不是对等的。汽车厂商让自己的产品“上网”，有何难哉，“嵌入”一部手机而已，嵌苹果还是嵌三星，消费者自便。IT巨头做个操作系统，可以让驾驶员看视频、上微信、移动搜索、购物、支付，但购车者要的车距、车道保持、自动泊车、夜视等功能谁来做，奔驰、宝马还是谷歌、苹果？

扫二维码分享本篇文章

将融 10 亿美元的 AR 公司 Magic Leap，正在把魔法带回现实

本文由逐鹿网综合整编而成，原文发表于 2015 年 10 月 23 日

2015 年 10 月 23 日消息，据国外媒体报道，继去年获得由谷歌牵头的 5 亿多美元巨额投资后，神秘的增强现实公司 Magic Leap 已接近完成一轮规模达 10 亿美元的融资。消息人士称，Magic Leap 在该轮融资中的估值超过 45 亿美元，较上一轮融资翻了一倍多。这是 Magic Leap 宣布即将量产后的又一重磅消息。

将魔法带回世界

作为一家已经成立 4 年的公司，Magic Leap 的信息很少为外界所知。该公司网站上的标语显示："是时候将魔法带回世界。"该公司开发的首款产品是眼镜式可穿戴计算设备，硬件和软件均为该公司自主设计。Magic Leap 的视觉技术能准确地将图像投射至眼睛，从而使用户看到虚拟的 3D 物体，创造类似真实世界的环境。

Magic Leap 的技术有着更深远的意义，这主要在于其与别的增强现实设备原理并不相同，如微软的全息透镜（HoloLens）使用的是立体技术，从两个稍稍不同的角度分别向左右两眼展示同一件物体，以此来创造三维影像效果。Magic Leap 则是真实地将光投射进用户的眼睛中，营造出虚拟物体真实存在于现实世界的假象。

眼下大部分虚拟现实设备都采用了立体成像技术，即向两只眼睛投射不同的图像，从而形成立体感，但这种技术会给用户造成眩晕，尤其是当用户头部运动与虚拟世界的运动不同步时。而这也是 Magic Leap 难能可贵的地方，其公司 CEO 罗尼 · 阿伯维茨（Rony Abovitz）表示该公司的技术并不会引起眩晕。

Abovitz 还声称，Magic Leap 产品背后的技术是一种"动态数字广场信号"技术，能

"最近乎完美地复制现实世界与人类眼脑体系之间的互动"。换句话说，Magic Leap 将成为一种新界面并能"欺骗"大脑，替代计算机显示器和智能手机屏幕，最终使大脑认为看到的虚拟图像是真实世界。

这是 HoloLens

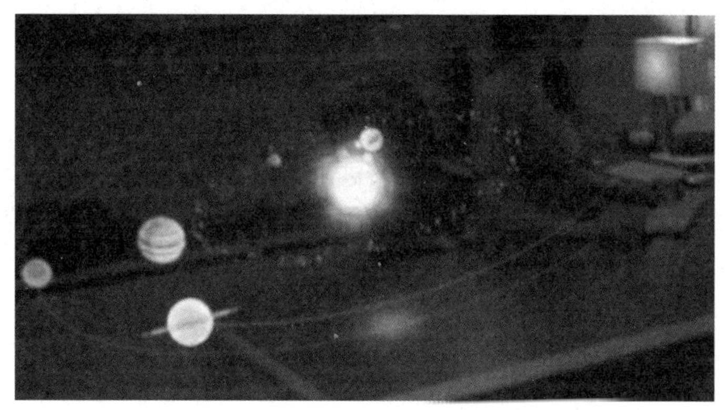

这是 Magic Leap

关于 Magic Leap 的产品，Abovitz 则将它描述为一款小巧的独立电脑，人们在公共场合使用也可以很舒服。此外，它还涉及视网膜投影技术，这款产品完成之后，它将与微软的 HoloLens 展开正面竞争。

与众不同的科技怪咖

Abovitz 是一位拥有生物医学工程背景的技术型创业者，他的父母是以色列人，父母自幼就教导他要尽情发挥想象力，并打破社会上的常规。整个家庭中洋溢着创造力和正能量，且崇尚思想上的狂放和自由。在他眼中的妈妈是个"狂野的艺术家"，而爸爸则是个"不太成功的创业家"。

在创办 Magic Leap 之前，他曾在劳德代尔堡创立了一家名为 Mako Surgical 的公司，公司开发了一款安装有触感技术应用的机器人臂，可传递触觉。整形外科医生只要激活机器人操作，即可拥有在真的人骨上工作的感觉。2013 年，Mako 以 17 亿美元的价格卖给医疗技术公司史赛克。

而还在忙活 Mako 公司时，Abovitz 就有了把虚拟现实和真实的物理世界联系起来的想法。机器人臂技术使外科医生在触摸道具时能产生触到人骨的感觉，而 Abovitz 想进一步，让医生在工作时能看到虚拟的人骨。这个想法一直伴随着他，并最终导致了 Magic Leap 的诞生。

Abovitz 善于挖掘各行各业中有所建树的人才，无论他们是否对他所研究的课题感兴趣，他都会把那些人的名字作为未来研究课题的潜力合作人存起来。“他是个观大局的人，想得也远。他可以生成很多种不同的技术，然后再把它们拼凑到一起。许多硬件型专用技术其实都来自于生物技术的领域。能在这基础上添加软件成分，是件相当富有创意的事。我认为大多数人都不会想到把它们联系到一起。”Magic Leap 的重量级投资者 Allison Huynh 如是评论道。

谷歌的投资逻辑

Magic Leap 在去年 10 月，就曾获得过谷歌 5.42 亿美元的融资，估值达 20 亿。才过去不到一年，该公司的估值就翻了一倍。新融资进一步巩固了 Magic Leap 作为南弗洛里达州最受投资人追捧的创业公司的地位。在该地区，鲜有科技公司能够获得 9 位数融资。

要知道微软和谷歌都想在个人计算方面的下一步行动中用增强现实换掉电脑、平板和智能手机，寄希望在未来人们将在现实中实现数字化生活无缝连接，从邮件到电子游戏再到所有东西，都将被简单地叠加到周围的真实世界之上。

而尽管目前 Magic Leap 研发的技术依然处于绝密状态。但它毕竟仍然是一个类似 HoloLens 的增强现实平台，主要研发方向就是将三维图像投射到人的视野中。而这恰恰弥补了 Google Glass 不能产生 3D 视觉效果的大硬伤。在 VR 与 AR 之间，Google 很可能一开始就选择了 AR，确切的说很可能是 Google 一开始就选择了 VR 的终极境界 AR，这也就是 Magic Leap 如此获得巨头青睐的原因。

开发商的应用盛宴

在麻省理工科技评论杂志举办的 EmTech 数字会议上，Magic Leap 对外宣布了一个开发者平台，这件事对业界影响深远。在 Magic Leap 的长远规划中，它并不想只是让人们沉浸在一个新世界中，相反，它希望能够在已经拥有的世界之上建造一个系统。

所有能在手机上做的事，你都能在 Magic Leap 上做。在开发者平台之外，Magic Leap 还拥有一个软件开发套件，而且目前已经邀请好几个开发者团队前往其位于佛罗里达的办公室，开始开发应用。

虽然 Magic Leap 的野心巨大，但其并没有将自己的工具向所有开发商开放，而只是一些筛选出来的开发商可以在发布之前进入该平台。Magic Leap 的首席内容官 Rio Caraeff 说：早些日子，Magic Leap 专注于游戏、娱乐、媒体和沟通方面的应用，但是在未来的几年里，它期待更多种类的应用。

混合现实的伟大愿景

不过昨日 Magic Leap 已经在其官方网站发布了一个视频，视频中，用户可以在不戴眼镜的情况下也能看到全息景象，仿佛身临其境，颇为震撼。我们可以看到一个虚拟的机器人躲在桌子下，仿佛你的桌子下就有这么一个可爱的机器人一样。另外，我们还可以在视频中看到一个太阳系出现在一个办公女白领的身边。

未来，Magic Leap 混合现实技术可以做些什么？当一个妈妈和孩子在一个杂货店中，挑选某种麦片，混合现实可以让一个 3D 的小怪兽出现并与他进行游戏。孩子可以与小怪兽进行互动。用户还可以运用该系统感受从未去过的环境。比如，如果某人由于某种原因不得不住院，他们可以使用 Magic Leap 的科技创造一种安静的海滩场景，并置身其中，相信这会帮助他们保持心情愉悦。这样的话，是不是也可以不出门就环游世界？

“虚拟现实带你去到另外一个地方……增强现实将信息呈现在真实世界之上，而混合现实丰富了这个世界。”这个技术有许多应用，延伸到游戏领域以外的更多领域。

Magic Leap 明确在多个场合表示他们的增强现实技术与 Facebook 的 VR Oculus Rift 头

盔所用的增强现实技术不同。据 Quartz 报道称，Magic Leap 并不想将这些技术称作增强现实或虚拟现实。但是具体是什么样的，只有等它正式公布后才能知晓。

先驱者和竞争者

- 1838 年：英国物理学家查尔斯·惠斯登发明了世界上第一台立体镜，即通过两面角镜将单个物体反射到人的双眼中。观看者感觉是从三个角度观察图像。
- 1922 年：世界上首部无声 3D 电影《爱的力量》发行；观众佩戴两个颜色不同的镜片观看——红色与绿色。
- 1961 年：菲科尔公司员工设计出第一台头戴式显示器，名为“Headsight”，外形是一个头盔，配置有阴极射线管和磁性头部位置跟踪。
- 1962 年：莫顿·海利因其“体验剧场”被授予专利，“体验剧场”是一台巨大的箱式设备，在一台小型、仅供一人观看的显示器上播放 3D 短片，而且该设备集合了多种感知，如气味和风等，增强观众观影时的沉浸感。
- 1985 年：杰伦·拉尼尔最先提出“虚拟现实”这一术语，同时创办了 VPL Research 公司。公司产品包括“数据手套”，用户可通过手与虚拟环境交流，以及头戴式显示器“EyePhone”。
- 1990 年：波音公司科学家托马斯·考德尔和大卫·米泽尔共同开发、构建出一款可佩戴的透明显示器，可将电线叠加到接线板上，如此，工人能轻松地将电线束装到飞机上的接线板上。
- 2010 年：Quest Visual 公司发布了一款名为“镜像翻译机”的应用，安装该应用后，将智能手机摄像头对准任何一个西班牙语符号，屏幕上即可显示出其英语翻译。
- 2012 年：帕尔默·拉吉依靠众筹网站 Kickstarter 筹得 240 万美元的创业资金，推出了一款立体 3D 虚拟现实游戏耳机——Oculus Rift。两年后，Oculus 以 20 亿美元的价格卖给 Facebook。
- 2015 年：在谷歌投资 Magic Leap 数月后，微软发布了自己的 HoloLens，除立体 3D 技术外，这款产品还使用了一项能使虚拟物体与现实世界融合的技术。微软计划稍后在今年发布相关配件。

220

扫二维码分享本篇文章

图书在版编目（CIP）数据

创新的洞见 / 虎嗅编. -- 北京 : 人民邮电出版社, 2016.3（2016.3重印）
ISBN 978-7-115-41739-8

Ⅰ. ①创… Ⅱ. ①虎… Ⅲ. ①新闻－作品集－中国－当代 Ⅳ. ①I253

中国版本图书馆CIP数据核字(2016)第018080号

内容提要

作为领先的科技创新媒体及交流平台，虎嗅网365天不停歇地在追踪趋势、讨论方法与得失。它发布的文章的角度与深度，令这个平台独特。

这本书是从它过去一年近万篇文章中精心选择出来的代表作品，它们成功超越了时间施加在新闻上的速朽效应。希望读者能从这些看似零星散落的篇章里感知创新的去处、未来的风口。

◆ 编　　　虎　嗅
策划编辑　俞　彬
责任编辑　俞　彬
责任印制　张佳莹　焦志炜

◆ 人民邮电出版社出版发行　　北京市丰台区成寿寺路11号
邮编　100164　　电子邮件　315@ptpress.com.cn
网址　http://www.ptpress.com.cn
固安县铭成印刷有限公司印刷

◆ 开本：720×960　1/16
印张：14.75
字数：290千字　　2016年3月第1版
印数：3 001－9 000册　　2016年3月河北第2次印刷

定价：39.00元

读者服务热线：(010)81055410　印装质量热线：(010)81055316
反盗版热线：(010)81055315